剑侠女英雄

民国武侠小说典藏文库·冯玉奇卷

冯玉奇◎著

中国文史出版社

目　录

第 一 回　见斗牛主仆寻奇侠　　渡川河兄妹逅恶僧 …………… 1

第 二 回　借马匹同来燕子坡　　探贼巢投奔清风寨 ………… 11

第 三 回　烈女含冤奋身入水　　书生失妹从客抛家 ………… 22

第 四 回　柳春燕巧遇赤云子　　毒龙山火烧上清观 ………… 32

第 五 回　燕见凤诉亲为仇杀　　心感德改过做良民 ………… 43

第 六 回　睹箫凤双雄挥刀夺　　为玉兔二美握拳争 ………… 55

第 七 回　舞宝剑春燕试小妹　　赠名驹秋岚报大恩 ………… 67

第 八 回　逛土娼殃及兰花院　　劫白银祸临韩浣薇 ………… 79

第 九 回　狗党狐群齐来祝寿　　忘师背训一意采花 ………… 88

第 十 回　酒绿灯红变生不测　　鹃啼燕语策马来归 ………… 99

第十一回　臂似铁宝剑无情斫　　脸飞霞灵犀一点通 ………… 111

第十二回　呼朋盗驹求荣反辱　　抱亲痛哭疑幻成真 ………… 122

第十三回　秋月春花未曾虚度　　文鸳海燕愿慰双栖 ………… 134

第十四回　诳下山无意得阳剑　　赚归寨有心做恋人 ………… 146

第十五回　死也爱郎情痴心苦　　生憎薄命缘悭恨留 ………… 159

第十六回　摩顶放踵立志认师　　饮酒宿店无心杀夫 ………… 171

第 十 七 回　洗手归正三娘再醮　淫心不死一锤丧生 ········· 180

第 十 八 回　俏尼姑爱还风流债　假兄弟装出见面亲 ········· 190

第 十 九 回　一痣留痕疑今忆昔　两心相印弄假成缘 ········· 200

第 二 十 回　被底红浪含羞探讨　人面黑痣有力明证 ········· 212

第二十一回　罗海蛟天伦欣团聚　伍飞熊月夜舞双锤 ········· 224

第二十二回　三侠出门找寻小官　一僧吐气代报私仇 ········· 235

第二十三回　小孟尝留风尘豪侠　铁头陀成萍水姻缘 ········· 245

第二十四回　认小妹温香抱软玉　劝浪子革面又洗心 ········· 256

第二十五回　淫僧削指聊示薄惩　孝女报仇几遭杀身 ········· 267

第二十六回　饮白刃悔罪孽多端　结全书换阴阳两剑 ········· 280

附　　　录　从鸳鸯蝴蝶派谈到冯玉奇小说 ············ 裴效维 293

第一回

见斗牛主仆寻奇侠
渡川河兄妹逅恶僧

"山从人面起，云向脚底生。"这两句诗是写四川的地方。形容万山重叠，一山起处便有一山伏着，山路的险高，人行其上，仿佛两脚从白云堆里踏去。您想，那山的峻极，当然可想而知了。所以在陆地则有剑阁、栈道的险要，在水路则有瞿塘、滟滪的汹恶。因其地多山岭，为金沙、澜沧等江流的发脉，故四面群壑争流。就中单表一个长寿县里的七星溪，溪水弯弯曲曲地从山脚下流到一个村庄上，村中倒也住有百余户人家，因其中以柳姓为大族，故以柳家村名之。离村约五里路程，便是一个小小的市镇，镇上客栈酒店齐备，过路的客商，因不及赶路，便就在镇上落店住宿，所以市镇虽小，因营业发达，倒也很是热闹。

柳家村的西面，有两间半新的茅屋，屋的四周围着矮矮的竹篱，篱旁植有各种果木，村东架板桥一座，过桥却见一片平原，春夏的时候，农民插秧田间，行歌相答，又仿佛是个世外的桃源。阡陌交叉的去处，有水车一具，为乡人引水灌田。水车旁有古槐一株，亭亭好像张盖，虽在长夏，农人多休息其下，因其浓荫满地，可以避去骄阳。一天，有一个大汉，浓眉环眼，赤膊短裤，仰卧在那株古槐树下，胸间有黑毛一丛，臂上青筋暴露，正在鼻息如雷地睡着。这时，突然间有犁牛两头，一白一黑，由村西越桥奔窜而来。两牛到了草地上，遂互以头相角，一时性起，黑牛以头触白牛腹间，白牛忙以头抵住，也用力以头上双角还触黑牛，一来一往，两牛遂相斗不停。正在难解难分，忽然白牛已触着黑牛的腹间，黑牛不敌，遂向后略退，不料那退后的两蹄齐巧踏在那大汉的腿上。大汉正在睡得甜蜜，被黑牛突然踏醒，睁眼一瞧，见是两牛格斗，不觉勃然大怒。只听他大吼一声，便把身子从草地上一跃而起，握着两拳，转身向白牛腰间一拳打去，白牛负痛，呼的一声又猛奔黑牛，用力把黑牛的角钩住，黑牛也抵死不让。大汉见两牛这个模样，气得怪叫如雷，便猛可地走上前去，伸出铁锤般的两拳，在两牛的头角上就是兜头的两拳。白牛、黑牛痛得狂吼一声，脱散了钩住的角，两牛便都向那大汉猛力撞来。大汉一见来势凶猛异常，他站稳了两脚，不慌不忙，却把白牛的角握住，一手又把黑牛的尾拉住，用力把两牛分开两边，一个头向东，一个头向西，却把两牛颠颠倒倒拉回庄上去。两牛犹想挣扎，可是其力敌不过大汉，只好屈服，跟着大汉被牵到庄门。大汉骂了一声"孽畜"，便把两牛都关进了草屋里。当那两牛争斗的时候，一个牛的力量便有五百斤，两个牛差不多有一千多斤的力量，现在那个大汉却把两牛轻轻地分开，好像捉了两只小鸡模样，可知那大汉两臂的膂力也着实不小哩！那时站在四野的乡人眼瞧着大汉把两牛分开，大家不觉齐声喝彩，叫了一声"小六真好气力"。

原来，这个大汉姓陆名洪，是这儿本地人，年纪二十岁，家有一个老母，徐姓，共生六胎，陆洪为幼子，以上五子皆不幸早亡。为此，徐氏颇爱他，常以小六呼之，所以别人把他的真名字倒忘了，只叫他是小六。陆洪身长八尺，自小生有膂力，生性粗戆勇敢，路见不平，便拔刀相助，虽头破血流，也不爱惜。村人以其戆得可怜，而且也戆得可爱，所以很有人和他亲近，连妇人和孩子差不多也没有一个不认识他。

当时小六把牛关进草棚内，一面又伸了一个懒腰，嘴里打着呵欠，自语着道：

"这两个孽畜，累得我睡也没有睡畅。"

正想回身进屋，忽听得后面有人叫道：

"小六哥。"

小六回头一瞧，见是一个十四五岁的童子，仔细一看，不觉也笑道：

"俺道是哪个，原来是柳笛弟，你今天怎么倒有空出来玩玩儿呀？"

柳笛伸出一个大拇指道：

"好一个大力士，这两只畜生被你打得服服帖帖，真叫人看了惬意。"

小六道：

"难得你来，请里面去坐会儿怎样？"

柳笛道：

"慢着来，我家小主人在后面等着你说话哩！"

小六道：

"什么？找我干吗？"

柳笛道：

"他瞧你有这副好的本领，心里很是佩服。"

小六笑道：

"刚才你家主人也瞧见的吗？"

柳笛道：

"小主人整天在书房里读书，实在闷得慌，叫俺伴他出来玩儿，想不到齐巧见你和这两只畜生在开玩笑。我家小主人恐怕还要请你去做教师哩！"

小六听了，正想回答，忽见柳笛指着那边板桥上踱过来的一个少年道：

"来了，来了！"

小六睁眼一瞧，只见那少年面如冠玉，唇若涂朱，丰神奕奕。那时少年早已到了眼前，向小六一拱手道：

"这位想来就是陆兄了。"

小六一见，慌忙还礼，一面又道：

"听柳笛弟说，想这位就是柳大爷了。"

少年连称：

"不敢，在下柳文卿，素仰陆兄力大如虎，今日才得拜见，正是三生有幸了。"

小六见他说了这一套客气话来，急得红了脸，期期艾艾地说不出话，因连连拱手道：

"俺不会说客气话，柳大爷如不怕腌臜的话，请里面坐一会

4

儿好吗?"

文卿道:

"很好。"

于是三人进了草屋。小六便高声叫道:

"妈,有客来了。"

这时,房中便走出一个白发的老妇来,替他们倒了茶。文卿问道:

"陆兄的本领很好,不知从哪里学来的?"

小六道:

"不瞒你说,俺生来就是这样的蛮力,并没有从师学艺。"

柳笛道:

"我家小主人想请你去做个教师,你肯答应吗?"

小六笑道:

"说哪里话来? 小的并没有真实的本领,哪里好做人家的教师呢?"

文卿道:

"不要客气,俺因自小攻读书文,对于拳术一些都不懂。但现在这个时候,若没有本领,就很容易吃亏。六年以前,俺和妹子在门前游玩,忽然来了两个强徒,把俺妹子抢去。俺连忙争夺,因年轻力小,敌不过他们,反被打了一顿。假使俺也有像陆兄那样气力,还怕两个强徒吗?"

小六气得跳脚道:

"这么无礼! 那厮现在哪里? 让俺去打他个半死。"

柳笛笑道:

"你想是气急了，六年前的事情，现在还向哪里去找呢？"

小六道：

"那么你的妹子现在仍没有下落吗？"

文卿摇头道：

"怕早已是死了，自从俺的妹子被抢去后，村中便接连地有小孩儿失踪消息。后来一打听，方才晓得有一个妙清道人，要炼两柄阴阳剑，需要一百个童男童女方可炼得成功，所以特地叫他徒儿下山来四处寻觅。想俺的妹妹不也是为了这两柄阴阳宝剑而牺牲了吗？"

小六道：

"这道人真可恶得很，为了炼宝剑，要伤害这许多的性命，那不是太残忍了吗？"

文卿道：

"我虽没有本领，却知道一些情形。现在崆峒派名下出来的人，仗着自己的一身本领，个个无恶不作。再仗皇家势力，更加目中无人，奸盗诈伪，没有一样不来的。"

小六道：

"这样说来不错，俺的颜大哥吩咐我，说叫俺以后别多管闲事。当今雍正皇帝收罗一班崆峒派的人才，现在到处都有散布着，势力非常大，专门探听反对清廷的人。如果稍有行动，也叫你死无葬身之地，所以一班有天良的侠士，大家都隐居不出了。俺恨这班丧心的奸徒，怎么倚了满族人的势力，反来杀害自己的同胞呢？"

文卿叹了一声道：

"俺日后要有本领，一定非叫他们个个活不了呢！可惜俺是个文弱的人。"

说到这里，忽又问道：

"你说的颜大哥是哪一个呀？"

小六道：

"哼！说起这人的本领，可了不得。他的名叫小平，使用的两柄虎头钩，百余个大汉，休想近他的身。他的爸爸名叫颜德公，是昆仑祖师阿耨尊者精一和尚第三门徒金罗汉拐脚僧第一个得意徒儿。拐脚僧所有的本领大半都传给了他，同门师兄弟中，他的内外功要算第一。颜小平的本领又都是他爸爸传授。柳大爷如果真的要学习武艺，小的倒可以和颜大哥去商量，他的功夫真要强我千倍以上呢！"

文卿听了，大喜道：

"如此甚好，请陆兄劳驾一次，不晓得颜大哥住在哪儿？"

小六道：

"就在燕子坡，离这儿水路四五十里路程，此刻俺就替你去走一趟好吗？"

柳文卿忙谢道：

"这样再好也没有了，但不知道来回要几天？"

小六道：

"快则三天，至多也不过七天，只要他不出门就好了。"

小六说着，一面站起告诉了他妈，一面便和文卿、柳笛出了草屋。文卿送到埠头，见小六上了川河的航船，方才和柳笛回去。

且说小六坐在航船上，因为船小人多，所以坐得非常拥挤。这时天气又热，小六额角上的汗珠便像雨点儿一般地落下来，意欲到船板上去站着吹风。忽然见自己对面坐着一男一女，男的年约二十，女的十七八岁，看过去好像兄妹一般。那时这个女子身旁，又坐着一个和尚。只见那个和尚，身披一领袈裟，袒胸露臂，浓眉大眼，一脸横肉，把脸凑过去不时向那女子调笑。那女子虽然柳眉倒竖，面含娇嗔，可是终不敢向和尚计较。这时，那女子背转身去，向那少年男子叫一声哥哥，一面指着两旁的峭壁，叫他瞧山岭的啼猿，大有"两岸猿声啼不住，轻舟已过万重山"的感慨。不料这个时候，那和尚竟敢用手伸到女子的胸前，意欲当众侮辱，那女子见贼秃如此无礼，实在忍耐不住，便欲伸手去掌和尚的颊，却反被那个少年阻住，向她使个眼色，意思叫她再忍耐，切勿生事。那女子见了，只好又放下手来。小六睹此情形，心中大为不平，气得跳了起来，向那少年大声叫道：

"你们两个可不是兄妹吗？这个和尚如此无礼，你们还不结果他？那你真是没有心肝的了！"

那少年被他一激，便把小六仔细打量一番，只见小六浓眉阔口，豹头环眼，一脸短短的胡子，声音洪亮，好像是个心直口快的张翼德再世模样。少年心中一想：此人一定是个身怀技击的好汉，不然见了这个铁头陀圆明僧，怎敢出此大言呢？

原来，这两个兄妹，乃是著名的剑客白云生以及他的妹子白秋萍，那个和尚便是无恶不作的崆峒派的圆明僧。圆明僧便是崆峒祖师玄空道人的得意门徒，十八般武艺，件件皆精，可是不入正道，专门奉承皇家，仗势欺人，奸淫妇女，杀人劫财，无所不

8

为。所以今天云生碰见了他，也很想和他见个高低，所碍者因他算来是自己长辈，要让他三分。又因船小，恐怕连累他人，故而不敢下手。现在忽然碰到了小六，见他魁梧奇伟的神气，料定是个拳家，也许能助一臂之力，那我们三个人对付他一个人，当然不用怕他，所以他把小六打量了后，便也用眼向和尚眨眨。圆明僧见白云生已有较量的意思，便冷笑一声道：

"前面是个旷场，你们有本领的，和咱家来见个高低。"

小六听了，便又用目瞧着云生，似乎嘲笑他太懦弱。云生一见，便也忍不住向圆明僧怒骂道：

"秃驴，不要夸口，俺来也！"

和尚见说，便即脱去袈裟，呼的一声，早已从船中一跃跳到对面岸上去了。云生一面脱去外衣，一面结束，见妹子秋萍也早纵身一跃，像燕子般地飞到岸上。那时，小六见船离江面差不多有四五丈的辽阔，他两人竟一跃而过，不觉瞧得呆了起来，心中暗暗佩服，那弱不禁风的女子，想不到也有如此本领，那自己真是差得远了。他正在出神，哪里还敢向云生嘲笑？云生见小六呆呆地坐着不动，方才晓得他是并没有绝大本领的，因也不问他什么，只说了一声：

"你闯了祸，也跟着去吧！"

小六听了云生的话，两颊红得发了紫，站起来跳脚急道：

"俺怎么样过去啊？"

云生见他这副蹩态，又忍不住好笑，因也不问什么，把小六的身子轻轻一挟。小六耳边只听得一阵呼呼的风声，自己的身子和那少年早已到了对岸，只见那少年的妹子和圆明僧拳来脚去，一往一复地早已打作一团。只见尘沙起处，滚滚满身，看不见两人的影子。约莫战了三十个回合，秋萍究属女流，气力较小，已渐渐不能支持。云生因对小六道：

"都是你闯的祸，你瞧吧，俺也去了。"

说着，便一个箭步，口中大声喊道：

"妹妹，休得害怕，俺哥哥来也！"

话声未完，早已钻入圈子。兄妹两人，力敌和尚。那时这个和尚正在打得兴奋头上，哪里把两人放在心上？战有五六十个回合，却也不能取胜，因便卖个破绽，跳出圈子，向前奔来。云生哪肯放松，紧步赶上，口喊"往哪里逃"。不料圆明僧待云生近来，冷不防飞起一腿，向云生腹中踢来。云生眼快，早凭空跳起丈高，让过了他这一腿，便使个"泰山压顶"，兜头地一拳打下来。圆明僧慌忙退后一个箭步，正巧站在小六的面前。陆小六正在瞧得出神，这时见那贼秃就在眼前，心想：不在此时下手，更待何时？他便用尽了生平的力气，大叫一声"看拳"。说时迟，那时快，陆小六早已觑准目标，在圆明僧的背脊上就是狠命的一拳打去，圆明僧万万料不到背后有此千斤力量的一拳，不觉哎呀了一声，竟被击倒在地上。

第二回

借马匹同来燕子坡
探贼巢投奔清风寨

陆小六这一拳的力量，足足有千把来斤，要是换了别人，早已被打得脊骨寸断，一命呜呼了。不料圆明僧是下过功的人，崆峒派里也是一个头等人才，内外功夫都是好得了不得，所以这一拳虽然已被打倒，勉强却还忍受得下。当时白云生见圆明僧已被那个大汉打倒，不觉也喝了一声彩，一面便赶步向前，劈面地就是一拳。圆明僧早已就地一滚，翻身跃起，迎击云生。秋萍同时在旁也围击起来。圆明僧因被小六击中脊骨，略负损伤，一时无心恋战，他便跳出圈子，真的向后逃去了，口中还骂着道：

"好大胆的白小子，后会有期。"

云生还要再赶上去，却被陆小六上前劝阻，并在云生的面前扑地跪倒在地上，纳头便拜，口称大师，请他收做小徒。云生见他一片诚心，一面叫他起来，一面问他姓名。陆小六听了忙道：

"小徒姓陆名叫洪，因为俺是最幼小，所以人皆称小六。俺的性情十分戆直，爱管闲事，稍有蛮力，实在并未学过武术。刚

11

才冒犯了师父，还请原谅。"

云生听了，知道当初实在是自己误会了他，不过他既有这一副侠骨，且又能一拳打倒圆明僧，这么大的膂力，真是难得。这时，心中也便有造就他的意思，因告诉他自己的姓名和妹子的名字。小六听了，忙又向秋萍深施一礼，口称师姑。秋萍忙也还礼。云生道：

"你知道刚才那贼秃的姓名吗？"

小六摇头道：

"小徒实未知晓。"

云生道：

"这就难怪你了，他是崆峒祖师的门徒，名叫铁头陀圆明僧，算起来还长俺一辈。"

小六道：

"哦！原来是和师父同派的吗？"

云生摇头道：

"不是，俺是昆仑派，他和俺的师父是同一辈的。"

小六又道：

"但为什么他要和师父作对呢？"

云生道：

"这也有一个原因。三个月前的一个黑夜里，俺正在月下赶路，突见月光下一个黑影飞向一家楼屋里去。俺因紧随其后，哪知他正在干他不正当的事，俺因给他一镖，因此咱们便结下了冤仇。今天本当和这贼秃要拼个死活，为地方除害，只因他是俺的长辈，功夫甚好，万一不能取胜，不是徒然取辱吗？"

小六听了，方知今天又遇见了三个拳师，自己平时向他们夸海口，现在既然明白，直把他伸了舌几乎缩不回去，知道自己正是井底之蛙了，江湖上的好汉真多着哩，怪不得颜大哥劝自己不要管闲事，这倒是个真话。因向云生问道：

"我师既然是昆仑派，不知可认识一个颜小平吗？"

云生听了，沉思半晌道：

"却不曾知道。"

小六道：

"俺正想去找他，不知我师可有空闲一道去吗？他是住在燕子坡，离这里大约还有十里路程。"

云生正欲回答，忽然一阵马蹄声由远而近。三人连忙回头过去，只见前面有一个黑脸大汉，骑了一匹高头棕色的骏马，疾驰着从三人面前飞般地过去。那黑脸大汉见了三人，好像很是注意。云生见他远去，只见马蹄起处，尘头滚滚，因向秋萍道：

"你瞧这尘头起处，很觉沉重，那人马上必带有重金，不知又从哪里劫来的？俺的意思，欲追上前去探个究竟，未知妹子意下如何？"

秋萍道：

"妹见那厮獐头鼠目，一脸横肉，必非善类。青天白日之下，岂可任他横行劫夺？正宜前去向他问个明白。否则叫他留下金银，以便还给失主。"

小六道：

"他骑马，俺们步行，恐怕赶不上他。刚才小徒说的这个颜小平，他家里养有许多马匹，待小徒前去向他借三匹来给俺们，也好赶上去了。"

云生一听，心中很觉欢喜，因道：

"如此，我们一道前去。"

小六忙道：

"云师肯去，那颜小平恐怕欢迎也来不及呢！"

说着，遂即向前引路。

三人乃急急赶路，约走了八九里路程，便见一个山坡，小六道：

"这个就是燕子坡了。"

说着，便转入小路。只见古木参天，鸣鸟叽喳，一路上浓荫满蔽，却把烦暑消去尽绝。路旁有溪一湾，琤琤玒玒地流着，好像奏着天然的音乐。翻过了燕子坡，前面又是一带竹林，林间隐隐露着砺墙一角，远远望去，尚有一箭路程。小六便遥指竹林道：

"路不多哩，前面便是颜家庄了。"

小六方才说完，只见那竹林深处，便有一个老者，身穿绿袍，头裹青巾，面如重枣，一缕长髯，飘飘然宛如美髯公再世，骑着一匹白马，按辔缓行。又听他放声高歌道：

公毋渡河，公竟渡河。

世事沧桑，江上烟波。

我有宝刀，不须手磨。

杀人嫌少，酒不嫌多。

上马格贼，下马狂歌。

人生几何，切莫蹉跎。

　　云生听那歌颇有意思，心知那人必系山中隐侠，一时心中非常爱慕。正在这时，忽听小六大喊起来道：

　　"颜老伯，小平哥在家里吗？"

　　云生一见小六是认识的，因便用目向前仔细望去。正是不瞧犹可，一瞧了后，不觉也咦咦地响起来。同时，那个老者也加鞭前来，呵呵地笑着道：

　　"难得来，难得来，光阴好快，俺们一别不觉已两年了。"

　　说时，那马早已到了眼前，只见那老者跳下马来，先和云生握了一阵手，又向秋萍笑道：

　　"萍妹，你可长得不少了。"

　　小六站在旁边，见了这个情形，心里好生奇怪，不觉呆了起来。原来，这个老者就是颜德公。他在两年前的时候，曾到昆仑山去朝祖师，齐巧白云生和秋萍也在那里。精一和尚替他们介绍，方才晓得白云生兄妹俩乃是精一和尚第五门徒赤云子屠龙客的门徒，彼此都是同辈，因以兄妹相称。现在无意中竟又遇见了，大家心中自然万分快乐。这时，小六忍不住问道：

　　"云师，刚才小徒说的颜小平，你说不认识的，现在怎么和颜老伯又认识了呢？"

　　云生笑道：

　　"颜大哥我是认得的，你说的颜小平，我真不知道是谁呢！"

　　颜德公笑道：

　　"小平即是愚兄的小犬。"

云生哦了一声道：

"原来如此，当时小六不曾说出大哥名字，我哪里晓得呢!"

颜德公又向小六道：

"白贤弟是俺师叔屠龙客的徒儿，本领非常，你能拜他为师，真是你的幸运来了。"

小六一听，喜欢得跳起脚来，心想：原来云师是颜老伯的师弟，那是我真的有眼不识泰山了。一面把颜德公的白马牵过，一面四个人便徒步向颜家庄走去。颜德公又向云生问道：

"白贤弟，这是打从哪里来?"

云生因把川河乘航船，如何遇见圆明僧，圆明僧如何无礼，小六如何不平，后来圆明僧被小六一拳击中脊骨逃走及小六欲拜师的话统统告诉了一遍。德公听了笑道：

"小六这孩子的膂力不错，平日和小平时常练习练习，现在白贤弟要好好成全他呢!"

云生微笑点头。

四人已到庄门口，小六把马拴在庄前的一株杨树下。云生见庄前一个很大的旷场，场上植有垂柳十余株，院子里一排五间平房，虽非高厅大厦，却也收拾得十分清洁，窗明几净，可称纤尘不染了。大家便分宾主坐下。庄丁泡上香茗，德公遂吩咐庄丁杀猪宰羊，款待云生兄妹两人。云生连叫不要客气。德公道：

"咱们弟兄能在此相会，正是难得的事，愚兄略备水酒，聊尽地主之谊，这是分内的事。贤弟若说'客气'两字，那不是瞧不起小兄了吗?"

云生听了，只得罢了。小六道：

"怎么小平哥不在家？"

颜德公道：

"你问他做甚？"

小六道：

"今天咱们来，有两件事要求。第一件，便是小侄有个朋友名叫柳文卿，他是一个文弱的读书人，现在却要想学一些武艺，要小侄介绍一个名师，小侄答应他，便来请小平哥去教授他，不知老伯的意思怎么样？"

德公笑道：

"这事很好，不过你的小平哥已在三天前有事到巴县去了。"

小六道：

"哎呀！这事太不凑巧，不晓得几时可回？"

德公道：

"这个我也说不定，他如回来的时候，俺叫他到你这儿来一次可好？"

小六道：

"这是再好没有了。还有一件事，就是俺们刚才见一个獐头鼠目的贼徒，身上似带有重金，云师恐系抢劫而来，所以欲赶上去追究。但彼骑马，我们步行，怕赶不上，所以欲来借马匹。"

云生听了，也说了欲借马一事。德公呵呵笑道：

"这也值得说商量一件事吗？贤弟这就太小觑俺了，待咱们痛快喝上几杯再赶上去，也不为迟，谅这些毛贼，也不怕他逃往哪里去！"

大家见他说得豪爽痛快，便也安心在这儿用饭了。不多一会儿，早已摆席，德公遂携云生的手入席。只见桌上放着一大碗羊肉，一大碗猪蹄，还有一大盆肚肺，都是烧得烂熟，装得很满。下首桌上又摆着一大瓶的大麦酒，小六一见酒瓶，他便抢着坐在下首，握着酒瓶向上首便筛，一面大声叫道：

"云师、老伯、萍姑姑，快来喝酒吧！俺是不客气了。"

这时，颜德公便让云生上座，云生再三不肯，德公没法，只得自己首座，云生右首，秋萍左首。四人坐定，云生兄妹俩便举起杯来，向德公道谢，德公举杯相答，大家立干一杯。小六一见，便又连忙站起，替各人重又满筛一杯，一面便老实不客气地用手抓了一只怪油的猪蹄，方欲塞到嘴里去时，只见德公也举杯向云生兄妹道：

"白贤弟，小兄在这里也奉敬一杯了。"

小六听了，慌忙又把猪蹄放下，正欲执瓶再去替他们筛时，不料手是油的，瓶是滑的，一个不留心，连瓶带酒统统都跌了下去。酒瓶倒在桌上，瓶口正对准着左边，那酒便好像泉水般地汩汩流了出来，秋萍来不及避开，把个衣服和裤脚上都打得稀湿，浸满了酒汁。小六连忙把瓶扶起，但是那酒瓶里的酒早已一滴也不存了。这时，秋萍早已站起，拍着身上的酒汁，满脸红晕。小六也羞得满脸血红，好像喷血猪头一般。颜德公和云生见此情形，真是又好气又好笑。德公一面叫人拿汗巾，让秋萍拭揩，一面又忙叫拿酒。小六这时又连向秋萍道对不起，秋萍含笑道：

"不要紧，揩去就完了。"

小六便又连喊"好酒好酒，可惜可惜"，一面便要俯身低头去吮吸桌上打翻的剩酒。颜德公笑道：

"你快不要喊可惜了，俺这酒是自己酿的，里面尽多着哩！"

小六一听酒是自己做的，喜欢得手脚都跳了起来，睁大了两眼，笑道：

"这个我是要好好地醉它一醉呢！"

小六又道：

"俺多不会喝，喝它二三十斤也差不多了。云师呢？"

云生笑道：

"你的酒量实在是好了，俺也不过十五六斤罢了。颜大哥也不错吧？"

颜德公抚着胸前长髯笑道：

"近十年来久居家园，无事消遣，每日以酒解闷，倒也能喝得三四十斤。"

秋萍听了，把小嘴儿中的舌尖一伸，眼珠转了转，笑道：

"颜大哥真成不醉之仙了。"

说得大家都笑起来。壮丁已把大斗拿上，各人都满筛一斗。德公喝了大半，一面把羊腿撕下，放在嘴里狂嚼，一面又哼着道：

"杀人嫌少，酒不嫌多。"

说罢，又把半斗的酒灌下肚去。云生见他这样放浪的形态，真是英雄本色。小六早又筛上一大斗，一面又叫云师快喝。大家喝到日落西山，云生向德公拱手道：

"小弟酒菜已饱，饭也不消用了。"

颜德公道：

"如此咱们散席。"

于是叫壮丁拿手巾来。小六却还拿了猪蹄大嚼呢。云生见时已不早，便和妹子向颜德公告别。德公道：

"不能在这里耽搁几天吗？"

云生道：

"小弟欲去追那贼徒，咱们后会有期。"

德公因叫壮丁备马。小六一手抹嘴，一面大嚷道：

"俺和云师一道去！颜老伯，小平哥回来，请他来一趟好了。"

德公答应，一面遂送三人到庄门，大家跨上马背，扬起一鞭，那马便向前飞奔了。

约莫走了十余里路，便到了一个山坡，四面森林密密，形势十分险峻。云生问道：

"这儿是什么地方？"

小六道：

"前面便是狮子山，山上有个清风寨，寨主是小阎罗陈康龙，使用的一条虎头铜棍，手下倒也有三五千名喽啰，平日专抢劫过路客商。"

云生道：

"如此当地官员怎不派兵前来剿灭？"

小六道：

"贼势浩大，寨上除了陈康龙，尚有四名头目，名叫赵豹、王虎、萧忠、谢飞，都非常厉害，当地官员哪里敢管地方上的治安呢？"

秋萍道：

"刚才咱们见的那个骑马的贼子，恐怕就是这山上的头目吧！"

小六道：

"这个俺倒不认识，这些都是小平哥告诉我的。"

云生道：

"俺欲上山去探听一下，俺想你这时且回七星溪去吧，也可以回复那个姓柳的了。"

小六道：

"俺想跟师父一块儿走。"

云生道：

"日后我自会来看你，如你在此，反使我受累呢！"

小六听了，只得与两人分道而别。小六背着狮子山跑去，沿川河边而走。这时，天色已黑，新月好像含羞的少女，从白云堆中掩映出来，照着马背、人影在地，大有诗情画意，凉风习习，吹着遍体皆爽。小六一路玩赏月色，一路望着河面的船只。正在得意自乐，忽然间有一阵女子哀哀的哭声送入耳中。小六心中奇怪得很，因忙加鞭循声而往，果见江边沿坐着一个女子，旁边还躺着一个老者。那女子见小六来近，忽然纵身欲向河中跳去。小六一见，大叫：

"姑娘，不要自寻短见！"

说时迟，那时快，小六因为心里一急，早已滚下马来，把那女子的衣角拖住。那女子早已吓得面无人色，拼命向河心中跳。小六手中扯下一块布条，只听扑通一声，那女子早已翻身落水了。

第三回

烈女含冤奋身入水
书生失妹从客抛家

　　小六见那女子只管要死，心里好生奇怪，蝼蚁尚且惜生，怎么她竟不要做人了呢？因也不管一切地跳下水去。这时的水正是涨潮，所以那女子不曾被流水冲远。小六把她抱住，湿淋淋地跳上岸来。那女子因喝了几口水，人已昏迷。小六因把她身体横在马背上，头向下垂，只听咕噜噜的一阵响，那女子口里便吐出一堆黄水，良久，哇的一声哭了起来。小六见她已醒，方始放心，便抱她下来，在地上坐着，一面问道：

　　"你这姑娘，究竟为了什么要觅死呀？"

　　那女子听了他话，依然低头啜泣。小六急道：

　　"我不是歹人呀！我的脸虽然很可怕，但是我的心眼儿是很好的。你和我说了原因，也许能帮助你的。"

　　那女子见他这样说，真个是不像歹人，便抬头向小六望了一眼，那泪水早已扑簌簌地滚了下来，因道：

　　"小女子姓韩名浣薇，爸爸韩彬，是江津县的知县。上月因

22

抚台沈志芳的儿子沈兰廷强抢良家妇女一案，爸爸正直无私，责打他五十大板，因此结了冤仇，借故说爸爸串通江洋大盗，上司也不问情由，就此正法，妈妈因此也自缢身死。老仆韩德因携着难女逃出，不料在半途又遇强徒，把难女三百两的盘费完全劫去，并将韩德殴打重伤，行到这里，韩德已是死了。剩下难女孤零零的一个，既不能替父母报仇，又不能回转原乡，还有什么法想？倒不是跟着我妈一块儿去好吗？恩公，你虽救了难女，可是你反累害了咱了。"

那女子说到此，又呜咽起来。小六听了，也不觉为之酸鼻，因劝道：

"你不用愁，俺不但能替你想法追还盘费，并且还可以代你去复仇。但你的原籍是哪里？家乡还有什么人？"

浣薇听了这话，将信将疑，因道：

"俺本是云南人，家乡只有一房很远的堂叔叔，因年数隔远了，消息也长久不通，现在究竟是否在那里，还不知道呢！"

小六道：

"这样遥远的路程，我瞧你也不用去了。现在这里四野又无宿店，俺有一个朋友，离这里不过十余里路程，我们且到那边去住一宵再说。你瞧怎样？"

浣薇见他说话很是诚实，脸虽很可怕，却也并无恶意，如果不这样办，又有什么法子可想呢？因只好点头答应，并恳求他把韩德想法葬了。小六道：

"这很容易。"

遂在路旁掘一个土坑，把韩德尸身放下，又把泥土堆上。浣薇又哭了一会儿，小六道：

"不用哭了，咱们赶路要紧呢！"

浣薇因拭着眼泪向小六望了一会儿，忽然向小六扑地跪倒叩头道：

"难女还不曾问恩公姓名哩！将来如果能够报得父母大仇，难女一定把恩公立个长生位，终生焚香拜供，以报恩公的大德。"

小六忙笑道：

"浣姑娘，不要客气。俺姓陆名洪，生来就爱管闲事，请你快起来吧！"

浣薇因站了起来，小六道：

"现在马只有一匹，想姑娘身子一定已经很乏力了，你能不能骑马？我在后面随着你好了。"

浣薇见他如此说法，心里更是感激得了不得。小六便扶她上马，自己缓缓地跟在后面。约走了三四里路程，浣薇见他小心跟着，也不说话，因反向他叫道：

"陆大哥，你家是住在哪里的？"

小六见她忽然叫自己大哥，心里喜欢得很，因望着她道：

"俺是住在七星溪的，今天本来是在那个朋友那里，不料朋友出门去了，却遇见了两位大侠，一个和姑娘一般，年纪很轻，本领却非常大。"

浣薇道：

"你朋友既出门了，我们去他们家里不是没有人了吗？"

小六道：

"他的爸爸是在家里，你道他的爸是谁？就是赫赫有名的颜

24

德公呢！"

两人说着，不觉已到了燕子坡的颜家庄。小六把浣薇扶下马来，两人进了庄门。一个壮丁迎出来道：

"陆大爷怎么又回来了？"

小六道：

"有事见你的老太爷，在家里吗？"

壮丁道：

"里面有个客人在，请你们在厅上坐一会儿。"

小六道：

"很好。"

一面便叫浣薇进内。两人坐下，壮丁泡上茶。忽听厢房中一阵笑声，出来两个人，一个是颜德公，还有一个却是道人装束，鹤发童颜，仪表非凡，呵呵笑着道：

"果然不出我之所料。"

小六一见，慌忙和浣薇站起，一面上前叫道：

"颜老伯，小侄来商量一件事。"

德公笑道：

"不用说了，这位是峨眉老丈朱非子，他已早算定了，这个浣姑娘是不是你救来的？可敬得很。"

小六一听，惊奇非凡，知道是位异人，连忙下拜叩头。朱非子忙扶起道：

"贤侄少礼，这位浣姑娘和俺该有师徒之分，你也不用拜托颜老伯了。"

浣薇一听这话，真是乐得心花怒放，连忙对朱非子拜了八

25

拜，口称：

"师父在上，小徒在此拜见了。"

朱非子见她如此玲珑聪敏，抚着银髯微笑道：

"爱徒起来。"

说着，便忙扶起，一面便和颜德公告别。德公和小六便送出院门，浣薇和小六恋恋不舍，只得洒泪别去。德公笑道：

"今晚就在这儿宿一宵吧！"

小六点头。两人到了里面，德公道：

"你不是和你师父白云生一同去吗，怎么你会救了一个女子来呢？"

小六因把过去的事说了一遍。德公听了，点头赞美不已。小六因也问道：

"这个朱非子是什么时候到来的呢？"

德公道：

"也不多一会儿。这人算来还是俺的师叔，这个浣薇姑娘倒是真个好造化呢！"

小六听了，想起自己的前程，也颇觉感触，因闷闷自去睡了。

次日起来，他便向德公告别，一心匆匆地回家来看老母了。到了七星溪的柳家村，只见三三两两的村人，都在喁喁谈着。小六心中奇怪，便向人探听道：

"喂！你们在说些什么呀？"

村人一见小六，便都笑着告诉道：

"小六哥，正真奇怪，柳圣望的少爷会跟着叫花和尚出家了，你想稀奇吗?"

小六忙道:

"是不是叫柳文卿?"

村人道:

"正是他呀!"

小六听了,知道其中必有缘故,他便急急回到家里。陆太太一见小六回来,便叫道:

"儿啊!你颜家大哥有请来没有?柳家的少爷已跟和尚出家了呢!"

小六道:

"小平哥不在家里,没有请来。柳文卿跟和尚出家是在什么时候呀?"

陆太太道:

"在昨天午后呢!我也是隔壁张三告诉我的。"

小六正想说话,忽听外面有人喊道:

"小六哥在家吗?"

小六应道:

"是谁?进来吧!"

只见进来的不是别人,正是柳笛。小六一见,慌忙问道:

"你们大爷究竟怎么一回事呀?"

柳笛道:

"不要说起,我家大爷真的发了疯,跟着一个痴痴癫癫的跛足和尚,说是学艺去。你想,这个和尚不但衣衫破烂,人是脏得不得了,要是看见了他,差不多隔夜吃的东西也会呕吐起来的。

我家大爷却偏喜欢去吃苦，害得老爷、太太急得跳脚。小姐既然已经自小被人拐去，怎么大爷又要出家呢？我劝他说，你既已托小六哥去请名师，现在为什么又跟叫花和尚去了？他好像入了魔的一般，执意不肯。现在给村中人都当作一件新闻讲。小六哥，你的颜大哥到底有请来没有啦？"

小六摇头道：

"没有请来，你家大爷既已跟和尚走了，那也不用说起了。"

小六说着，一面暗想：这个和尚谅来总有些来历，都是外人少见多怪，以为拥有许多资产的少爷，忽然跟叫花和尚出家去，当作稀奇事了。其实柳文卿倒是慧眼识人呢！小六想罢，倒反替文卿庆幸，也不以为意，静静地等在家里，预备候白云生到来。

且说柳文卿跟的那个跛足和尚究竟是谁呢？原来不是别人，真是大名鼎鼎的金罗汉拐脚僧。这也真所谓有缘千里来相会了，拐脚僧云游四海，行踪本来无定，这天齐巧经过柳家村，刚刚是文卿送小六上航船回来。他正在低头暗想，忽然眼前显出一片火光，文卿大吃一惊，以为是前村火烧，连忙抬头望去，却并没有什么，只见一个跛足叫花和尚坐在一株柳树下，用他约有四五寸长的指甲在抓腿上的烂疮疤。文卿看了，见他行动有异，便非常注意。柳笛却不耐烦地催道：

"大爷，回去吧！这么龌龊的叫花和尚有什么好瞧呢？"

不料文卿灵机一动，不但不走，反而走向前去，向他跪倒地上，口叫：

"大师，请收作门徒。"

这一下把柳笛急了起来，大嚷道：

"大爷，你可发疯了，怎么拜这个叫花子做师父？难道跟他去学讨饭吗？"

这时，村中耕夫都荷锄回家，见柳大爷要拜叫花和尚为师，大家奇怪得了不得，个个围拢来瞧热闹。那时，这个和尚便站了起来，微微笑了一笑，便走了。文卿一见，便也追随其后。急得柳笛大叫大嚷，说大爷受了这叫花和尚的魔，叫耕夫们拿耕耙锄头快追上去，把叫花和尚捉来打死。耕夫一听，个个飞奔上前，不料这班耕夫和柳笛虽然拼命追赶，头上汗流如雨，却追不上和尚和柳文卿，到后来，追得实在都走不动了，却见叫花和尚还在前面缓步行着呢！文卿也踱步跟着。后来见他们越走越远，几乎瞧不清楚了，大家只好回去。柳笛也哭回家里来，告诉老爷、太太。柳圣望一听，心中暗暗纳闷。柳老太却"儿呀，肉呀"，哭得死去活来。还是圣望想得明白一些，说："这个和尚也许有些来历的，文卿这孩子平日只想请教师学艺，将来艺成回家，不是很好吗？"这也不过圣望安慰安慰自己罢了，却想不到后来竟成了事实呢！

且说柳文卿一心一意地紧紧追随在拐脚僧的后面，忽然眼前来了两个如花如玉的美人，向文卿温柔媚声地说道：

"你家里有许多家产，正可以安安稳稳地享福去，为什么苦苦地要跟叫花学艺去呢？亲哥哥，我们一同回去吧！"

文卿听了，不觉大怒道：

"何方来的贱人？谁是你的哥哥？还不快给我滚开！"

话声未完，那两个女人忽然不见，一忽儿又见两只豺狼恶狠狠地向前扑过来。文卿一见，便闭眼暗暗祈祷"师父救我"。一忽儿只听一声霹雳响亮，睁眼一瞧，只见眼前显出另一个境界，自己哪里还是在柳家村里？原来已在巍峨的山峰上了。只见左右奇峰独立，松柏对峙，峭壁上流下的瀑布，一泻千里，梅花小鹿奔窜山岭，红顶仙鹤翱翔天空，清风拂拂，顿觉烦念俱消，正是神仙境界一般。文卿心里万分欢喜，却又找不到那个拐脚僧，心里正在着急，忽听后面一阵哈哈的笑声。文卿慌忙回过头去，只见拐脚僧站在后面，对自己点头微笑。文卿急忙扑地跪倒叩头道：

"求大师可怜弟子一片虔心，万望收录。"

拐脚僧因扶起他道：

"你真要拜我为师吗？将来可不要懊悔。"

文卿毅然道：

"虽死也不懊悔的。"

拐脚僧道：

"那么你且随我来。"

文卿便跟拐脚僧到了一块平原山地，见有一个三四丈周围的池塘，里面浸着一条二丈长的大蟒蛇，身粗五尺周围，眼若铜铃，口似血盆，把池水掀翻得水花飞溅，汹波高涌，文卿不觉暗暗吃惊。拐脚僧微笑道：

"你既欲拜我为师，便把你衣服脱去，在池中洗过了澡，方才可以教你本领。"

柳文卿一想：这我如果跳下池去，必定身葬蛇腹。不要他是个歹人，暗害我的生命吗？但忽又转念一想：我既答应他到死也不懊悔，怎么现在又犹豫不决呢？因便急忙把衣服脱去，纵身蹿入池中，只觉一股凉气透入顶门，浑身奇痒难当。过了一会儿，便跳出池来，只觉眼光明亮，远望数十里外的景物，宛然目前，且精神百倍，周身肌肉像栗子般地都凸了出来。方才晓得这是个换骨脱胎池，因忙又拜伏在地，叩谢不已。拐脚僧呵呵笑道：

"难得，难得！"

说着，便指着旁边一块大青石道：

"贤徒，你且把这一块小东西代为师搬到左边去。"

文卿打量这块大石足有六尺高，四尺转方，少说也有一千多斤，想自己是个手无缚鸡之力的人，哪里能搬得动呢？这一定是师父和自己开玩笑了。但师父的吩咐，又不能不听，只好走上前去，伸开两手，把大石抱住。这真是做梦也想不到，文卿把那块大石抱起的时候，不但一些也不沉重，而且竟轻得像一块青砖一般。这一喜欢，真把文卿几乎发了狂。拐脚僧却微笑道：

"慢来，慢来，你这些功夫，还只有沧海里的一粟哩！"

说着，便携着他到洞中来。文卿抬头见洞口上写着"紫霞洞"三字，里面走出两个童子，见了拐脚僧，口叫师父。拐脚僧叫道：

"白虹、青云，你们过来，大家见见。"

说着，便叫文卿喊两人为师兄。三人见过了礼，拐脚僧便叫三人好生看住洞门，自己欲向外一行。大家答应，白虹、青云、文卿送到洞口，只见一阵清风，那拐脚僧早已不知去向了。

第四回

柳春燕巧遇赤云子
毒龙山火烧上清观

　　金罗汉拐脚僧出了紫霞洞，只见天空彩云满布，突然有一道白光，从山峰中飞来。拐脚僧睁目一瞧，知是自己师弟屠龙客，因也驾起金光。只见屠龙客身披道袍，背着一柄宝剑，笑容满面地走上前来，向金罗汉唱了一个喏道：

　　"恭喜师兄！"

　　拐脚僧笑道：

　　"喜从何来？"

　　屠龙客道：

　　"咦！你不是新收了一个贤徒吗？"

　　拐脚僧道：

　　"此人心颇坚决，俺见他一片诚心，所以成全了他。贤弟现往哪儿去？"

　　屠龙客道：

　　"反正左右无事，无非是云游四海。师兄新收的贤徒，不知姓甚名谁？"

拐脚僧忙道：

"这孩子姓柳名文卿，是七星溪人。"

屠龙客听了，不觉一怔，因笑道：

"如此说来，竟是俺这个孩子的哥哥了。"

拐脚僧忙道：

"是不是你的白云生？"

屠龙客摇头道：

"不是，这孩子名叫柳春燕，想来就是文卿的妹妹了。"

拐脚僧道：

"却一向不曾听见贤弟说起。"

屠龙客笑道：

"说起这事来，还是在六年前呢！"

拐脚僧道：

"那俺倒愿意听听。"

那年，屠龙客路过柳家村，只见一家庄门前有一男一女两个孩子在玩儿着，看过去谅是兄妹模样，男的十二三岁，女的八九岁，一个生得眉清目秀，一个生得粉雕玉琢，十分可爱。屠龙客正在心中暗暗爱慕，忽见前面走来两个壮汉，獐头鼠目，一脸横肉，谅来不是好人。屠龙客欲瞧个究竟，便在那边柳树下站住不走。只见两个大汉上去向那个女孩子叫道：

"好妹妹，你们在玩儿什么呀？"

柳春燕回头见了他们，便跳着笑道：

"哥哥在堆宝塔呢！"

原来两个孩子正在用沙泥堆砌着玩儿。那大汉听了，便用手在春燕的头顶上一抚，便携着春燕走了。春燕这时心中虽然明白，不肯随他同走，但是不知怎样，口里竟叫不出一个字，而且四肢好像没有力气，身不由己地跟着他跑。但是春燕还回过头来瞧她的哥哥，脸上挂满了眼泪，可知她内心的急和痛是十分的了。这时，柳文卿正堆好了一座塔，回头叫妹妹看时，忽然妹妹已不在了。他这一急非同小可，连忙站起，只见妹妹正被前面两个大汉抱去。他因飞步追了上去，口中大喊：

"强盗，胆敢抢咱的妹妹！"

那两个大汉头也不回地向前跑。文卿追了一阵，早已到了后面，连叫"还咱的妹妹"。不料另一个大汉回过头来，便把文卿一拳打倒。文卿被打，倒在地下，大叫大嚷。这时，村人都走了拢来，连忙问什么事。文卿哭着告诉，可是这时，那两个大汉早已不知去向，原来用缩地法逃了。那时，屠龙客也就使用土遁追了上去，不多一会儿，早已追上了大汉。只见两个大汉把春燕缚在一株树上，上身衣服完全脱去，一个大汉手执雪亮的匕首，一个大汉拿着一只大瓶，里面都是血淋淋的心肝，嘴里含了一口水，向春燕脸上喷去，一面向旁一个大汉道：

"还不下手，更待何时？"

那大汉听了，便把手中匕首向春燕小胸中一刀划去。说时迟，那时快，只见一道白光，那个大汉哎呀一声，鲜血飞溅，染了春燕一脸一身。屠龙客喝声：

"好大胆，青天白日之下，敢如此放肆！"

原来这一道白光飞来，已把那大汉的手腕割落。旁一个大汉一见，便拔出朴刀，猛可向屠龙客劈来。屠龙客哈哈笑道：

"还敢横行？去吧！"

说着，把手臂向那朴刀上一格，只听乒乒的一声，只见连人带刀一块儿都跌出了三丈以外。那个大汉的头顶，齐巧撞在石块的尖角上，早已一命呜呼了。这时，没有下手的那个大汉早已跪倒地上，口喊"大师饶命"。屠龙客斥道：

"这是哪个叫你们干这等伤天害理的事？从实说来，如有半句虚话，定不饶你的狗命！"

那个大汉叩头哀求道：

"这不关俺的事，是俺师父妙清道人叫咱们干的。"

屠龙客喝道：

"要了做什么用？"

大汉道：

"俺师父要炼两柄阴阳宝剑，需要一百个童男女的心肝，方可制造成功。"

屠龙客怒气冲冲道：

"如此惨无人道，要汝这等人留着何用？"

说着，把口一张，那个大汉的头早已滚落在地。屠龙客便亲自把绳索解开，只见春燕面无人色，牙关紧闭。屠龙客说声"可怜的孩子"，便轻轻把她头顶拍了一拍。柳春燕便哇的一声哭了出来，见了屠龙客，便叫着"我的哥哥呢"。屠龙客笑道：

"你的性命好危险啊！你瞧瞧地下躺着的是什么人呀？"

春燕见地上血肉模糊地躺着两个人，知道捉自己的人被这个人杀死了，因忙跪倒在地，口叫"大师，谢谢救命大恩"。屠龙

35

客呵呵笑道：

"你这孩子叫什么名儿？"

春燕道：

"咱叫柳春燕，咱哥哥叫柳文卿，请问大师怎么称呼？"

屠龙客扶她起来笑道：

"咱叫赤云子，别号屠龙客。"

春燕一面穿上袄子，一面走上前来拉住屠龙客的手，笑盈盈地说道：

"屠大师救了我的性命，我的爸爸一定很喜欢，您一同和我回家去好吗？"

屠龙客见她天真活泼，心里愈觉可爱，因道：

"俺的意思要收你做个徒儿，这时候你且跟着我去，将来学了本领，再回家去见你的爸爸好吗？"

春燕听了这话，点头含笑道：

"这样好极了，将来如果有人来抢我，我一定立刻可以杀死他了。"

说着，便向屠龙客拜了八拜。屠龙客一见，喜欢得很，因携着她手，回到赤云洞来，把自己平生的本领都教授了她。春燕天性聪敏，心领神会，教她的无一不会。如此匆匆过了五年，春燕早已练成了燕子一般的身段，十八般武艺，件件皆精。这天，屠龙客来叫她道：

"为师的要去干一件事，你可同去一趟。"

春燕听了，喜欢万分，便跟着屠龙客到了一山。这时，天已全黑，月色如画。春燕问道：

"师父，这是何山？"

屠龙客道：

"此山名叫毒龙山，山上有一个上清观，里面的老道士，名叫妙清道人。五年前你还记得他想炼两柄阴阳剑，险些把你的性命丧了。"

春燕哦了一声道：

"原来这贼子就在这个山上，咱们何不上去结果了他？"

屠龙客点头道：

"且随师来。"

说着，两人便飞到山顶，只见上清观的大门紧闭。两人遂纵身一跃，跳进观内。这时，大殿上只点着一盏油灯，太上老君的金身坐在殿上，里面悄悄的一无人声。正在这时，忽见那边长廊下走出两个小道士来，手中提着一盏灯笼。两人喁喁地说着话，一个道：

"师父这次捉来的十个孕妇，真美丽得很，只可惜今夜都要一个个杀死呢！"

一个道：

"师父有了两柄阴阳剑也就够了，还要炼什么剑呢？好好的美妇人，不会去受用，却要破开肚皮，去取她的小孩儿胎，那是再可惜也没有了。"

一个又道：

"咱的师兄陈康龙，倒真艳福不浅呢！他说反正这些妇人都要死的，在未死之前，何不给自己乐一乐呢？"

一个听了，忙道：

"这话想得真是，不知师父答应了没有？"

一个笑道：

"师父……"

春燕听到这里，怒不可遏，一个箭步，早已飞到前面，挥起一剑，只听扑通一声，一个道士已跌倒地下。还有一个大吃一惊，春燕把剑在他脖子上按着，轻轻斥道：

"不许声张。"

那个小道士吓得双脚乱抖，口叫饶命。春燕道：

"快快说出你的师父在哪里炼剑，否则，哼！"

春燕哼了一声，那剑在他耳边一晃，那只耳朵已不知去向，鲜血直流。小道士忍痛道：

"俺说就是了，在那边过去第三间禅室里，有一扇门，直通地道，俺师父便在那里面炼剑。"

屠龙客道：

"燕儿，你押着他，叫他前往引导。"

春燕一听，把剑一扬喝道：

"听见吗？"

那小道士哪敢说半个不字，便引两人到第三间禅室，见里面点着一支蜡烛，左边有一幅长画，前面放着一张琴桌，桌上供着一炉长香，正在燃着。小道士把琴桌搬开，手在壁上的一个小孔中一点，只见那幅画便变成一扇门，里面别有洞天，向春燕道：

"姑姑，这里面就是了。"

春燕笑道：

"多谢你，俺送你上西天极乐世界去吧！"

38

说着，手起剑落，那头早已滚落在地。春燕便飞身跃入门中，只见里面黑暗可怕，冷气森森，约莫走了三四丈路，方见西面室中透出一片灯光来。春燕蹑脚走至旁边，向玻璃窗内望将进去。这一瞧，不觉把她羞得两颊红晕，啐了一口，回转头来。只见屠龙客已到后面，见她这个模样，知道里面定在干那不正当的事儿，因便前去一看。原来妙清道人坐在蒲团上，前面放着一只丹炉，正在炼他的宝剑。再瞧旁边，只见有十个年轻裸体的少妇，被缚在柱上，腹中都微微隆起，知道这大概就是小道士说的十个孕妇了。那时，后面又走出一条大汉，身高八尺开外，一张紫脸，浓眉圆眼，大鼻阔口，两耳反招，头上青布勒额，前面打个鸳鸯连环结。身穿一袭蓝绸大氅，脚下抓地虎头鞋，身材结实，背阔腰圆，瞧他年纪三十左右。他走到十个少妇的身旁，任意调笑。那些少妇手足被缚，急得大哭大骂。屠龙客见此情形，真气得把两眼迸出火星来，只见他把手一推，那玻璃门早已翻倒。那时，妙清道人一见有人进来，便即跃身跳起。屠龙客冷笑道：

　　"好个无耻恶道，干的好事！"

　　说着，便是一个掌心雷打去。只听一声霹雳，那只丹炉便即倒翻地下。妙清道人遂大叫：

　　"吾徒康龙，速取剑来！"

　　那个大汉见屠龙客来意不善，便忙在壁上取下两剑，一剑授予妙清，一剑握在手里，直劈屠龙客。屠龙客见来势凶猛，且凉气逼人，知此剑厉害，便在背上拔出青霜剑，向上一格，只听乒乓两响，火光直冒，金星乱迸。陈康龙顿觉虎口大震，疼痛十分，连忙缩回宝剑，欲向屋外窜逃。春燕仗剑挡住去路，娇声大喝：

"贼盗，休得猖獗……"

话声未完，早已一剑劈来。康龙冷不防有个女子前来挡住，急忙避去来剑，纵身一跃，飞出院子外去。春燕哪里肯放？遂也追了出去，在院中的月光下大战起来。妙清道人见徒儿逃出屋外，便把宝剑直取屠龙客。屠龙客退后一步，握青霜剑还击。一来一往，约战四五十回合，忽听一阵钟声，便见无数小道士各执大刀，从四面包围起来。屠龙客哈哈大笑说：

"鼠辈，自取死耳！"

说罢，便把嘴一张，只见一道白光，在室中绕转起来，小道士们的头都一个一个地掉了下来。众道士大惊失色，不敢上前。妙清见白光已向自己飞来，知事不妙，连忙把手中宝剑向上一丢，果见那剑抵住白光，白光不能下来。

且说春燕和康龙战了许久，不分胜负，康龙见春燕身穿月白绣红花袄，脸似芙蓉出水，眉如远山，眼若秋波，身条窈窕，娇小玲珑，哪里放在心上？不料战了四五十个回合，却一些没有破绽，而且剑法越来越紧，心中不免暗暗吃惊。此时，忽见室中又有白光飞出，知道今天万万不能取胜，师父的性命恐怕也要没有了，三十六招走为上招，且自逃性命，将来再报仇吧！主意想定，把剑虚拨了一下，退出圈子，口叫：

"小娘子，再见吧！"

一面早已纵身飞上屋顶。春燕不便再追，便到了里面，见师父和妙清道人正在恶斗，她便悄悄走到妙清道人的后面，拦腰一剑挥去，只听扑哧一声，妙清的身子早成两段，肚肠流出，鲜血飞溅，那把剑从空中便落了下来，齐巧斫在妙清自己的头上。春燕哧哧笑道：

"恶道呀，你也有今天一日了！"

说着，便把那柄剑拔起，拿给屠龙客看道：

"师父，这柄剑叫什么？竟有如此厉害，能抵住师父的白光？"

屠龙客接过一瞧道：

"哦！这柄剑就是太极阴剑。你瞧，剑上有太极图一个，就是五年前这恶道要炼制的那两柄阴阳双剑，不是为了此剑，你也险些丧了性命吗？"

春燕恍然道：

"是了，无怪此剑厉害，当时不是丧了一百童男童女吗？不知那柄阳剑在哪儿？"

屠龙客笑道：

"你不是和他徒儿陈康龙在战吗？他手中的剑就是太极阳剑呀！"

春燕听了，忙把自己剑匣中的宝剑抽出一瞧，啊哟一声，道：

"怪不得我这剑被碰一个缺口了，这样好剑也抵不住它，这柄阳剑可厉害了。"

屠龙客笑道：

"还要这剑干什么用？妙清那厮他不是在五年前替你炼好一柄宝剑吗？"

说着，便把太极阴剑交给了她。春燕听了，连忙双手接过，谢了师父。这里小道士见大师父被杀，早已跪在地上求饶。春燕忙把十个裸体的孕妇放松了绳索，叫她们穿上衣服，先送下山去。屠龙客在库房取出金银，分给小道士，叫他们各自回家，去做买卖，再不能受人利用，助纣为虐。众道士点头答应，各自收拾。大家出了上清观，点起火把，堆上柴草，便烧了起来。一时火光融融，烟雾弥漫，一个广大的上清观便变成火的世界了。

第五回

燕见凤诉亲为仇杀
心感德改过做良民

屠龙客说完了六年前的一件事，拐脚僧问道：

"现在春燕这孩子可有下山吗？"

屠龙客笑道：

"这孩子自得了这柄太极阴剑，心里喜欢得了不得，天天在洞中练习，现在她的功夫更好了。我自收门徒以来，这孩子是俺最得意的了。"

屠龙客说到此，便呵呵笑起来。两人又谈了一会儿，拐脚僧欲想往昆仑山朝祖师去，屠龙客托代为拜望老人家，遂各自分别。

屠龙客回到赤云洞，柳春燕在洞门外迎着笑道：

"师父回来了。"

屠龙客点头道：

"为师替你打听得一个好消息，你的哥哥现在在你师伯金罗汉那里呢！"

春燕忙道：

"真吗？算来也有六个年头不见了。"

说着，低着头若有所思。屠龙客知她有些想家了，因抚须笑道：

"你要回家去望望父母吗？"

春燕一听，便即跪到地上，叩谢道：

"不知师父有何吩咐？"

屠龙客道：

"你此去经过云南大理县罗家集地方，有个罗秋岚，他是你的大师兄。自从下山后，一别十年，音信没有，你不妨去瞧瞧他。"

春燕答应，一面问有什么吩咐，屠龙客道：

"你只要记住'除暴安良，扶弱锄强'八个字，为师的也没有什么吩咐了。"

春燕听了，便站了起来，往里面收拾一切，拜别屠龙客下山去了。一路上披星戴月，沐雨栉风，这天到了云南地界。柳春燕向路人探问道：

"这儿离大理县尚有几多路程？"

路人道：

"这儿是龙陵县，大理县离此尚有五十里路程。"

春燕道了谢。因那时天色已晚，想来是不能赶到，因就在近处前去投宿。店小二迎出道：

"里面清洁房间很多，姑娘请进来吧！"

春燕便跟他到了一间房间，倒也宽大，因把包袱解下，太极阴剑也去挂在壁上。

店小二进来问吃什么，春燕道：

"拿一大盆红烧羊肉和二斤酒来。"

店小二答应一声，不多一会儿，便热气腾腾地端了上来，春燕便独自吃喝起来。这时，房中十分静悄，忽然听得一阵女子嘤嘤的哭声，好像从隔壁房中传送过来，春燕心中很是奇怪，便喊店小二进来问道：

"隔壁住的是什么客人？怎的在哭啦？"

店小二道：

"姑娘，不要说起，上月里来了一个老妇人和一个少年女子。谁知不多两天，那妇人便病了起来，一直到现在，那病只有一天一天地厉害，所有盘费统统用光，请医生当然不用说，这儿的房金也有七天不曾付了呢！"

正在这时，忽然听隔壁房中另有男子声音大骂道：

"哭什么？房金七天不给了，咱们店中的客人都像了你们，咱们的店不是早已要关闭了吗？"

春燕听了，向店小二冷笑一声道：

"好呀！你们店中待客人是这样的？"

说着，便站起身来，跑到隔壁房中去。只见床上躺着一个骨瘦如柴的妇人，差不多已经奄奄一息，床旁坐着一个少女，年约二十，全身缟素，好像带雨梨花般地淌着眼泪。旁边站着两个人，一个年约四十，大约是个账房，还有一个二十五六，身穿湖色长袍，头戴瓜皮缎帽，一副白净的脸，生着两只老鼠眼，打量过去，也不是个善良之辈。这时，听这个账房又道：

"七天来的房饭金，差不多要三五两银子，把你这个姑娘卖了，也值不到三五钱银子。幸亏这儿的小老板是个大慈善家，不但不要你三五两银子，而且能把你的老娘后事统统负责料理。姑娘怎么还不向咱的大爷叩谢呢？"

春燕见他话中完全是当面轻薄，心中不觉大怒，抢步上前，向那个账房冷笑道：

"只不过三五两银子，就可以逼人家了吗？那不是太笑话了！漫说三五两银子，就是三五十两银子，也由俺姓柳的负责好了。"

那个穿湖色长袍的少年却原来是当地的土棍莫良兴的儿子莫式贵，式贵仗着父亲的势力，到处强抢妇女，无所不为，村中如稍有姿色的女子，他都要抢来发泄他的兽欲。家中雇有五六名教师，一个名叫铁臂膀郑振的，本领尤为出色。其余几个名叫张汉、包天勇、潘盛英，也很是厉害，因此式贵更加肆无忌惮，官员也从不过问。

这天，莫式贵到他爸开的隆生栈来游玩，账房王芝佩告诉他，有个女子住在此地，看过去是个异村人，因母病盘费用完，房金也七天不付了，这个姑娘倒很美丽呢！式贵听了这话，心里喜欢十分，便商量定妥，前去做他们的圈套。不料正在成功的当儿，半路上却走出一个柳春燕来。当时，式贵听了春燕的话，便仔细向她打量一下，只见她年纪还只有十五六岁光景，头上梳着双螺髻，髻上簪了一朵粉红的蝴蝶花结，身上穿一件紫地撒白花的袄，下身穿着镶边的桃花裤，凤头花鞋，金莲小得还不到三寸，天生的一张雪白粉嫩鹅蛋脸，两道长长的细眉下，覆着一双滴溜乌圆的秋波，见了也讨人欢喜。莫式贵忍不住笑起来，说道：

"你这小姑娘，有多大的胆子，怎么管起俺的闲事来了？"

那个账房走近几步，说道：

"你这小姑娘谅来不是本地人，无怪你不知大爷的厉害呢！小姑娘，你快不要管闲事了吧！回头跟了俺的大爷回去，包叫你能得着说不尽的好处呢！"

春燕听了这话，正是气得柳眉倒竖，杏眼圆睁。只听啪的一声，只见那人双手捧着脸，叫着哎呀哎呀，几乎痛得站不住脚，原来早已着了春燕的一下耳刮子。式贵见她竟动手打人，胆子真也不小，谅她小小的年纪，有什么本事，自己跟了教师，也学了几路拳术，倒不妨拿出些手段来让她瞧瞧。式贵主意打定，便一撩袖子，伸出手来，意欲把春燕抱入怀里。春燕一个退步，便飞起一腿，只听她口中叫声"去吧"，式贵早已跌到柜台外去。他的头齐巧碰在掌柜的身上，总算还是大幸，不曾受伤。账房王芝佩见她竟有如此气力，嘴里连说"好好，你不要走"。说着，便抱头鼠窜地逃出房外去。春燕笑道：

"姑奶奶如怕你，也不来管闲事，等着你们是了。"

说着，回头去瞧那女子时，只见那女子伏在那妇人身上已哭着道：

"哎呀！我的妈呀，你真的丢了我走了吗？"

原来，她妈被式贵一闹，心里一急，便断气死了。春燕便走上去劝她道：

"你妈既已死了，哭也没有用。俺且问你，你姓什么，叫什么，从哪儿来，到哪儿去？也许俺能帮你一些忙呢！"

那女子听了春燕的话，便流泪哭道：

"俺姓史名叫箫凤，是景东县人。爸爸名叫史鸣天，向来是替人家做镖客的。那年在山东遇见一个贼子，名叫张德彪，要抢劫银两，被爸爸打中一镖。不料五年后的现在，他便寻上门来报仇。那时，爸爸已不干这个营生，年纪已老，听说张德彪前来访见，猛可想起五年前的事，因请他进来，预备好意劝他，彼此解去冤结。不料他一见了爸爸，说声久违，便即放出一镖，爸爸冷不防被他一镖，哪里躲避得及？因中脑而死，他便飞身逃走。那时咱和妈妈哭得死去活来，寡妇孤女又有什么法想呢？因想起爸爸生前有个义兄，名叫罗鹏飞，他住在大理县，因此俺娘儿俩赶往前去，央求他代为报仇。不料行至这儿，妈妈因伤心过度，且又半途受了风寒，便恹恹病了。"

箫凤说到此，那泪已像泉水般地涌了上来。春燕听了，点头道：

"原来如此，那么你们和罗家除了结义外，尚有别的交情吗？"

箫凤听了，低头不语，如有无限的羞涩。春燕奇怪道：

"你说呀！因为俺也正要到大理县去，若他们果能帮助你的话，我倒可以伴送你去哩！"

箫凤听她这样说，便红晕了两颊，轻声道：

"罗家伯伯的儿子，便是咱的……"

说到这里，早又低头不说了。春燕扑地笑道：

"哦！那么罗鹏飞的儿子叫什么，你知道吗？"

箫凤道：

"他叫罗秋岚。"

春燕一听"罗秋岚"三字，不觉欢喜得跳起来道：

"真吗？如此说来，你还是俺的嫂子哩！"

萧凤一听，也不胜诧异，秋波凝视着她，说不出话来。春燕笑道：

"咱告诉你，秋岚就是咱的大师兄。咱这次从赤云洞来，咱师父叫咱到大理县去瞧瞧师兄，因为天色晚了，不及赶路，便在此店借宿。不料师兄没有碰到，却先遇见了嫂子哩！"

萧凤听她说得这样有趣，又见她这样可爱，也就放心了一半，稍许减了些悲哀，因忙站起向春燕跪倒地上谢道：

"姑娘如能伴咱到大理县，那真是咱的重生父母了。"

春燕连忙扶起，咪咪笑道：

"嫂子如此客气，不是折杀了姑娘吗？"

萧凤听她这个"姑娘"两字，有些妙语双关，不觉羞人答答起来，心想：这孩子倒乖觉，因又问道：

"咱还没问姑娘贵姓哩！"

春燕道：

"咱姓柳名叫春燕，嫂子今年是几岁了？"

萧凤道：

"虚度了二十一岁。燕姑娘呢？"

春燕憨憨笑道：

"咱要小了嫂子五岁哩！"

萧凤见她左也嫂子，右也嫂子，倒不好意思起来道：

"咱大胆叫你一声妹妹，请妹妹不要叫我嫂子吧！"

春燕笑道：

"这样咱就叫你一声姊姊了。"

正在说时，忽听外面人声嘈杂，火把通红，接着一阵脚步声、叫骂声渐渐地近来。萧凤一听，早已吓得面无人色，身子颤抖起来。春燕笑道：

"姊姊别怕，待妹子出去应付一下，管叫他们人头一个个落地呢！"

说着，便急忙地飞身出外，在自己房内取下太极阴剑，走出房门。只见外面涌进二十几个彪形大汉。为首四个便是莫式贵所雇的教师铁臂膀郑振，手拿一条铁棍，张汉、包天勇、潘盛英等手执阔口大刀，后面跟着就是莫式贵和那账房王芝佩。二人见了春燕，便叫道：

"教师们，这个小妮子就是。"

春燕见他们来势颇凶，因大声叫道：

"咱是个小女孩儿，你们来了这许多莽汉，真好不羞耻。但是你们姑奶奶是不怕你们的，不怕死的就都上来吧！"

郑振一听，气得暴跳如雷，叫"众人退后，俺和你见个高低"。说罢，便即举起铁棍，狠命地就向春燕头顶打来。式贵一见，急得跳脚道：

"要活的，要活的！"

说时迟，那时快，只见春燕把那阴剑轻轻地向上一格，只听得嚓的一声，那条铁棍竟会一分两段。众人这一吓，几乎伸了舌儿缩不进去，连郑振自己也呆若木鸡了。包天勇见此情形，心中不服，大叫一声"看刀"，话还未完，人已跳到面前，那口阔刀

50

向春燕便劈。春燕不慌不忙，飞起一腿，正巧踢中他的手腕，只听当的一响，那刀落地，恰恰又斫在包天勇自己的脚上，天勇大叫"痛死我也"，便即倒地。众人见了，哪里还敢有人上前？个个发呆。春燕笑道：

"还有谁来尝试呀？"

式贵恼羞成怒，一声进攻，只见二十多个大汉都奋勇前来。春燕把太极阴剑向前一晃，只见一道寒光，凉气逼人，众人个个吓得魂不附体，跌倒地上。春燕一个箭步，把式贵扭到面前，娇声斥道：

"还敢行凶吗？"

式贵跪在地上，口叫饶命。春燕道：

"你要活命，须依咱一件事。"

式贵叩头道：

"不要说一件，一百件也依得。"

春燕道：

"里面那个史太太被你逼死，现在快叫人去买一具棺材来，要好的。"

式贵哪敢说半句不是，回头看见那王芝佩也直挺挺地跪在地上，式贵喝道：

"这位姑娘的话，听见了没有？快去照办呀！"

芝佩一听，连忙站起，匆匆地出去，不多一会儿，棺材已抬来。春燕叫箫凤出来，又叫式贵和芝佩去捧史太太的尸体入殓。式贵不敢不答应，只好照样办理。箫凤见妈的尸体已放在棺材里，悲伤万分，便呜呜咽咽地哭着。春燕把剑一挥，吓得式贵又跪倒叩头哀求道：

"姑娘，咱的事都依了你，请你发个慈悲，留咱一条性命，日后咱再也不敢作恶了。"

春燕道：

"既如此，你和这二十多个大汉，都送着棺材去下葬。"

式贵听了，连连点头，吩咐众人快快照办。众大汉都想活命，谁敢违拗？有的抬棺材，有的沿路烧箔敲锣，箫凤哀哀啼哭和春燕跟随其后。到了野外，式贵道：

"这块地是咱的，就葬在这儿吧！"

春燕答应。因此二十多个大汉便动手掘土，不多一会儿，早已葬下，并又立一碑，上书"史太夫人之墓"。箫凤叩头跪拜，哭泣许久。春燕劝住，一面自己也拜祭过了，一面喝令众人也跪拜祭礼。一切舒齐，式贵道：

"姑娘，可以放咱了吗？"

春燕笑道：

"你还不能哩，别人都放了吧！"

众大汉一听，便谢了一声，各自散去。式贵急得哭道：

"姑娘，你真要我命吗？"

春燕笑道：

"别怕，咱说了饶你狗命，是绝不会再加害你的，现在你且伴咱们回店去吧！"

式贵无法，只得和箫凤、春燕回到店里。春燕笑道：

"咱瞧你也是识字明理的人，为什么要如此作恶多端呢？"

式贵道：

"咱绝不敢了，日后再作恶，定叫咱死无葬身之地。"

春燕道：

"这样才是正道，不过你恨咱吗？"

式贵叩头道：

"咱要是恨姑娘，咱绝不好死。"

春燕笑道：

"你如真能改过，也是你的祖宗阴功积德呢！"

式贵道：

"姑娘既饶咱的性命，咱还没问姑娘大名呢！"

春燕道：

"咱叫柳春燕。"

式贵道：

"姑娘大德，绝不敢忘。"

春燕笑道：

"咱没有什么大德，这是你能改过自新的好处，只要做人正直，将来好处更大呢。好了，你去吧！"

式贵听了，便叩谢出来。箫凤在旁边，见春燕如此年轻，竟有这样的才干，真是佩服得了不得，因又跪在她的面前，叩谢不已。春燕扶起笑道：

"姊姊，你再这样客气，咱可要生气哩！"

箫凤听了，便握了她纤手，感激得淌下泪来。春燕因见时候不早，两人便就熄灯安寝。

次日，两人起身，吃了一些干点，便欲赶路。忽见式贵捧了一个包袱进来，向春燕道：

"小的别无报答，略备纹银三百两，作为盘资，望请哂纳。"

春燕道：

"这个不要，只要你以后改过自新，咱们都是朋友。"

式贵道：

"这样姑娘不是看轻俺吗？这是小的一些心，千万要请收纳。"

春燕见他果然能一改前非，心里真是痛快万分，因说道：

"既然如此，银两咱不要，请借两骑马匹，日后如过贵县，定必奉还。"

式贵道：

"柳姑娘，真太笑话了，两骑马匹，值得几何？小的哪要还给？"

说着，便叫店小二备马两匹，侍候门外。这里春燕、箫凤结束停当，式贵送着出来，春燕扶箫凤跨上马背，自己也一纵而上，向式贵道声后会有期，两人加上一鞭，便扬长去了。式贵见春燕如此神情，真是佩服得五体投地，从此以后，果然不敢再在外胡行，闭门不出了。

第六回

睹箫凤双雄挥刀夺
为玉兔二美握拳争

柳春燕和史箫凤各骑一马，离了龙陵县，直奔大理县的罗家集而去。一路上青山绿水，柳条桃枝，风景很是宜人，但两人因为要紧赶路，也就无心观赏。约莫走了三四十里路程，这时太阳还只有从东方升上，箫凤早已香汗淋淋，向春燕叫道：

"妹妹，咱们慢些跑吧，咱可力乏了哩！"

春燕听了，把缰绳勒住，回头笑道：

"那我们就慢些好了，咱恐姊姊要紧见罗大哥呢！"

箫凤啐她一口，含笑嗔道：

"好呀！妹妹倒尽向咱开玩笑了。"

说得春燕伏在马背上咯咯地笑起来。这时，两人的马匹已并在一排，缓缓地按辔而行。两旁树林茂盛，叶子疏疏密密，参差不匀，朝阳盖临其上，更显粉红色彩，颇觉美丽可爱。小鸟儿尚在林中盘飞啼鸣，村中耕夫都荷锄往稻田里工作。箫凤道：

"这儿不知叫什么地方，既清静又幽雅，真好像是个世外桃源了。"

春燕道：

"这儿也许就是罗家集了，咱们前去问个讯吧！"

说着，便跳下马来。齐巧前面走来一个耕夫，春燕上前打个招呼道：

"请问大哥，这儿可不就是罗家集吗？"

耕夫道：

"姑娘弄错了，此地是梅兰村。要到罗家集，还有十数里路程呢！"

春燕道了谢，便又跳上马背，正欲和箫凤向前进行，忽见那耕夫又叫住道：

"姑娘，请慢些走，咱还有话告诉你。"

春燕听了这话，忙又回过头来。那耕夫道：

"离此不远，有座土山，上面有盗匪数百人，专门抢劫过路客商，姑娘千万要走小路，不可走大路的。"

春燕点头道：

"谢谢你的好意，咱们知道了。"

说着，便和箫凤加鞭前进。约走了一箭之路，两旁树林走尽，前面去处，果然分出两条路来，一条是广阔大道，一条是崎岖小路。箫凤道：

"照理咱们该走大路，现在那个耕夫既然向我们关照过了，咱们就走小路吧！"

春燕笑道：

"本来咱倒预备走小路的，被他一说，咱偏要走大路了。"

箫凤不解道：

"妹妹这是什么意思？大路上有强盗的呀！"

春燕抿着嘴儿，忍俊不禁道：

"咱是要去找这一班毛贼呀，不料那个耕夫齐巧来告诉咱们，那不是正合着了咱的心了吗？"

箫凤停马劝道：

"妹妹还是少管一些事吧，他们人多，妹妹虽然本领高强，哪里抵挡得过众贼徒呢？"

春燕道：

"姊姊千万别怕，妹妹保你一些没事便了。"

箫凤听了，只得跟在后面，和她同向大路上行去。约走了一里多路，见前面一带森林，上面真有一个土山，倒也颇见高峻，四面寂静无声，不见只影。春燕心想：谅来耕夫这话不虚，不知那山上匪首是谁呢？正在想时，忽听树蓬中一阵梆子铃响，只见咻咻地飞出三支箭来。春燕把马缰勒住，向箫凤笑道：

"姊姊站在后面，瞧妹妹杀他们几个吧！"

说时，林中早奔出十数名喽兵。为首一个头目，浓眉大眼，把他手中的阔刀向前一拦，大声喝道：

"靠山吃山，靠水吃水，识相的留下买路钱来，免得待老子爷亲自动手。"

春燕听了，冷笑一声道：

"你要钱吗？咱是肯的，但是咱的一个伙伴他可不答应哩！"

那头目暴跳如雷道：

"你的伙伴在哪里？他有多大胆子敢不答应？"

春燕笑道：

"说起他的胆子，倒也实在不小。"

说时迟，那时快，春燕拔出宝剑，手起剑落。那个头目正在静听她说出伙伴是谁，冷不防被她一剑劈来，只觉一股凉气直冲顶门，哪里来得及躲避？哎呀一声，早已应声而倒，血汩汩地在地上动也不会动了。几个喽兵见头目被杀，便都向前狂逃。春燕放马挥杀了几个，四五个逃得快，便窜入林中去了。春燕不觉好笑道：

"这些毛贼真是个乌合之众，不中用的东西！"

说着，便回马过来，不觉大吃一惊。你道为什么？原来却已不见了箫凤。春燕心中好不着急，想来定是贼人趁咱追杀时，他们在后面把箫凤姊姊抢去了。且让我追杀上山寨去再说，索性把他整个的鸟窠都捣了，方显咱姑奶奶的厉害哩！春燕想罢，跳下马来，把马拴在树上，她便仗剑纵身跃上山去。不多一会儿，早已到了山顶。只见寨门边把守着两名喽兵，执刀对立。春燕不便惊动他们，飞身绕到后山，纵身跳入寨中，只见里面一排五间平屋，周围也有十几亩地面。春燕一个飞步，蹿上屋顶，悬身倒挂，只见厅上坐着三五个彪形大汉，厅下两排喽兵，各执大刀，拥着一个女子，正是箫凤。这时，只见箫凤柳眉倒竖，杏眼圆睁，指着上首一个黑脸强盗厉声骂道：

"你这个毫无心肝的贼强盗，咱的爸爸死在你的手里，咱也死在你的手里，咱虽然生不能啖汝之肉，死亦当夺汝之魄。"

原来，这个黑脸强盗就是一镖打死史鸣天的张德彪。张德彪自从上月在箫凤家里把她爸爸打死，便依旧干他偷盗抢夺的营生

58

去。这天经过了山下，忽然山坳里奔出了四五十个强徒，各执大刀，拦住去路。德彪哈哈大笑道：

"你们这班小贼，怎么到贼祖宗面前来要钱了？"

那个为首的贼徒气得怪叫如雷道：

"放你妈的屁，咱拼命三郎钱忠，在江湖上横行了二十多年，谁不是低头下气来孝敬老子？你有本领，能打得咱一拳，咱就放你过去。要不然，死在咱老子手里，可不要懊悔哩！"

说着，便把一条铜棍向德彪当面劈来。德彪见来势不轻，便急退后一步，让过铜棍，一面拔出朴刀向钱忠拦腰便斫。钱忠把棍挡住，一来一往，各显本领，不分胜负。德彪见不能取胜，心生一计，便卖个破绽，仰面一跤，两脚朝天。钱忠一见，满心欢喜，奔上前去，正待结果性命，冷不防德彪双腿飞起，脚尖踢在钱忠的腹上。钱忠哎呀一声，早已跌出丈外。德彪一个翻身跃起，把钱忠扶起，笑道：

"冲撞了。"

钱忠满面羞惭，跪地谢道：

"小的有眼不识泰山，多多冒犯，请壮士海涵。"

德彪忙道：

"不要客气，不打不成相识，四海之内皆兄弟也。"

钱忠一听，大喜道：

"请问壮士贵姓？"

德彪道：

"俺绰号叫赛判官，名叫张德彪。"

钱忠遂请德彪上寨一叙，德彪答应。钱忠吩咐众兄弟迎接，一面设宴款待，一面欲留德彪在山上做寨主，自己情愿坐第二把椅子。德彪正苦无安身地方，今见钱忠既然如此热心相留，遂也允许，因此贼势更加浩大，喽兵也差不多招有五百多名。今天春燕和箫凤经过这里，早有探子上去报告。德彪一听有两美貌女子，心里自然大乐。因为钱忠前日已往四川清风寨去祝寿，所以他便亲自分为两路下山，自己领喽兵五十名从后面抄来，趁春燕不备追杀小喽兵时，他便把箫凤抢上山去。当时箫凤一见德彪，认识是杀爸爸的仇人，一时怒上心头，不觉破口大骂。德彪一听是史鸣天的女儿，因哈哈笑道：

"哦！原来姑娘就是鸣天小子的女儿，好极！好极！咱看这样吧，冤仇宜解不宜结，姑娘就做了咱的压寨夫人，天天珍珠玛瑙来供养你，这样就算报你爸爸的大德可好吗？"

箫凤听了这话，气得脸一阵红一阵青，两只小脚在地下乱顿道：

"放你狗屁！要杀便杀，不许多言。"

德彪哈哈一阵狂笑道：

"可爱的美人儿，急什么？咱可不忍心要你死哩！"

箫凤只自乱骂。德彪大声道：

"把这位姑娘带到咱的房中去，咱就来成婚，今天放假一天。"

众喽啰一听，答应一个"是"字，都欢然散去。这里两个亲身喽啰正欲把箫凤向后寨押去，忽见一个小喽啰进来报道：

"宋三爷回来了。"

说时，只见一个少年，身穿月白箭衣，武装打扮，见了德彪，便叫：

"大哥，小弟得了一匹宝马，特请大哥前去观赏。"

少年说时，两眼注视箫风。德彪道：

"马在何处？"

那少年不答。德彪见他如此神情，心中颇觉不悦，叫声：

"宋杰，你瞧什么？"

宋杰道：

"此女人何来？"

德彪道：

"刚从山下抢来，咱要收她做压寨夫人。贤弟，晚上要请吃喜酒哩！"

宋杰笑道：

"大哥，咱的那匹宝马与你换了吧！这个美人儿赐给了小弟可好？"

春燕在上听了，不觉暗暗骂了一声"不要脸的东西"。见下面喽兵牵进一骑马匹，果然好马，全身雪白，一无杂点儿，两眼血红，四蹄黄色。春燕认识是叫玉兔追风龙驹马，有名宝马，不知此厮从何得来？正在啧啧赞美不已，忽听下面大喝一声"放屁"，接着就乒乒的一阵兵器相击声，又听喽啰们大喊"不好，大爷和三爷厮打起来了"。春燕向下一望，果见两人一来一往，打成一团。春燕心中暗想：为了一个女人便即翻脸无情，贼子终究类似禽兽。且让他们打个半死，待姑娘再下去结果他们吧！心中打定主意，便静静地观看。只见两人打有五十个回合，那宋杰的气力渐渐地支持不住了，正欲翻身逃去，忽听德彪叫声"去

61

吧"，早已飞去一腿，把个宋杰跌出了三丈以外。德彪唯恐他不死，一个箭步，手起一刀，宋杰的头早已滚落在地。春燕叫声"好呀"，便即飞身而下。

这时，德彪一见忽然来了一个小女子，心中不胜懊悔，不该将宋杰杀死，既然又送上来一个美姑娘，咱们乐得春色平分，何苦自相残杀？继而一想，咱来个一箭双雕，岂不更好？因急拔刀相迎。不料朴刀还不曾碰着太极阴剑，那刀早已一分为两，德彪只捏着一段刀柄。这一吓，真把他魂飞出了脑壳，暗暗叫声不好，大喊：

"孩子们何在？"

众喽兵见德彪把宋杰杀死，心中已都不服，今见这女子如此厉害，一则不听他指挥，二则实在也不敢上前，只有厅上的箫凤见了，喜欢得大叫道：

"妹妹，快把这贼子杀了，他是咱杀父的仇人，千万不要放了呢！"

春燕早已知道，加快了剑法，好像雪花似的，只见一团寒光滚到德彪的身旁，只听嚓的一声，人头落处，血花飞溅，太极阴剑上染了一片碧血。众喽啰见蛇已无头，纷纷跪地叩求饶命。春燕跳入厅内，先把箫凤放了绳索，问：

"姊姊受了亏没有？"

箫凤摇头说没有，一面把春燕的太极阴剑拿过，飞步走到德彪身旁，连斫数剑，便向天叩头哭道：

"爸爸，仇人已死，想你老人家在天之灵定也安慰瞑目了。"

说着，又向春燕叩头道：

"妹妹真是咱的再生父母了。"

春燕笑道：

"又来了，姊姊，你不是活活地要折死我吗？"

说着，连忙扶起。一面发散众匪徒，一面取火烧去寨子。春燕骑了玉兔追风和箫凤走下山来，春燕喜欢得眉一扬，眼珠转着，拍手笑道：

"今天咱真高兴极了！姊姊大仇已报，完了一桩心事。妹妹却在无意中得了一匹好马，除了一个贼巢，真是个十分痛快的事。咱倒要想痛饮几杯哩！"

箫凤笑道：

"妹妹高兴，姊姊一定奉陪。这里虽没酒店，想过去几里路定有小市镇了，咱们快快加鞭向前吧！"

春燕笑道：

"姊姊说得是。"

于是两人又向前飞跑了。约走了八九里路，果然见有一个小小的市镇，倒也颇觉热闹。此时已有午牌时分，两人肚中也真有些饿了，箫凤遥指那边两株柳树旁道：

"妹妹，你瞧，那边有家酒店了。"

春燕笑道：

"正是。"

两人遂到了酒店门首，跳下马来，把马拴在柳树上，两人就在靠门边的座位上坐下。那时就见店小二走了过来，把巾布在桌上一抹，笑着道：

"两位姑娘用些什么？"

春燕道：

"先拿好的酒来。"

店小二道：

"拿几斤？什么菜？"

春燕道：

"先来四五斤。菜有的什么，牛尾汤、烤羊肉、油炸花生米？"

店小二连连道有有，说着，便急急地又去招揽别的主顾了。春燕笑道：

"这样的小店，倒瞧不出生意很好哩！"

箫凤道：

"这是因为店家少的缘故。"

说时，酒已上来。春燕道：

"菜呢？叫咱们喝淡酒不成？"

店小二忙赔笑道：

"立刻就来，姑娘别气。"

说着，便替二人先斟了一杯，不多一会儿，菜都端来，两人便对斟对酌起来。春燕道：

"姊姊能喝多少？"

箫凤道：

"喝不了多少，只不过一二斤罢了。"

春燕道：

"难道还是咱的量好吗？咱也要喝上二三斤呢！"

说着，把一满杯喝了下去，握起酒壶倒时，却已没有，因喊添酒。喊了两声却不听见，把春燕气恼了，猛可在桌上一拍，吓得店小二颠着屁股忙跑过来道：

"姑娘要什么？"

春燕娇声喝道：

"你是个聋子不成？要人喊几声，姑奶奶是吃白食的？你有几个脑袋敢不答应咱？"

急得店小二连说是。萧凤见了，好笑道：

"快去添酒吧！"

店小二拿了空壶连忙去了。正在此时，见门外走进两个十三四岁的小女孩儿来，一个身穿水葱绿的袄，一个身穿月白绣红花的袄。两人都生得脸似满月，柳眉杏眼，娇小玲珑，十分可爱。店小二一见，便忙迎上去叫道：

"罗小姐、薛小姐，两位请里面坐吧！"

春燕打量过去，这两人谅必是这儿大户人家的孩子。只见两人听了店小二的话，也不答应，那一个穿水葱绿袄的向那个穿月白绣红花的道：

"小鹃表姊，东西既然已在这儿，那个贼子一定也在里面了。"

一个答道：

"不错，咱们何处不找到？贼子原来在这儿，他的胆子真也大极了。"

说着，两人便向四周打量了一会儿，小鹃又向那个孩子道：

"小珠表妹，咱看还是这样吧！"

说着，又在她耳边低说一阵，两人便退到门首。那个穿月白

65

袄的向里面众客人大声叫道：

"请问众位，那门首这匹马是哪个的？"

春燕听了这话，便忙应道：

"是咱的，姑娘问它什么？"

小鹃见答应的也是个女子，因向春燕打量了一下，不觉冷笑了一声道：

"好一个标致的模样儿，你干的好事！"

春燕正在气愤头上，一听了这话，真是火上加了油，杏眼圆睁，大声喝道：

"姑奶奶犯着了你什么？小蹄子胆敢如此放肆！"

小鹃听了，也把蛾眉倒竖，喝声：

"不要脸的偷马贼，咱罗姑娘的东西，也由得你偷的吗？真是泰山头上动了土！"

说着，便回头向小珠道：

"妹妹，拿剑来。"

春燕这一气，真把脸也铁青了，一手拔出太极阴剑，一面怒目道：

"放你的屁，咱的马怎么会变了你的？你敢是瞎了眼珠不成！"

说着，便一个纵身，早已飞出了四五丈外的旷场去了。箫凤待要拉住她说话，哪里来得及？只见三个小女孩儿已在动手开战了。

第七回

舞宝剑春燕试小妹
赠名驹秋岚报大恩

春燕跳到旷场时，那小鹃也早已提着宝剑奔了过来，向春燕喝道：

"那匹马在罗家集上，谁不晓得是姑娘的东西？你不要脸的蹄子，既偷了咱的，却还一味地嘴硬，真个好不识羞。"

春燕按剑答道：

"是你的就该在你的家里，为什么却在咱的手中？不要脸的骗子，你敢来冒认这匹好马吗？这匹马果然不是咱的，却也不能让你白白冒认去呢！你既说这匹马是你的，你可知道这马叫什么名字？"

小鹃哈哈笑道：

"姑娘自己的马哪里会不认识？这匹马名叫玉兔追风，是也不是？"

春燕笑道：

"偏你认识，咱不是也早知道玉兔追风了吗？"

小鹃一听，真气得鼓起了两腮，呸了一声，娇声喝道：

"好刁恶的东西，明明你不认识这匹马，却故意先来问咱，可知你一定是个偷马贼了。你要知道，咱罗姑娘的东西不是容易偷的哩！"

春燕听了这话，心想：难道这马果真是她的吗？那么照理就该还她，但是这小蹄子可恶得很，出口便伤人，还声声口口地骂咱是偷马贼，咱倒要瞧瞧她有多大的能耐哩！因也气愤愤地冷笑了一声道：

"就是这匹马果真是你的，你也不该开口就骂人。你知道咱是如何得来的？也好，你能胜得过姑奶奶，咱就立刻还你是了，否则，哼……"

春燕哼了一声，便把手中的宝剑向她面门前一晃，小鹃也冷笑着道：

"亏你这个偷马贼说得出这话，真叫姑娘也被你羞死了。"

小珠在旁边说道：

"表姊，你和她多说什么？把她捉了送官究办是了。"

春燕一听两人的话，真把自己当作了一个偷马贼看待，心中不觉大怒起来，因挥剑向小鹃直劈。小鹃也早举剑迎击，两剑相碰，只听乒乓的一声，只见金光四射，火星直冒。两人心中，不觉各自大吃一惊，慌忙跳出圈外，把剑一看，见并无损伤，遂各又跳入战线。两人一来一往，各显本领，大战起来。

原来，小鹃的剑是祖传的，名叫青虹剑，锋利无比，削铁如泥。今见春燕也是好剑，两人暗暗羡慕，不敢大意，逼紧剑法，各自小心。这时，箫凤坐在酒店里，心中好不着急，又不放心，哪里还用得着饭？因付去了酒资，也慢慢地踱到旷场前来，意欲上去劝解，但心里又觉害怕。只见两人已化了两团剑光，一个似雪花点点，一个似白浪滚滚，早已瞧不见了人影子。春燕见她剑法不弱，心想：咱何不给她一点儿小教训？原来，春燕在赤云洞里练就了八支联珠神镖，上两支射人眼，中三支射人乳和胸，下三支射人腿和腹，百发百中。自从下山后，还不曾使用过。今天遇着敌手，却想试一试，但又不愿伤害她性命，因便只想发下三支。主意打定，便即收住了剑光，空虚地晃了一下，说声"啊呀"，向后退了几步。小鹃一见，赶步追来，说时迟，那时快，春燕叫声：

"小蹄子别追，姑娘奉敬你一些小东西！"

话还未完，那镖早已发出，只听哧哧的一声，镖已到眼前。这时，阳光正悬当空，小鹃只见三只黑影似飞鸟般地射来，知是暗器，叫声"好"，便纵身一跃，跳起丈高，那三镖便都射到后面柳条枝上去了。这原是春燕试她眼力如何，能否避去，一面显弄本领，把三镖都中在细柳枝上。四面围看的村人不觉都叫了一声好。小鹃见她卖弄本领，又暗计伤人，心中不觉也发恨起来，在袋内掏出一把东西，叫声：

"姑娘在这里还礼了。"

说时，早见有五颗银色弹丸一连串地射了出来。春燕眼快，早已停步。那时，第一二两颗弹丸已到眼前，春燕把剑一横，当的一响，只见弹丸滚在地。第三颗已到咽喉，春燕把头略偏，弹丸从颈边擦过而去。第四颗到时，春燕飞起一腿，那弹丸齐巧中在她弓鞋尖顶上的一片绝薄刀锋上，因便反而回了过去。说时迟，那时快，第五颗早到面门，春燕一伸纤手，已经抓在掌里。那时，春燕踢出去的一颗弹丸同时也被小鹃接住。上面围瞧的村人哪里还道她们交战？竟像在看玩意儿似的，大家又齐声喝起彩来。小珠见春燕如此厉害，表姊竟胜不过她，因娇喝一声：

"偷马贼，休得猖獗！"

便舞动虎头双钩直取春燕。春燕也不说话，挥剑抵住。小鹃也舞剑助战，三人杀作一团，只见在太阳光下，两道金光，一对钩影，杀得寒气逼人。正在难解难分的当儿，忽见四围村人都纷纷散开，口叫：

"罗大爷来了，快来替她们三个讲了和吧！"

这时，果见一个少年，面如冠玉，眉清目秀，英气勃勃，武士装束，年二十五六，骑了一匹黑花点儿的白马，全身马毛都有两三寸长，卷起来像波浪一般。一见三人大战，便即跳下马来，把马交与一个仆人牵着，一面走了过来，见三人中一个自己妹妹，一个是表妹，一个却不曾识得。只看那女孩子的剑法，真是出神入化，却是和自己一路的，心中好生奇怪，因高声大叫：

"妹妹，切勿动手，大家停一停手吧！"

三人正在酣战，一听有人叫住手，因各收住兵器，跳出圈子。小鹃一见哥哥，便忙走过来，拉住他手，指着春燕道：

"哥哥，妹子的一匹马找到了，偷马贼就是她呀！"

小珠也道：

"表哥，她偷了马还行凶，咱们快捉住她吧！"

那少年笑着摇手道：

"两位妹妹别吵，待哥哥好好地问她吧！"

说着，便走上前去，向春燕一拱手，笑道：

"这位姑娘姓甚名谁？咱妹妹的那匹玉兔追风马怎么会在姑娘的手中？能不能说给咱听听？"

春燕见这个少年和蔼有礼，不像她们无礼骂人，因说道：

"你两个妹妹早和你哥哥一样和气，咱们还用相打吗？"

那少年笑道：

"不错不错，咱妹妹年纪小，冲撞了姑娘，一切还请原谅。"

春燕见他这样客气，倒也不禁扑哧一声笑了，因说道：

"咱姓柳名叫春燕，打从梅兰村经过一座土山，山上有贼人数百，被咱杀了，这一匹玉兔追风就是从山上贼人那儿得来的。不料你两个妹子偏说是她的，且连骂咱是个偷马贼，你想叫咱好不气吗？"

那少年道：

"哦！原来如此，这匹马原本是咱妹妹的，不料在昨天竟失了踪，想来定是那贼人盗去的，不想又被姑娘得来。这是你们都出于误会，现在大家说明白了，姑娘也不用气了，咱的舍间就在前面不远，姑娘没有事，请去玩玩儿可好？"

春燕听他口气不像歹人，因也还问他姓名。那少年道：

"咱叫罗秋岚便是。"

春燕一听"罗秋岚"三字，不觉喜出望外，向他打量一番，哧哧地笑道：

"这样说来，你是咱的师兄了。"

秋岚听了一怔，忙问道：

"令师尊是哪位？"

71

春燕笑道：

"咱的师父就是你的师父，你说令师尊不是自己和自己在客气了吗？"

秋岚见她孩气未脱，说得这样滑稽，因也忍俊不禁道：

"赤云子屠龙客是不是？"

春燕点头道：

"正是。咱下山时，师父吩咐咱说，大师兄罗秋岚在云南大理县罗家集，叫咱来拜望你，不想却在这里遇见师兄了。"

罗秋岚听了，心中暗想：怪不得她和自己一路剑法，原来是咱的师妹，不觉欢喜万分。两人重又见了礼，又问了师父的安，一面向小鹃和小珠招手，替大家介绍道：

"这是俺的妹妹罗晴鹃，这是俺的表妹薛香涛，小名小珠。"

说着，又笑着道：

"这位柳春燕姊姊，你们说的偷马贼，却想不到就是咱的师妹呢！你们大家快见个礼吧！"

这时，罗晴鹃和薛香涛听了他哥哥的话，真是觉得十分不好意思，抿着嘴儿，走向前来，和春燕握了握手，叫声姊姊，竟有些羞人答答样儿。春燕想起刚才大家厮杀情形，也颇觉难为情，因也亲亲热热地叫了一声妹妹。晴鹃笑道：

"适才冒犯了姊姊，一切还请原谅咱们妹子俩吧！"

春燕道：

"好说，彼此都是误会了，谁也怪不了谁的。"

三人显得十分亲热。这时，村人见她们都认识了，便也各自散去。秋岚道：

"咱们家里去坐吧！"

春燕突然想到了一件事，便忙向秋岚叫道：

"罗大哥，你得谢谢咱哩！咱替你把嫂子救来了。"

三人听了，都不明白。春燕正欲去到酒店中叫箫凤，忽见箫凤站在树荫下，因大叫道：

"箫凤姊姊，你快来呀！妹子可把你的……找到了呢！"

春燕说到此，把舌儿伸了一伸，回眸向秋岚一笑。秋岚一听"箫凤"两字，不觉惊喜交集，反而说不出话来。倒是晴鹃叫道：

"啊！原来箫凤姊姊也在吗？哪里，哪里？"

春燕一指那边，只见一个少女正姗姗行来。春燕、晴鹃、香涛都走了过去。晴鹃叫道：

"你就是箫凤姊吗？咱们五年不见，可真认不得了。"

箫凤含笑道：

"你大概就是小鹃妹妹了。"

说着，又指着香涛道：

"这位是谁？哦！想来定是小珠妹妹了。"

小珠笑道：

"到底还是姊姊记性好。"

说着，便回过头去，只见秋岚踱了过来，因笑着叫道：

"表哥，你快来见箫凤姊姊吧！"

秋岚被她一叫，倒反觉不好意思，因上前向箫凤施礼笑道：

"妹妹，咱们一别五年了，伯父母可都安好？"

箫凤一见秋岚，心中又喜欢又悲伤，因这时也不便告诉父母双亡，连忙行了一个万福礼，红了脸，含羞微笑道：

"正是，光阴过得真好快……"

说到此，触动了心中事，那泪忍不住夺眶而出，因又忙低下头去。晴鹃还道她是怕羞，因拉了她手，笑道：

"这儿大街上不是说话之所，哥哥，咱们快快回家去吧！"

秋岚称是，一面叫仆人把那边两匹马一同牵回家去。这里香涛和春燕也边说边走的，跟着秋岚向罗家集而去。

不到一箭之路，只见前面一丛竹林，林中隐隐现出砺墙一角。再过去，只见一个挺大的院落。院门前有三四条猎犬，见了秋岚，便上前摇头摆尾。秋岚因请春燕、箫凤进内，春燕见里面尚有一个院子，四面植着枣树，高和人齐。西面假山迤逦，叠得玲珑剔透，下面盆花十余种。东面有一小池，池中浮萍碧绿，下游血红金鱼，长可数寸。池旁植柳五株，微风吹拂，柳枝似绿波似的翻动。院子虽小，倒为点缀得很是可赏。走了十余步，只见正中一个大厅，上面一方横匾，上书"蕴玉堂"三字，笔意在颜柳之间，倒颇有力。大家在厅中坐定，早有仆人泡上香茗。晴鹃站起，拉了箫凤的手，向春燕笑道：

"柳姊姊由小珠妹妹伴着谈会儿，咱们回头就来。"

说着，便和箫凤同到上房里去见罗太太了。不多一会儿，在后堂上忽然踱出一个年约五十余岁的老者来，身上是员外装束，银须飘然过胸，威严十分，令人见了，肃然起敬。春燕知道谅来就是罗鹏飞了，因忙站起，请了安，口称：

"老伯，侄女来得孟浪，还请海涵。"

秋岚忙又介绍一过，鹏飞抚髯笑道：

"贤侄女少礼。"

说毕，又问令师可好，并问怎么和箫凤遇见。春燕听了，便把自己下山后一路上经过的事：怎样进了兴隆栈听见哭声，怎样式贵逼迫，史老太太又逼死，自己不平，管了闲事，才知是师兄的未婚嫂子，因一路伴送前来。在梅兰村里，又怎样齐巧报了史鸣天的大仇，原原本本地告诉一遍。罗家父子听完了，心里又敬佩又感激，尤其罗秋岚，更感激得差不多要掉下泪来，父子两人又道了谢。春燕连称不敢，又笑道：

"这也真是巧事，否则哪会恰恰遇见师妹呢?"

正在说时，忽见晴鹃从上房中跳出来，向春燕叫道：

"原来柳家姊姊还是咱大嫂子的大恩人哩! 大哥，你该好好向柳家姊姊叩头才是哩!"

说着，便要告诉是什么事。秋岚摇手笑道：

"妹妹不用说了，春燕妹妹早已统统说给我们听了，咱也已向妹妹谢过了。"

晴鹃抿嘴笑道：

"那么大哥还得替嫂子代谢哩!"

秋岚听了，果真站起身来，向春燕连连作揖。慌得春燕连忙站起身子，躲过一旁，害得香涛、晴鹃都咪咪笑了起来。晴鹃道：

"爸爸，您瞧哥的脸多厚!"

鹏飞也抚髯笑道：

"傻孩子，这么淘气!"

因又问春燕家世，春燕忙又告诉过了，并说道：

"侄女这次下山，本是回家探望双亲去的，因侄女离家已有六个年头了。"

鹏飞道：

"贤侄女今年青春多少？"

春燕道：

"虚度了十六年了。"

晴鹃笑道：

"却比咱长了一岁。"

春燕道：

"如此妹妹定是十五岁了，不知香妹几岁了？"

香涛笑道：

"咱齐巧是十四岁，好像扶梯似的，都差一年。"

鹏飞若有所思道：

"你的二哥若在世，不是十七岁了吗？"

说着，便叹了一口气，众人不敢说话。春燕料想他的爱子是死了，也就不便问他，怕引起了人家的伤心。大家静坐了一会儿，只见仆人端出两大盘馒头、一大碗牛肉，香涛、晴鹃拉了春燕的手，叫姊姊吃些点心。春燕又叫鹏飞、秋岚一块儿吃，晴鹃又去叫箫凤一同来坐，六个人一同坐下。箫凤低头静坐，香涛笑道：

"凤姊，你怎么坐着不吃呀？不用怕羞，现在还不是咱的新表嫂哩！我们只把你当作史家姊姊好了，那你总可以不必害羞吧！"

说得大家都忍俊不禁。箫凤红晕了脸，更不好意思，秋岚倒也有些难为情了呢。大家且吃且谈，不觉又说起了三人的大战，鹏飞不明白，忙问什么。香涛、春燕、晴鹃三人望着都憨憨地笑，不好意思说出来。鹏飞向秋岚笑道：

"你怎么不告诉我？"

秋岚道：

"这事孩儿只知后一半，还是让箫凤妹妹说出来吧！"

箫凤听了，笑说道：

"咱和春燕妹妹正在喝酒，忽然来了两位妹妹，那时咱无论如何也记不起两人就是妹妹。她们问这马是哪个的，春燕妹妹答'是咱的'，因此鹃妹和香妹便骂燕妹是偷马贼，燕妹说鹃妹是骗马贼，到后来，三个人便大打起来。"

箫凤说到此，春燕等三人把脸藏向臂膀里，伏在桌上，早已咯咯地笑起来。春燕道：

"马既是妹妹的，理应归还。"

晴鹃道：

"哪里话？姊姊且又救了咱的嫂子，咱们也无德可报，姊姊既喜欢此马，妹妹就送给了姊姊。"

秋岚一听，正中下怀，因忙道：

"妹妹说得是，妹妹如果要用时，哥哥骑的滚江龙拿去好了。"

晴鹃笑道：

"如此说来，嫂子的事，照理该让哥哥来谢，妹妹做姑子的，未免多此一举了吧！"

说得众人又都大笑起来。秋岚一伸舌儿笑道：

"妹妹说话可太厉害了呢！"

秋岚瞅她一眼，便低下头去，也就不敢再说了。此时，日影已斜，众人也已用完点心，春燕忽然站起，向众人作别。众人一听这话，都吃了一惊。晴鹃拉住右手，香涛拖住左手，箫凤把她的包袱拿去，秋岚将她的太极阴剑也拿走了。春燕见他们这个模样，真是弄得没有了法儿。欲知柳春燕果有离开罗家没有，且瞧下回再详。

第八回

逛土娼殃及兰花院
劫白银祸临韩浣薇

话说第二回书中，白云生兄妹两个瞧见那个骑棕色马匹的黑脸大汉，当时云生因见他獐头鼠目，马蹄起处，尘头滚滚，如带有重金，料定他是个不良之徒，便欲追踪前去，查问他银两何来，后来便向燕子坡借马匹去追寻。原来，这个黑脸大汉便是梅兰村土山上的拼命三郎钱忠。钱忠和陈康龙是个师徒名分，所以钱忠一听清风寨主陈康龙四十大庆，理应前去拜贺，所以这天拜别了大哥张德彪、三弟宋杰，独自前往四川狮子山清风寨而去。

一路上昼行夜宿，这天到了四川巴县地方，因天色已晚，不及赶路，遂下店借宿。独自坐在房中，喝了一会儿闷酒，趁着酒兴，便思起春来，便问酒保这儿有什么好的私娼。酒保笑道：

"离此不远，马家村有婆媳两人，因儿子死已多年，婆婆便叫媳妇干这个营生，现在营业发达，取了一个名字，叫作兰花院，里面姑娘添了许多，这个婆妇就公然做了鸨母。"

钱忠听了，因忙问道：

"里面哪个姑娘最美丽？"

酒保道：

"这马氏的媳妇莲英和一个叫什么金凤姑娘的，要算最出色了。不要说容貌好，功夫更不错呢！"

钱忠被他说得心里痒痒的，因在身边带了五十两银子，扬长地到马家村去了。不到一箭之路，果见一家石库门，两扇黑漆的大门，上面一只八角琉璃灯，上写"兰花院"三字。钱忠因叩门而入，只见一个青衣小帽的乌龟迎出来笑道：

"大爷，请里面坐。"

说着，伴到一个房间，一面又大喊客来。只见一个胖妇人走了进来，先向钱忠请了安，问了姓。钱忠料定她便是马氏了，因说道：

"咱要玩儿好的娘，银两不论，快去叫来。"

马氏一面答应，一面出来，向那个乌龟附耳道：

"阿根，这个屈死是个外路人，你去叫小宝囡来陪伴吧！咱可要侍候范大爷和颜大爷去呢！"

阿根点头称是，便即匆匆走了。这里钱忠等了许久，却不见有人来，心中不觉恼怒起来，把拳在桌上一击，便大骂道：

"他妈的！老子有钱来玩儿婊子，怎么人死光了不成？"

阿根一听，急得颠着屁股进来道：

"钱大爷请息怒，姑娘们正在化妆，立刻就来了。"

说时，门帘掀起，只见走进一个姑娘来。钱忠不瞧犹可，这一瞧犹是气得怪叫如雷，你道这个姑娘是个什么样的，原来一身胖得像一段矮冬瓜，一双浓眉，两只小眼，颊上涂着两圆圈血红

80

的胭脂，一双金莲三寸，却要横量，直量大概有尺把长，额角上贴着两张头痛膏药，手里拿了一条手帕走进来，先向钱忠做了一个媚眼。钱忠看到了这个媚眼，别人家说魂灵要飞出躯壳，钱忠却险些把隔夜饭都要呕吐出来，气得把身子从椅上跳起，拿起东西就摔。这个胖姑娘却把小指头放在嘴边，身子扭了扭，屁股摆了摆，十足显出娇媚的美态，放开一张破喉咙，却要拼命装作娇滴滴地道：

"哎哟！你这位钱大爷勿要气恼呀。奴家小宝囡的看相虽然差一些，吃相实在勿错呢！奴家来道些给你听听，奴家身体胖，实在是冬暖夏凉，四季相宜。夏天里碰着了奴家的皮肤，好像吃块冷阴冰。冬天里像你钱大爷这样的身子，睡在奴家的身怀里，真个好像洋老虫躺在棉花堆里呢！软绵绵、暖烘烘，再适意也没有了……"

小宝囡说到这里，便走上前去拍钱忠的肩膀。钱忠到此，真是火烧到头顶，立刻飞起一腿，把个小宝囡跌了一个元宝翻身，额角上碰了一块青。小宝囡站起身来，大哭道：

"你不要奴家只顾不要好了，不该飞起一腿来踢奴家。你不识货，是有识货的人会要的呀！"

说罢，便急急地逃出去了。钱忠哪里听得清楚？拔出拳来，向阿根就打，大骂道：

"老子不出钱的，你们这班王八羔子胆敢欺侮老子，谅来你们都活不耐烦了！"

说时，拔出一把雪亮的匕首，吓得阿根跪下叩头不已，哀求道：

"钱大爷，这不关小的事，小的立刻叫鸨母去喊好的姑娘来是了。"

钱忠大叫道：

"快快去喊，如果不出来，咱把兰花院里的耗子也杀它个干净呢！"

阿根连连称是，一面爬起身子，跑到里面房间去了。只见里面一间房中，灯火通明，室中摆了一席，上首坐着两个少年和两个胡子大汉，旁边陪坐着的是马莲英和金凤姑娘，还有几个姑娘，都生得娇小玲珑，正在替少年们斟酒。马氏站在一旁，笑着说话。阿根一见，便大叫：

"不好了！"

众人一听，都大吃一惊。马氏大喝道：

"你这死乌龟可要死了，好好的大惊小怪做什么？"

阿根期期艾艾地道：

"不……不好……那个云南客人在……大闹了……要好的姑娘呢！"

马氏冷笑一声道：

"放屁！去回绝他好了。他有多大胆子，敢在范大爷面前放肆？"

阿根急道：

"他拔出雪亮的刀子，要把兰花院里的人统统都杀死呢！"

马氏听了这话，心里倒也害怕起来。这时，却把下面坐着的两个胡子大汉气得跳脚道：

"这王八，长着几个脑袋，敢在此撒野？大哥别忙，待小弟把那厮捉来，好好教训他一顿吧！"

说着，便即离座站起。那两个少年连忙阻住道：

"贤弟切勿生事。"

说着，便叫马氏只管把这里的姑娘使两个去。马氏见范大爷这样说，便叫小杏花、茉莉走出去。那两个少年，一个名叫范人龙，一个便是燕子坡里颜德公的儿子颜小平，还有两个大汉，一个叫胡大邦，一个叫蒋文龙，四人乃是结义兄弟。前回所述，陆小六前往聘请颜小平做教师去，德公回称小平有事到巴县去，原来就是去探望他的义兄范人龙的。人龙为巴县首屈一指的富家，性喜结交英雄好汉，家中有食客千余，故有小孟尝范人龙之称，远近无不闻名。这天，听说二弟小平前来相访，心中喜欢万分，连忙接入书房，共述阔别，一面叫仆人摆席，两人对斟畅饮。正在这时，忽见蒋文龙和胡大邦走了进来，高声嚷道：

"大哥，你太不应该了，怎么二哥到来了，不使个人来通知？咱们要罚你的酒哩！"

两人一见三弟、四弟，慌忙起身相迎，叫仆人添置杯筷，让两人坐下。文龙和大邦也是当地富家之子，性戆直，自幼不肯读书，喜弄棍棒。三年前两人在街道行走，忽从身后来一马匹，马上骑一少年，连连加鞭，马鞭子无意着了文龙身上。文龙因开口骂了他没有眼珠，两语不合，三人便交起手来。两个戆太岁哪里是少年的对手？正在危急之间，便有范人龙前来劝解，互相通名之下，方知那少年名叫颜小平，因请三人到家，彼此交谈，情投意合，四人便就义结金兰。小平住在三人家中约半年余，方始别去。现在弟兄四个重又会见，自然欢喜万分，高谈阔论，直喝到日落西山，方才散坐，大家又在院子中玩儿了几套拳术。

晚上，文龙提议到兰花院去喝酒，大家心中高兴，便都答应。不料恰恰拼命三郎钱忠也到兰花院来玩儿妓。那鸨妇马氏仗着范人龙的势力，哪里把别个客人放在心上？蒋文龙和胡大邦一听这人如此无礼，便要动手打出去。幸亏人龙是个不喜欢倚势欺人的人，凡事都小心为主，当时便忙阻住，叫马氏把姑娘使两个出去。哪知不多一会儿，只见小杏花和小茉莉进来说道：

"这个客人凶恶得很，一定要叫莲英姊和金凤姊出去，否则便要杀进来了。"

胡大邦一听，跳脚道：

"这厮是个什么东西？咱非和他去厮杀不可！"

蒋文龙也跳起来要去。小平忙拦住道：

"两位贤弟，不要急躁，此人既有意前来找她们两人，其中必有道理。咱想暂时还是叫莲英和金凤两位姑娘出去一次吧！"

莲英和金凤听了这话，心中早已吓得乱跳，哪里还敢出去？便扑通一声跪在人龙和小平面前，哀求"大爷做主，把那厮捉了"。不料正在这个时候，忽听外面一阵乒乒乓乓的声音，接着又是一阵乱七八糟的大骂声，从外面奔进一个大汉，手中拿着两条木棍，看见东西就敲，一面还大骂道：

"老子横行天下二十余年，谁敢欺侮？他妈的，婊子院里的东西，有什么杂种在里面喝汤，敢不来招待老子？"

胡大邦和蒋文龙一听这话，不觉怪叫如雷，抢过一把椅子，向钱忠的头顶就掼。钱忠一见果有人在喝酒，心中更怒，飞起一腿，把椅子踢向空中，齐巧砰的一声，跌落在席间，一时菜汤四溅，碗盘都敲得粉碎。莲英、金凤和马氏早已吓得浑身乱抖，躲在一旁。人龙、小平见他们三个已把房中东西打得七零八落，意欲喝住，他们哪里肯听？人龙高喊：

"壮士停手，请通过姓名，究为何事前来？"

钱忠一听，边打边骂道：

"老子坐不改姓，行不改名，叫拼命三郎钱忠。你们这班王八羔子，胆敢占着姑娘不放！老子有钱，不能玩儿吗？"

钱忠这样的大骂，把颜小平也激起了愤怒，大喝一声：

"小子，休得猖獗！"

早已一个纵身，飞奔过去。钱忠哪里放在心上？施展平生本领，力敌三人。小平因房中地小人多，反而不能运用本领，所以叫文龙和大邦退后，两人各显神通，大战起来。约战了五六十个照面，小平突然施展出一路醉八仙拳来，把个钱忠盘得浑身是汗，气喘吁吁，猛然一掌打去，钱忠早已跌了出去，齐巧前面一把椅子，钱忠跌在椅上，不料那椅子的四脚竟都折断了，钱忠遂倒在地上，可见八仙拳的力量实在厉害。胡大邦和蒋文龙两个戆太岁一见钱忠跌倒，心中大喜，奔上前来，把钱忠身子按住，结结实实打了一百多拳。钱忠哼也不哼一声。人龙怕钱忠被打死，便忙阻住两人。钱忠爬起身来，连连叫好：

"是好汉通过姓名，咱们后会有期。"

小平冷笑道：

"怕你绝不打你，咱叫颜小平。"

两个戆太岁也报了姓名，一面又指着人龙道：

"这位范人龙，是咱的大哥，巴县地方，哪个不知？你这王八羔子胆敢泰山头上动土，敢是活不耐烦了吗？"

说着，上前又要动手。人龙见他已满脸是血，便忙拦住。钱忠早已恨声不绝地回店里去了。人龙叹道：

"哪里来的莽汉，咱们好好地喝酒，偏来寻事，真是扫兴得很。"

大邦气道：

"这家伙给小弟打个半死，不是很好吗？偏大哥慈悲，放他走了。"

这时，马氏又哭着说被他打得物件都破碎了。人龙道：

"你不用哭，所有损失咱赔还你便是了。"

马氏听了，方始回过笑脸，千恩万谢，一面叫人重新摆席，一面叫人收拾一切。人龙、小平哪里有兴致再喝酒，叫马氏开了损失账单，明儿到家来领取。马氏答应，便和马莲英、金凤等姑娘送着出来，人龙等四人遂回家不提。

且说钱忠要想嫖女人，不料女人没有嫖着，倒被两个戆太岁打了一顿闷拳，幸亏是个外伤，不曾伤及内部。他急急地回到店里，向床上一躺，在瓶中倒出两颗丸药，吞在嘴里。这原是伤药，他吞下了后，便静静地睡去。次日醒来，身子倒也不觉什么，只不过有些酸味儿。这时，他把身怀一摸，才知五十两银子是失掉了，想来定是昨夜跌落在兰花院里了。但恐怕又遇见他们，所以不敢去索。记住了四人姓名，他便赶紧骑了马匹向狮子山而去了。这天到了燕子坡的山脚下，时已黄昏将近，忽见那边石块儿上坐着一个老人和一个少女，身旁有一包袱，那老人一见有人走来，便把包袱用手掩住。钱忠知道这包内定是银两，心中便打起盘算：想咱到清风寨去祝贺师父陈康龙的寿去，如果一些东西也没有孝敬他老人家，他心中一定要不快活。咱何不把这老人、女子的银两抢来，作为祝寿之礼，岂不是好？钱忠主意打定，便上前大喝一声，拔出铜棍，说：

"要死要活，快快留下这个包袱。"

那老人和少女一听，便跪地哀求。钱忠哪里肯听？抢过包袱，老者要想来夺，却被钱忠痛殴一顿，便取了银两，扬长而去。这个少女便是第三回所说的，奋身投水的韩浣薇，这个老人就是老管家韩德，后来因伤重而死在川河旁边，还是戆大陆小六替他掘土下葬。

钱忠抢了三百两银子，心中满心欢喜，不料在半途又遇见了白氏兄妹和小六三人，他怕又生枝节，所以连连加鞭地疾驰跑去。谁知他鬼头鬼脑的举动，齐巧被白云生窥破，因此下面又引出许许多多离奇的故事来。

第九回

狗党狐群齐来祝寿
忘师背训一意采花

钱忠加紧了马鞭，约跑了一里路程，不见后面有人追来，心中方才放心，直向狮子山清风寨而来。不多一刻，那形势险恶雄壮的狮子山早在眼前。那时密密森林中蓦地飞出一条响箭，向钱忠头顶上飞来。钱忠伸手接住，除下背上雕弓，把那响箭搭上弓弦，向树林中射回。树林中有伏路小头目在着，见响箭射回，知道来人不是外人，一阵锣声，小头目和百余个小喽兵早已奔出林外。见了钱忠，小头目便高声叫道：

"马上英雄是哪一路？"

钱忠在马上一抱拳道：

"相烦通报寨主，云南钱忠特来祝寿。"

小头目一听，便道：

"请英雄少待。"

说着，便即飞奔上山。清风寨寨主陈康龙本是上清观妙清道人的徒儿，自从那年被屠龙客火烧了上清观，陈康龙那时见师父被杀，便流落江湖。那年在云南收了钱忠做了徒儿，约住了一年，因为嫌山寨太小，不能久驻兵马，所以离了云南，到四川来。经过狮子山时，巧遇谢飞、王虎、赵豹、萧忠四条好汉下山行劫，因此便大战起来。只打了四五个照面，四人的兵器早已一折为二。原来康龙那时手中的家伙，正是妙清道人炼就的那柄太极阳剑。四人见康龙如此厉害，认为异人，便个个甘拜下风，情愿请他为清风寨主。康龙见狮子山形势险恶，且面积广大，正是一个绝好的所在，心中万分欢喜，便慨然答应。从此以后，招兵买马，贼势一天一天地浩大。且康龙本领高强，他嫌太极阳剑太轻，便着人定制了一条龙头虎爪铜棍，足有三百多斤重，因此小阎罗陈康龙远近无不闻名，各山大小寨主都纷纷前来归附。这天正是康龙四十大庆，各路好汉个个派代表或亲自前来祝寿，真是热闹万分。当时康龙在聚义大厅中正和蜈蚣岭的白眉毛马玉山、飞熊岭的海底蛟徐元霖、凤凰寨的赛悟空孙灵精，以及各寨随来的大小头目，拥拥地坐了一堂。这时，小头目上前报道：

"山下有云南钱忠前来拜寿。"

康龙一听，哈哈笑道：

"这孩子倒还有心哩！"

赵豹、王虎知道是康龙的高足，因出位道：

"待小弟前去相迎。"

康龙道：

"如此有劳贤弟。"

两人早已出了聚义厅，奔向山寨而来，刚走至第二道寨子，只见小头目已陪钱忠上来。钱忠一见两人，便忙叩首谢道：

"有劳二位师叔远迎，真折死小侄了。"

王虎笑道：

"贤侄休得客气，一别数年，近来可得意吗？"

钱忠心想：咱想去嫖女人，前几天就大触霉头，几乎伤了性命，哪里还可以说得意呢？因笑道：

"小侄碌碌庸才，也不过如此罢了。"

说着，便把三百两白银交与两人，嘱代为送上。三人一路谈说，约走了两三里路程，方到大厅。钱忠抢步上前，跪到康龙面前，端端正正地拜了八拜，口称：

"我师在上，小徒前来拜寿了。"

康龙连忙扶起，口叫：

"贤徒少礼。"

又见他送上白银三百两，心中愈加喜欢，一面指着在座各位寨主，一一介绍。钱忠不是叫师叔，便是叫师伯。康龙又问近日做些什么，有无谁人欺侮。钱忠在大众面前不敢说出，只好答称并无甚事。正在这时，忽听小头目又来报说，铁头陀圆明僧到来。众人知道圆明僧是个当代武艺超群的大和尚，便都站起相迎。康龙一听，得意非凡，因率领众英雄走出第一道山寨，前来相接。果然见圆明僧在前，后面还随了一个少年英雄。只见他身穿一袭湖色的大氅，脚下抓地虎头鞋，头上湖色缎布勒额，旁边缀着一朵鲜红的花结，眉清目秀，一表人才。康龙认识他是采花郎秦小官。

原来圆明僧自从被小六击了一拳，背脊上略有些损伤，正欲回他的青峰山白雀寺去，忽然在半路上遇见了采花郎秦小官。秦

90

小官自幼父母俱亡，昔年寄养堂叔家里，婶娘颇恶之，屡加虐待。一天，秦小官受了婶娘的责打，前往父母墓上去哭诉。正值峨眉老人朱非子路过那里，听他哭声凄惨哀绝，心知必有缘故，上前询问，小官含泪告诉。朱非子见他眉目清秀，颇有造就，且年纪尚幼，因便带他同上峨眉山来。小官在峨眉山一住十年，练就了一身惊人本领，那年还只有十八岁，便别师下山。朱非子嘱他下山后多做有益之事，除暴安良，锄强扶弱，切不可仗着本领作恶胡行，辜负了自己十年的心血。小官叩头答道：

"师父之言，绝不敢忘，日后弟子如违背师言，绝死于刀剑之下。"

朱非子听了，大喜，便又叮嘱几句，小官遂下峨眉山而来。这天到了巴县地方，因身上盘川用光，他便拣了一个旷场，施了几路拳脚，果然瞧的人来了许多。这时，忽然来了一个和尚，向小官施礼道：

"请问英雄尊姓？为何在此弄这个玩意儿？"

小官因抱拳向他实告。那和尚哈哈笑道：

"既然如此，贫僧就赠送白银五十两如何？"

小官道：

"如此感激不尽，日后定当加倍奉还。"

那和尚道：

"说哪里话来？四海之内皆兄弟也，秦兄何必这样客气？但贫僧身上并无带着分文，最好请秦兄同往敝寺拿取如何？"

小官道：

"不知贵寺院在哪里？"

那和尚道：

"离这里很近，青峰山上的白雀寺就是。"

于是小官把剑插入匣内，同和尚上白雀寺去了。原来这个和尚就是圆明僧，他见小官的拳法不弱，知道定非寻常之辈，心想收罗在自己的党派里，可以多一个帮手，所以诱他上寺院来，以便详细询问他的来历。可怜小官还道他是个好和尚哩！

且说两人一路上了青峰山，不多一会儿，白雀寺早到了眼前。两人走入大殿，早有个唇红齿白的小沙弥前来迎接。圆明僧请小官进了禅室，小沙弥献上了茶。圆明僧因开口问道：

"秦兄尊师何人？家乡何处？堂上二老在否？"

小官道：

"敝师是峨眉老人朱非子，家在云南大理县，自幼父母俱亡，现在只有一个堂叔。咱还不曾请教大师父法号呢！"

圆明僧道：

"俺叫铁头陀圆明僧。秦兄家中既已无人，谅来回去也无甚事，今日天色已晚，何妨在小寺耽搁几天？"

说时，便叫人摆席。小官见他如此客气，也不好过拂盛情，因就答应下来了。原来，圆明僧一听他是朱非子的门徒，那一定是个了不得的人才，一时计上心来，便打定主意，预备做个圈套来联络他。一会儿早已摆上酒菜，请小官入席。圆明僧高谈阔论，说得天花乱坠，两人十分投机，大有相见恨晚之慨。圆明僧见他已有意思，因趁机笑道：

"贫僧欲与秦兄结个生死之交，不知秦兄能否允许呢？"

小官忙道：

"说哪里话？大师父乃是当世大侠，小弟恐怕高攀不上。"

圆明僧道：

"秦兄如此说来，就看不起咱家了。"

说着，便即站起挽住小官的手，到大殿外来，两人对天拜了八拜，发了誓，不愿同生，只愿同死。圆明僧见事已成功，心中大喜，便复入席，论年龄圆明长小官十六年，因以兄弟相称。两人对酌欢饮，约喝有七八分酒意，圆明僧便向小沙弥使个眼色。小沙弥会意，便即走出去了。此时天色全黑，室中早已上灯。小官道：

"大哥，咱已酒醉饭饱，不能再喝了，还是散坐了吧！"

正说时，忽然进来一个绝色的美妇人，见了小官，秋波脉脉含情。圆明僧笑道：

"小翠，你快来替秦爷筛酒吧！"

小官见寺院里突有如此美妇人来，心中好生奇怪，因急问道：

"大哥，此妇人是谁？"

圆明僧笑而不答。那时，小翠早已把纤手捧起酒壶，替小官筛了一杯，一面含笑娇声叫道：

"秦大爷再喝一杯吧！"

小官只觉得她说话时，从嘴中散出一阵细香，如兰如麝，直冲鼻端，几乎果真醉倒，因向圆明僧大叫道：

"你这厮做事好不明白，这妇人究为何事而来？"

圆明僧笑道：

"今夜特来陪伴贤弟。"

小官忽然省悟，猛可推席站起，拔出宝剑，向圆明僧大声喝道：

"好大胆的秃驴！咱只当你是个高僧，却原来是个人面兽心的贼徒。"

说着，便即挥剑直刺圆明僧。圆明僧忙道：

"贤弟何必翻脸无情？这是愚兄待弟之一片美意也！"

小官冷笑道：

"贼秃，谁是汝之贤弟？"

说时，剑锋早到。圆明僧一见，慌忙跳到那边炕床旁边，在床上取下一柄戒刀，格住来剑。两人一来一往，约战有百来个回合，不分胜负。圆明僧退到床边，刀尖在铜床上一点，那床上便即现出一扇门来，圆明僧就跳进里面，向小官笑道：

"贤弟，敢进来吗？"

小官怒道：

"有何怕者？咱定必杀汝！"

说着，便也纵身跳入。只见里面是个卧室，小官才站住了脚，那扇门早又变成了墙壁，同时在床上伸出来两只铁手，把小官的两臂抓住。小官哎呀一声，身子早已失了自由，那柄宝剑当的一声掉落在地。圆明僧回过头来，把戒刀向他一晃，笑道：

"贤弟，你能杀咱，还是咱能杀你呀？"

小官大骂道：

"休得多说，咱生不能啖汝之肉，死亦当夺汝之魄。"

圆明僧笑道：

"贤弟何苦如此？讲了吧，愚兄完全一片好意。贤弟又何必动怒？这个妇人姓方名叫小翠，因丈夫死了，欲出家为佛门子弟。咱因她年轻貌美，劝她再醮，她说非少年英雄不嫁。咱今见贤弟正是个年少英雄，和她正是一对玉人，若成了配偶，岂非美事？"

小官大叫道：

"放你的屁！少开口吧。"

圆明僧见他不肯屈服，因笑道：

"如此咱也不为难你，请贤弟暂等一刻吧！"

说着，便把那边床上一指，就又现出一扇小门，他遂走出去了。小官心中好不焦急，暗想：这如何是好呢？动又不能动，走又不能走，有力没处用，真气苦咱了。

正在这时，忽见那个小翠又立在眼前了，向小官笑道：

"秦大爷，这样不是太辛苦你了吗？咱小翠不幸死了丈夫，今见大爷，正是三生有幸，大爷若能答应了咱，咱就放了你吧！"

小官见她说时，已走近自己身旁，把她的脸来偎在自己的颊上，小官只觉一阵幽香触鼻。小翠又把小嘴儿对准了他嘴，啧的一声，早已亲了一个嘴儿。小官觉得有一股气吹进在肚里，一时四肢便软绵绵起来。那时，小翠忽将自己的衣服统统脱去，露出雪白粉嫩的整个肉体来，伸出两只纤手，把小官的衣服也都脱尽，一面把小官的两臂放了。那时，小官早已没有了自主的能力，让小翠摆布着，不多一会儿，小翠早把他拥抱到床上去。小官心中虽然明白，但已经被她迷醉了。小翠又絮絮地和他谈情，说圆明僧真是个好人，又哭诉自己的苦处，不知不觉，两人竟发生起情爱来，可怜的秦小官从此就坠入邪道了。你道这个小翠究竟是谁？小官既抱定了宗旨，为什么身子又会软绵绵起来了呢？原来，小翠倒真是个寡妇，可是生就是个水性杨花的女人。那天被圆明僧看见了，夜间便去采花。小翠心里怕死，也就依从了他。哪知圆明僧是个有功夫的人，小翠不但不害怕，反而乐得心花怒放。圆明僧见她可人，就带上寺来，日夜受用。今天为了要联络小官，所以叫小翠来迷他。当时小翠嘴中含有浓烈的春药，和小官亲嘴儿时，便吹了进去，所以小官便神志模糊起来。等到两人生米煮成了熟饭，小官本是年少血盛的当儿，又加小翠特别地用功夫，因此得到了甜头，就死心塌地地屈服在小翠的石榴裙下了。次日两人还睡在床上，忽见圆明僧站在床前笑道：

"贤弟，昨夜尝到的滋味如何？"

说罢，便即哈哈大笑起来。小官好生惭愧，低头说不出话来。圆明僧便叫小沙弥就在寺中设席，三人饮酒作乐。如此以后，小官便在白雀寺住了一年。在这一年之中，小官早已变去了本来性情和行动。因为那时候，圆明僧和小官已把小翠玩儿厌了，小官很想到外面去跑跑，遂别圆明僧下山。一路上如果有遇到美貌的女人，夜间便去实行采花，如果依从了还好，否则便一刀杀死。闺阁小姐都是贞节的多，所以被秦小官杀死的真不下有好几百个。后来案子愈弄愈多，官府里虽也知道这些事都是小官干的，但因他本领高强，也没奈何他，因此采花郎秦小官的名声，便四海都晓得了，绿林中的好汉也没有一个不认识他了。

这天，在半途遇见了圆明僧，因问道：

"大哥，久违了，现在往哪儿去？"

圆明僧叹了一口气道：

"不要说起，贤弟，咱和这个白小子无论如何是势不两立了。"

秦小官忙道：

"究竟为了何事？白小子是哪个？你敢是受了他的亏了吗？"

圆明僧因把过去的事说了一遍，小官一听白云生有妹子白秋萍，非常美丽，因紧紧记在心上，一面笑道：

"大哥别气，谅一个白小子有多大能耐，敢如此放肆？小弟准定替你报仇是了。现在且跟着同去喝寿酒去吧！"

圆明僧忙问道：

"谁在做寿呀？"

小官笑道：

"狮子山清风寨的小阎罗陈康龙，今年四十岁了，各山寨主都无不前往。咱们也何不前去应个景儿，吃他一顿白食呢？"

说得圆明僧忍不住好笑起来，因点头答应，两人前往清风寨来。

这时，两人见山上众英雄都迎了出来，心里很是高兴，连忙抢步上前，大家施礼。有不认识的，康龙替他们彼此各个介绍。众人回到大厅里，挨次坐下，谈笑了一会儿。到晚上摆席时，各路英雄又来了不少，康龙心里正喜欢得了不得，一时厅上灯火通明，寿烛高烧，众位英雄满满坐了二十余桌，大小各头目及喽兵也都兴高采烈，猜拳行令，痛痛快快地预备欢饮一醉。那时聚义厅上酒过三巡，康龙站起抱拳向众英雄谢道：

"咱今天承蒙各位英雄驾临敝寨，小弟真是荣幸得很。今日的盛会，也真可称是群英会了。小弟现在向各位英雄敬酒一杯。"

说着，手举酒杯。众英雄见了，亦都站起，举杯答礼，大家一饮而干。酒杯还不曾放下，忽然见一个小头目仓皇奔入，大叫：

"不好！后山起火，寨中有奸细混进。"

众人听了这话，不觉大吃一惊。

第十回

酒绿灯红变生不测
鹃啼燕语策马来归

　　清风寨众好汉正在欢饮之间，忽听小头目报说山后起火，有奸细混进。陈康龙一听，徒然变色道：

　　"何方小子，敢泰山头上动土？正是自来送死了。"

　　因又喝问来有几人。小头目道：

　　"只见两条黑影，像是一男一女模样。"

　　圆明僧听了，心里一动。秦小官听有女人到了，早已拔剑在手，飞身上屋去了。原来，云生和小六在燕子坡颜家庄借了马匹，本是预备去追踪那个黑脸大汉的，不料马行到狮子山下，云生见高峻险恶，知道是盗匪出没之区，因问陆小六山上是否有强人占领，小六便把小阎罗陈康龙在山上为盗首的话告诉一遍。秋萍一听，便疑心刚才大汉定是山上头目。云生因想上山去探听一下，使小六先行回七星溪去。此是本书第二回中的事，且表过不提。

　　当时云生见小六已走，他便和妹妹把马拴在静僻处的大树下，各人拔出利剑，纵身一跃，早已飞奔上山。今天因为山上有喜事，大小头目都兴高采烈喝着酒，哪里还顾得防守？所以白氏兄妹不受阻碍，早已到了山寨里。只见寨中黑魆魆地坐满了人，一堆一堆人的旁边，都点着一盏灯火。又听得一阵猜拳声、嬉笑声不绝于耳。云生知寨中定有喜事，因和妹子耸身上屋，做个"燕儿入巢"之势。只见大厅上灯火通明，满满坐了二十余桌，足有百个大汉，形形色色都有。秋萍眼尖，早已望见了圆明僧，因将云生衣角一扯，低声说道：

"哥哥，你瞧，这个贼秃不是也在吗？"

云生回道：

"可不是？刚才那个骑马的大汉也在座，想来定是寨主康龙做寿，所以这班狐群狗党都来齐会了。"

秋萍哧地一笑道：

"这样说来，康龙那厮的势力也不小。妹妹意思，今夜如果动手，恐怕众寡不敌，吃他们的眼前亏也不上算，还是明儿请了颜大哥一块儿来吧！"

云生听了，点头道：

"妹妹想得不错，不过咱们既到山寨，一些不给他们知道，不是虚此一行了吗？并且也太便宜了这些贼子了。"

秋萍含笑点头道：

"如此咱们往山后去放它一把火吧！"

云生点头，两人便携手跳下屋顶，到了后山，果然放起火来。云生见目的已达，叫声"妹子速走"，两人便飞身欲向山下奔去。那时忽然一个小头目大叫道：

"怎么山后天空通红，不要着火了吗?"

那时又听一个喽兵叫道:

"哎呀! 有两个黑影子呢! 快报告大王去吧!"

小头目一听，也已瞧得清楚，慌忙飞奔上大厅来报告。那时全寨早已鸣锣，谢飞、萧忠、王虎、赵豹四大首领已各率带喽兵百余，从四面包围拢来。云生见事已破露，因想索性杀它一阵，遂和妹妹秋萍舞动宝剑，直刺四人。只见剑光起处，喽兵们的头颅都滚滚下地。

那时，秦小官站在屋顶上面，见火把中显出一男一女，都是年轻得很，女的果然艳丽十分，且两人剑法高妙，在数百人中，好似生龙活虎，本领定不在自己之下，一时心中非常爱慕，意欲下去把那女子擒住。但仔细一想，那女子就是被自己捉住，也是给寨主发落的，那时在广大的人前，又岂能叫她不死呢? 还是在上面瞧个究竟吧! 小官打定主意，便站住不动。那时又只见陈康龙手拿龙头虎爪铜棍，圆明僧手提禅杖，也上前去助战。其余山寨寨主，都各执兵器，散布四周，恐怕来者不止两个，以防万一。只听圆明僧大声骂道:

"咱家道是哪个? 原来就是你这个白小子，可是你活不耐烦了吗? 竟胆敢前来送死!"

说罢，分开众喽啰，举杖向云生当头就击，云生挥剑迎击。那时康龙举棍亦到，云生力敌两人，也顾不得妹子秋萍了。秋萍被王虎、赵豹、萧忠、谢飞四人困在垓心。两人四面受敌，首尾不能联络，这种战斗是最危险，任你有天大的本领，也是没法脱围的。秦小官见秋萍娇汗淋淋，脸泛桃色，知她已不能支撑，心里倒反而替她着急起来，因忙跳下屋来，心想暗中助她一臂之力。不料才跳下屋，忽被一人抓住，小官急回头瞧时，只见一个脸似雷公、尖嘴小鼻的人向他笑道：

"贤弟去何处？"

小官见是赛悟空孙灵精，因笑道：

"特在屋顶督战，来者不知究系何人？竟如此胆大！"

孙灵精道：

"你不听见圆明大师才儿在叫白小子吗？"

小官猛可记起圆明僧曾说吃过白云生兄妹两个的亏，想来定是他们了，今见山寨上的人愈杀愈加多起来，那两人看势定要被捉，自己又被这个孙灵精无意中监视行动，这可怎么好呢？不说小官心中好生难受。哪知正在此时，忽闻一阵锣声，小喽兵大叫"奸细被捉了"。秦小官细瞧去，果见白氏兄妹两人已被小头目反缚着手。众人见奸细已被捉，便仍入席。陈康龙喝声"拿上来"，只见小头目拥上两人。康龙喝道：

"大胆小子，姓甚名谁？咱与你风马无关，为何前来烧咱的山寨？"

白云生哈哈笑道：

"你这无耻狗盗，汝等平日行为，实在杀不可赦，今日你爷爷白云生特来取你首级。"

康龙一听，不觉暴跳如雷，拍桌怒道：

"既已被捉，尚敢倔强，你不怕死吗？"

秋萍柳眉倒竖，杏眼圆睁，娇声斥道：

"放你的狗屁，咱姑太太白秋萍如怕你狗贼，也绝不来杀汝了。"

康龙本来一团怒火，今被秋萍一骂，倒反骂得笑起来了，道：

"原来两人是个兄妹，你果然不怕死吗？"

云生趁喽啰不防，就地一滚，早已到了康龙桌前，飞起一腿，桌子早已翻倒。这一来真把康龙激怒了，小头目等忙又上前捉住。康龙吩咐绑在大柱上，当众开刀，挖心下酒。小头目答应一声，把云生、秋萍两人绑好。这一来把圆明僧和秦小官都急了，他们并不急云生，却是为了秋萍，眼瞧着一个娇美姑娘，顷刻就要死在尖刀之下，这怎能忍心？但如果站起阻止，这绝没有这个道理。这时，小头目已把两人上衣解开，陈康龙见秋萍酥乳暴出，里面还有一个粉红的兜子，裹着奶峰，心里倒也软了下来，便叫道：

"先开男的胸口，女的缓一步吧！"

不料小喽啰还未答应，却见孙灵精站起身子，向康龙拱手道：

"陈兄，恕小弟冒昧直说，斩草不除根，后患无穷，今若把他妹子不杀，将来定要出事。"

原来，孙灵精这人，虽然是无恶不作，对于女色，他却是一些也不相信，生性非常残酷，平日对于杀人是最欢喜。他见康龙有不杀秋萍之意，所以站起来说了这话。康龙一听，心中好生着恼，但因在众好汉之前，岂能翻脸？说为一女人而和同伴伤和气，也要被人笑话，因道：

"如此两人一同开胸吧！"

103

小官和圆明僧一听，心如刀割，把个孙灵精真恨入骨髓。那时，两个小头目已拿着两柄雪亮匕首，先在云生和秋萍眼前一晃，两人抱着决死之心，便闭眼待杀。小头目一切舒齐，便跪向康龙请示，康龙把心一横，叫声"开刀"。两个小头目听了，在地上跳起，各执匕首，猛可向两人一刀刺去。说时迟，那时快，只听哎呀一声，鲜血飞溅，两人便即扑地倒地，众人大吃一惊。你道究竟是怎样一回事？原来两个小头目举刀直刺的时候，突然空中飞来两道白光，却是两支雪亮的飞镖，齐巧中在两个小头目的喉间，因此早已应声而倒。云生和秋萍睁眼瞧时，忽见天空跳下一个少女，十六七岁，身穿紫色大花镶边的袄裤，身轻如燕地飞下厅中，把手中宝剑削断了二人被绑的绳索。云生和秋萍不觉大喜，把衣服掩上，立刻抢过宝剑，和那少女一同奔杀过去。那时，厅中人个个惊惧，陈康龙和孙灵精勃然大怒，拿过兵器，飞出席间，抵住三人。那少女一见陈康龙，便哈哈笑着，娇声斥道：

　　"狗强盗，你还认识大闹上清观的姑奶奶吗？"

　　康龙听了，仔细一瞧，见她所持宝剑，猛可想起，心中不觉大吃一惊，叫声不好，举起龙头虎爪棍就打。那少女把剑用力向上格去，只听嚓的一声，那条棍上的一个虎爪早已被削落。康龙一见，立刻弃棍，拔出太极阳剑就劈。两剑相碰，火星直冒，众人早已瞧得呆了。那时，孙灵精的两柄九节钢鞭正在敌白氏兄妹两柄宝剑。五人打作一团，不见人影，只见寒光数道，似雪花点点。

　　屠龙客爱徒柳春燕，奉师命看望师兄罗秋岚。这日用毕了点心，便欲告别辞去，众人哪里肯依？春燕见情意难却，只得答应留宿一宵。晴鹃和香涛听了大喜，便和箫凤等四人又到上房去见过罗老太。罗老太见春燕天生丽质，真可称是国色天香，比较晴鹃等三人更是艳媚，心中万分喜欢，拉住她的纤手，细细地问长问短。春燕小心回答。晴鹃笑道：

"妈妈，你这样爱着春燕姊姊，可惜咱的二哥不在，否则给咱做个二嫂子，岂不是美事吗？"

罗太太听了，笑道：

"傻孩子，你说话不知轻重，不怕姑娘见怪吗？"

柳春燕红晕了脸，向晴鹃瞅了一眼。晴鹃哧哧笑道：

"姊姊不会生气的，咱才说的。否则咱也不敢说了。"

春燕笑道：

"伯母，你瞧妹妹这张贫嘴学得多乖，真叫人恨也不是爱也不是呢！"

说得箫凤和香涛也好笑起来。罗太太道：

"你妹妹是个淘气精，别理她才好。说起她的二哥，真也叫人伤心的。今年是十七岁了，在十年前，那时他才七岁，不但生得可爱，人是更聪敏。哪里晓得到村外和别个孩子玩玩儿，竟会跌到河里去了。这也奇怪，要是淹死了，早晚总可以捞得起尸体的，哪知从此这河里竟连他的影子也没有，你想奇怪吗？后来又听几个一同在玩儿的孩子说，当咱的孩儿跌下水去时，就见水中起了一道白光，也许被什么大侠救去了，也未可知，这也不过是一种猜想罢了。咱想咱这孩子一定已不在人世了。"

罗老太说到此，老泪已淌了下来。春燕方才明白，因笑嗔晴

鹃道:

"全是妹妹不好,倒引起妈妈的伤心了。"

箫凤因忙拧上手巾,给罗太太拭脸。晴鹃道:

"妈妈也不用伤心,要是二哥真还在世间的,将来他总会回来的。箫凤姊姊陪着妈妈,咱们到院子里去玩玩儿吧!"

说着,便拉了春燕、香涛,三人又走出上房来。这时,各个房间早已上灯,三人到了大厅,见院子外景物依稀,原来今夜月色非常好,碧天无云,所以院子外映得如同白昼。那时三人突见院子西首角上有一团白光在地上滚来滚去,寒气森森。晴鹃笑道:

"又是哥哥在舞剑了。"

春燕见这剑光正是舞动得水泄不通,因不觉大声喝彩叫好。秋岚一听,连忙收剑停止,见了三人,便笑道:

"春燕妹妹,这把叫什么宝剑?真好极了。"

晴鹃一听,想起日中厮杀时,和自己的青虹剑相碰,它却一些也不受损,这的确是柄好剑,倒要瞧瞧了。因在他哥哥的手里接过,只见剑长三尺,剑背上有太极图一个,上端写着"太极阴剑"四字,因笑道:

"原来是叫太极阴剑,哥哥,你难道没有瞧见吗?"

秋岚笑道:

"我只管舞剑,也忘记仔细瞧了。妹妹,你的青虹剑拿出来比一比看,到底是哪一柄好呢?"

香涛笑道:

"不用比了,想来一个半斤,一个八两吧!因为刚才两剑相击的时候，都迸出了许多的火星来呢!"

春燕和晴鹃又都哧哧地笑了。四人在月光下又玩儿了一会儿宝剑和虎头钩，因时已不早，秋岚便道声晚安，自回书房里去。这里三人回进上房里，罗太太说道:

"你们在玩儿什么?"

香涛笑道:

"咱们在舞剑玩儿呢!"

罗太太道:

"你们的卧室都已舒齐了。今夜鹃儿伴柳姑娘睡，香儿和凤儿去睡吧!"

四人答应，便各自回房去了。春燕和晴鹃到了东首厢房，两人卸了妆，丫头重又泡上茶，晴鹃叫她不必侍候，丫头答应自去。晴鹃笑道:

"姊姊，咱们睡吧!"

说着，便把绣被掀开，叫春燕先睡进去。春燕哧地笑道:

"妹妹，要咱睡在一头吗?"

晴鹃咯咯笑道:

"睡在一头，咱们好说话呀!"

春燕听了，含笑点头，两人因在一头躺下。两个小女子便面对面地絮絮说个不停了。春燕道:

"你的表妹香涛，她家在哪里呢?"

晴鹃道:

"说起咱的表妹真也可怜，她自幼爸爸、妈妈都死了，族中又没有什么人，爸爸因把她领过来抚养。我也没有姊姊、妹妹，所以倒好，就给我多个伴儿。"

春燕笑道：

"你就福气，爸爸、妈妈都全齐的。"

晴鹃笑道：

"只不过咱少了一个姊姊，不知怎的，咱见了你，就觉得姊姊可爱。最好姊姊不要离开咱好吗?"

春燕笑道：

"不见得吧！刚才你怎么骂咱是偷马贼呢?"

晴鹃听了，嗯了一声，便把脸藏向春燕的怀里，又忍不住笑起来。春燕被她扰得痒痒的，因笑道：

"快别孩子气了，你只要记住着咱，咱们自然能够有常常在一块儿的日子。"

两人谈到三更天气，方才睡去。次日醒来，两人起身到上房，见香涛和萧凤已在，大家招呼了，一面又向罗太太请了安。大家用了早点，秋岚也进来请安，晴鹃问他吃了点心没有，秋岚道：

"咱和爸爸在书房里用过了。"

说着，又问春燕用了不曾，春燕含笑点头。众人又说了一会儿，春燕起身道：

"咱因要紧回家去望爸妈，所以不便久住。日后如果到府上来，住他一月两月也不要紧，咱是要请你们原谅的。"

罗太太道：

"既然柳姑娘一片孝心，咱们也不便强留，不过何必着急呢！午后走怎样?"

晴鹃和香涛拉了她手笑道：

"姊姊能答应吗？"

箫凤也道：

"妹妹，你答应了吧！"

春燕见她们这样，只好吃了午饭走了。午后，晴鹃叫人把玉兔追风马备好，秋岚封好纹银五百两，赠作川资，春燕不肯。秋岚道：

"师妹如不收，就看轻咱了。"

箫凤和晴鹃、香涛两人也拼命劝她收受，否则便要不高兴了。春燕被她们硬做强行，也只好收了。一面便到罗鹏飞和罗太太跟前去辞行，两老夫妇嘱她常来玩儿，在路上小心，春燕答应。众人送出大门，春燕笑道：

"咱既受了马，又受了银，可真不好意思呢！"

秋岚道：

"这是哪儿话？师妹，咱们不用说什么客气话，后会有期吧！"

晴鹃和箫凤走上一步，一个叫姊姊，一个叫妹妹，握了手紧紧不放。春燕到此，也不觉恋恋不舍，因勉强笑道：

"咱们暂时相别，是不必伤心的，咱心里记着你们便是了。"

说罢，跨上马背，又向香涛一摇手道：

"妹妹再见。"

四人遂洒泪而别。春燕便急急赶路往四川来，一路上因带着银两不便，她便把这五百两银子沿路救济贫人。

且说这天到了狮子山下，天已昏黑，春燕因思家心切，便连

109

夜预备赶到。不料到狮子山下时，忽见山上火光触天，杀声震地，春燕心中好生奇怪，因把马匹拴在树上，飞身上山。那时白氏兄妹已被擒住，春燕因暗暗留意。直到小头目举刀开胸的时候，她想不在这时相救，更待何时？因放出两支飞镖，将小头目打倒，一面飞下厅去，救了两人。当时她见了康龙，便开口大骂贼子。康龙见了春燕，也暗暗心惊。这时，绿林众好汉见这小女子如此厉害，便个个拔刀前来助战。春燕见来势不妙，便叫声"两位英雄速走"。说时，一面飞身跃上屋顶，白云生和白秋萍也忙跳上。康龙和孙灵精、圆明僧、王虎、赵豹等也追踪上屋，不料黑暗中又来八支联珠神镖，如飞般地射来。

第十一回

臂似铁宝剑无情斫
脸飞霞灵犀一点通

当时康龙、灵精和圆明僧三人急忙停步，把手中兵器向上挡住，王虎和赵豹不及躲避，哎呀一声，早已中镖倒地。待康龙等再飞上屋顶时，三个人连影儿也没有了。秦小官说声"待小弟追踪去探听个明白"，说着，便向山上几个纵跳，也早已不见了影子。康龙怕山寨上尚有意外变化，不敢远追，只得回到聚义厅来。只听萧忠和谢飞正在大哭二哥和五弟，康龙仔细一瞧，原来王虎和赵豹中了飞镖，已经气绝身死，一时心中好不懊恼，欢欢喜喜的寿筵上突然来此不测横祸，这个白小子真太和自己作对了，不觉咬牙切齿，恨入骨髓。这时，绿林中众好汉也颇觉不快，大众都不欢而散。

且说春燕和白氏兄妹飞奔逃下了清风寨，云生向春燕拱手道：

"姑娘贵姓，如何知道咱兄妹两人为贼人所擒，特来相救？"

春燕道：

"这里不是说话之所，请两位骑上马匹，大家先跑上一程吧！"

云生和秋萍一听，暗想不错，因连忙找到坐骑，春燕也早跨上了玉兔追风。三人加上一鞭，只听嗒嗒嗒的一阵马蹄声，那马已向前疾驰而去了。三人约跑了五六里路程，前面好像是个村庄模样，茅屋里露出一线灯光。春燕收住马缰道：

"咱们何不前去借一个宿？以便彼此可以说话。"

秋萍点头道：

"姑娘这话不错。"

两人因下马前去叩门，只见一个老媪来开门道：

"请问客官是找何人？"

云生忙道：

"老妈妈，咱和妹妹因要紧赶路，所以错过了客店，不知能不能给我们借一个宿？"

那老媪向三人打量了一会儿，因点头道：

"既然有两位姑娘在，那么就请里面坐吧！"

三人忙道了谢，跟老媪走进里面，到了一间房中，一面又来倒茶。春燕向云生笑道：

"才儿你问我怎样知道你们被擒，这个说来也正是巧事。咱因路过狮子山，忽听山上杀声震地，咱因好奇心动，所以上山来一瞧仔细，不料无意中却救了你们两位。这不是好像天叫咱来的吗？"

秋萍和云生听了，一面站起，又要叩谢救命之恩，一面又问姑娘大名。春燕让过一边道：

"两位切不要客气，人类应有互助之义务，对于作恶的人，是该给他重大的打击。咱的姓名叫作柳春燕，不晓得两位叫作什么大名？"

秋萍道：

"咱叫白秋萍，这是咱哥哥白云生。"

春燕一听，不觉哦了一声笑道：

"原来两位就是咱的师兄。"

云生听了这话，好生不解，因忙道：

"姑娘这话怎讲？令师是何人呀？"

春燕抿嘴笑道：

"我且问你一声，罗秋岚你可认识吗？"

秋萍抢着道：

"这个咱认识，他是咱们师兄呀！"

春燕笑道：

"他也就是咱的大师兄呀！咱常听师父屠龙客说，除了大师兄罗秋岚外，还有一个师兄和一个师姊，他们是兄妹俩，一个叫白云生，一个叫白秋萍，日后如果遇见了他们，你也可以知道。现在不想却正和师姊遇见了，这真幸运得很呢！"

云生和秋萍一听她果然是自己的师妹，心中真快活得了不得，三人因重又见了礼。秋萍见她年虽轻得很，本领却十分厉害，因拉了她手，亲热十分问她年龄，问家在何处。后来说到秋岚，春燕道：

"咱正从他家里回来，不知姊姊最近曾碰到大师兄没有？"

秋萍道：

"咱们也有三年不曾见面了。"

正在说时，忽然听得哗啦一声，倒把三人吓了一跳。春燕回头，见壁上挂着的太极阴剑已出匣数寸，因向两人道：

"剑忽长鸣，定有刺客到来，咱们今夜倒不能安然睡觉呢！"

秋萍和云生见了，心中也不胜诧异，知此剑是宝物，能知预兆，倒不能不防，因道：

"如此，咱们且把灯火熄了吧！"

春燕道：

"不错。"

说着，便在壁上取下太极阴剑，秋萍吹熄了灯火，和云生也各执宝剑在房中静候。约等了一刻辰光，果见窗外一个黑影用剑把窗户撬开。这夜齐巧月色如画，白云生等认得进来的是采花郎秦小官。不料这时，忽然又有一块砖石投进房中来。秦小官一见，本欲进房，这时却又翻身飞出。春燕知后面尚有人跟着，因和白氏兄妹急忙跳上屋顶，果见远处屋面上有两个黑影在交战，三人因立刻纵身一跃，跳过去助战。不料方才住脚，那一个黑影早已逃向前去了。春燕知秦小官已逃，那一个来投石通信的不知是谁，倒该上前去询问一下，也应谢谢他哩。春燕想着，便走近一步，在月光下一瞧，这一瞧把春燕真气得柳眉倒竖，娇声喝道：

"好大胆的秦小子，咱只道你却跑了，原来你却还敢站在这儿，可真是不要活命了吗？"

说时，早已一剑挥去。那人一见她来势不轻，要想躲避是万万来不及，但是来的剑光又不是寻常之剑，如果抵挡过去，难免得受损伤，一时情急，把自己全身的功夫统统运用到一条右臂上来，便狠命地向上一格。说时迟，那时快，春燕的太极阴剑早已斫在他的臂上。说也奇怪，那柄太极阴剑竟会从他的臂膀上弹了回来，这一下春燕真吃惊不小。第二剑又去的时候，那人早已跳出圈子，向春燕叫道：

"这位姑娘，且慢动手，请你仔细向咱瞧一瞧，究竟是不是秦小官呢？"

云生听他的话音，果然不像小官，因忙把春燕劝住，奔到他的跟前，仔细向他打量了一番，觉得身材略矮一些，容貌竟是和小官一式无二，因也不觉笑道：

"英雄贵姓大名？尊容实在太像秦小官了，所以咱的师妹误会你了，真抱歉得很。"

那人也笑道：

"不要紧，不要紧，咱名叫罗海蛟。"

这时，春燕因不好意思，早已拉了秋萍，先回房去了。这里白云生请罗海蛟也同到房间里来。春燕见他穿着一套夜行衣，腰间挂着一柄长剑，右衣袖上的布早已稀烂，想来是被自己用太极阴剑斫破的。自己这柄宝剑斫铁似泥，现在他竟然敢用肉做的臂膀前来相挡，他内功的厉害也就可想而知了，心里不觉暗暗羡慕。这时，云生把手一摆，替大家介绍道：

"这位是咱的师妹柳春燕，这是咱的妹妹白秋萍。"

说着，又向他介绍两人道：

"这位是罗海蛟。"

三人听了，大家便都一一招呼了。云生请他坐下，一面又叫那老媪前来倒茶。因为此时差不多已四更将尽，再过一会儿，天也就要亮了，大家也不要再睡，问老媪有没有酒菜，说"明儿一总谢你便了"。老媪听了，连说"有，有"，一会儿酒菜上来，大家便各入席，谈了一会儿。说起这个秦小官，正是一位年少英雄，可是他偏入邪道，这真可惜得很。罗海蛟听了，长长地叹了一口气道：

"这事说来，颇觉痛心，小弟既蒙各位热心相爱，不得不把实事相告。原来这个秦小官就是咱的师兄呢！"

云生哦了一声道：

"原来如此，未知令师何人？"

海蛟道：

"敝师即峨眉老人朱非子。当咱师兄下山时，师父嘱他千万应多做有为之事。不料下山后几年来，竟和绿林中大盗交友，无恶不作。咱师父也颇有闻知，因嘱小弟下山前来找他，叫他快速一改前非。今天事有凑巧，在狮子山附近赶路，忽见前面有一条黑影，咱因要瞧他行动如何，所以紧随其后。不料咱到这里，咱见他用剑撬窗户，咱想此人谅来绝非善良之辈，因待他欲跳入房中的时候，便投下一块石来。他见后面有人知道，便翻身跳上屋顶，正巧和咱打个照面，那时咱方才知道此人就是师兄秦小官。当时他见了咱，羞惭满脸，问他近日可做得好事，不料他竟翻脸破口骂咱，因此咱们便拳来脚去地交战起来。后来他见你们也追上来了，所以他便走了。不料这柳姑娘误认了咱，猛然地挥剑斫来，那时咱手无寸铁，既不能抵挡，又不及躲避，要想说明，更是来不及了……"

海蛟说到此，春燕两脸红晕，秋波含无限歉意，站起向海蛟谢道：

"这是罗兄太像令师兄了，事出于误会，一切还望罗兄海涵。"

海蛟听说，因也站起，把右手一摆道：

"柳姑娘，你不要多心，并不是咱怪你，咱怨自己没有拿剑在手，要不然，不是可以抵住了吗？"

春燕听他这样说法，心中愈加感激，只好默默无语地坐了下来。那时海蛟忽然眉一蹙，白云生见了，不觉一怔，忽然又相悟过来了，因把他右臂接住，替他把碎衣撕去，那臂上便显露出一条剑痕来，深可分许，有血丝冒出。秋萍呀了一声，春燕抬头瞧去，一时心头别别乱跳，也就忘了嫌疑，伸了纤手，向他臂上抚着，急道：

"你……你……你……有没有觉得怎么样？"

海蛟依旧脸不改色笑道：

"这些微微的皮伤，谅不要紧。此是小弟本领薄弱，以致受伤。"

云生点头赞叹道：

"罗贤弟真丈夫也，以肉做的臂膀，能抵如此快利的宝剑，可见贤弟内功真比愚兄好多了。若换了愚兄，早臂断矣！"

秋萍道：

"这个伤虽无大碍，却非敷些伤药不可。"

云生道：

"可是咱们身上都不曾备着，这可怎么办？"

春燕听了，心里更是着急，忙道：

"咱想到大师兄那里去一次，他那里是有许多伤药呢！"

海蛟摇手笑道：

"大家别忙，小弟自理会得，此伤绝不妨碍，请各位放心是了。"

云生道：

"话虽如此，但咱师妹无故累贤弟受苦，心自不安，她既欲往大师兄罗秋岚那里去取伤药，咱也颇赞成。可是他在大理县，离此很远，往返不便，咱想还是另想别法吧！"

春燕道：

"这不要紧，咱有玉兔追风，一个时辰内也可以返了呢！"

海蛟一面摇头，连说不用，一面沉思半晌，忽又向云生笑问道：

"白大哥的大师兄叫什么呀？"

云生答道：

"叫罗秋岚，敢是和贤弟同族的吗？"

海蛟拍手笑道：

"咱记起了，秋岚就是咱的大哥呀！"

云生含笑道：

"可不是真吗？"

海蛟道：

"这还是十年前的事。咱那时候只有七岁，小孩子懂得什么？天天同村中的儿童在一块儿玩儿。这天大家主张到河边去洗澡，不料咱一失足，便跌在河水中了。那时咱自知必死，早已不晓得

118

知觉，谁知道不到一刻后，咱竟会苏醒过来，同时咱的身子已不在水里，却在高山上的森林中了。那时在咱的面前，还站着一个老人，鹤发童颜，银髯过胸，飘飘欲仙。询问之下，方知彼乃峨眉老人朱非子，因路过罗家集，故而救咱前来，当时咱就拜他为师。那时师兄秦小官也在，师父笑谓我俩说：'此俩孩儿脱了一个胎也。'因为我俩的脸孔正好像是镜子中的影子一样呢！小官为人很好，师父常训咱以师兄做榜样，谁知下山不到数年，竟会完全改变了从前的性情，这真是可叹得很。"

春燕一听他就是晴鹃的二哥，果然还在人世，而且练成如此一身的技能，一时想起晴鹃说的"咱二哥可惜不在，要不然给咱做个二嫂子岂非美事"这一句话，心中顿时觉得又喜又羞，而且愈觉舍不得了，因此脸颊上一阵阵桃花起来，低了头，一句话也不说了。秋萍见她这样，还只道她是在抱歉误会斫伤了他，因轻轻拉她一下，抿嘴儿笑道：

"妹妹，你听见了没有？罗贤弟就是咱大师兄的弟弟，这样说来，彼此都是自己人。罗贤弟既不怪妹妹太鲁莽，妹妹心中也不必难受了。出于误会的事，是没有办法的。"

海蛟点头道：

"不错，秋萍姊姊这话说得是，春燕妹妹，你放心好了。"

春燕这时忽然听他叫自己妹妹，心中真有说不出的喜悦，却也有说不出的羞涩，良久，才抬头起来，秋水盈盈的眼向他一瞟，含有无限的温情和感谢。海蛟不觉也报之以微笑。此时，天已微明，邻家鸡啼声喔喔不绝。春燕道：

"咱家离此不远，就在七星溪里，各位哥哥、姊姊不知能至舍间一叙吗？"

春燕冲口说出各位哥哥，心中仔细一想，又觉好难为情，那脸上的桃霞忍不住又泛了起来。云生道：

"咱可以同往的，因为咱到那边还要去找一个陆小六呢！"

春燕听了，因问陆小六是谁，秋萍笑道：

"这事说来话长。"

因把渡川河起，直到颜家庄借马匹止，统统告诉了一遍。春燕听到柳文卿托陆小六请颜小平做教师时，不觉咦咦地响起来道：

"是不是七星溪柳家村的柳文卿？他是咱的哥哥呀！"

大家听了笑道：

"真吗？这可巧极了。今天说出来的人，怎会都是这里几个人的兄妹呀？"

云生笑道：

"现在文卿兄可不必再操心请人了，叫妹妹教授，可已经了不得啦！"

春燕瞅他一眼道：

"师兄，你这就不该当着人家就褒奖咱。"

秋萍笑道：

"当着人家，妹妹，你这话也不对。这里谁是外人呢？姊姊算不得吧！至于罗家贤弟，也不能算……"

说到此，扑哧一笑。春燕把她嘴扪住，笑道：

"不要你说了，你做妹子的总帮哥哥的。"

云生也抿嘴笑道：

"那么你不能请罗家哥哥来帮妹妹吗？"

春燕听了，向海蛟望了一眼，两人都忍不住哧地笑了。海蛟因问云生道：

"白大哥，你们为什么在这里借宿？还没有告诉我呢！"

云生因把清风寨的事也说了一遍，海蛟冷笑一声道：

"哦！原来小官也在狐群狗党中挤热闹。唉！真辜负了咱师父十年的心血。"

说着，叹息不止。春燕乘机安慰几句。正在这时，忽听得外面马房里一阵长啸声，春燕猛然领会到这是玉兔追风的叫声，因离席站起道：

"不好！咱的坐骑一定有贼子在偷了。"

说时，便即飞奔出外，秋萍、云生、海蛟三人见她如此，因也随后追出。

第十二回

呼朋盗驹求荣反辱
抱亲痛哭疑幻成真

春燕仗剑奔到马厩，果见一个汉子正在牵那匹玉兔追风神驹，一时心中不觉大怒，喝声：

"贼子，真瞎了眼珠，怎么竟敢偷盗姑奶奶的坐骑？"

说时，早已到了那汉子面前。那汉子见被人发觉，便也拔出朴刀，向春燕劈了过来。春燕忍不住好笑道：

"大胆贼子，还不快快逃命？反敢来伤害咱了！"

说着，便挥剑向上轻轻一格，只听嚓的一声，那把朴刀早已削成两段。春燕乘势逼紧一步，飞起一腿，那汉子早被踢倒在地。春燕将他一脚踏住，剑在他脖子上一晃，娇声斥道：

"要命吗？"

那汉子早已双手乱拜，口叫姑娘饶命。那时，云生等三人也已到了近前来，见果有贼子偷马，因道：

"把他捆起来，送官究办就是了。"

那汉子一听，又拼命叩头不已，哀求放饶。秋萍见他可怜，因向春燕叫道：

"妹妹，谅此小贼，杀了反污妹妹宝剑，就饶了他吧！"

正说时，忽见那个老媪哭出来道：

"众位大爷小姐，可怜老妇人，就饶了他吧！"

春燕听了，好生不解，因问此人是谁。老媪道：

"这个是不肖儿子小龙，老妇人只生此一子，但不肖子终日游荡，不务正业，老妇人虽恨入骨髓，但想起一旦病死，总还想他料理一切。"

说罢，啜泣不已。春燕见了，早已软下心来，因道：

"老妈妈放心是了，咱就饶了他。"

说着，便叫小龙起来。老媪叫小龙叩谢各位，那小龙早又抱头鼠窜地逃出去了。老媪叹了一口气，一面道谢，一面又垂泪道：

"这不肖子每天赌钱去，非到天明不回，虽屡加劝阻，却只当耳边风一般。恨时也巴不得他立刻就死，但一想起他爸死已多年，仅剩此一点骨血，总还希望他改过自新，能替他爹争口气……"

说至此，已老泪纵横，众人也叹息不止。因时已不早，大家便预备赶路。春燕从大理县到此，身边五百两纹银路上早已散完，只剩了五十两银子，因全数送给了老媪。海蛟叹道：

"老妈妈，并非咱说狠心话，你有此子，受累多矣！"

老媪一面拭泪道谢，一面替他们把马牵出。春燕道：

"马只三匹，人有四个，咱可怎么办？"

说时，眼瞧秋萍。秋萍会意，抿嘴儿笑道：

"如此咱瞧在妹妹面上，就把那马让给罗贤弟吧，咱姊妹俩合坐一骑，也无不可。"

海蛟听了，忙道：

"小弟步行是了。"

春燕瞅着秋萍一眼，低头不语。云生笑道：

"罗贤弟也别客气，咱们就此起程吧！"

于是各人跨上坐骑，出了院门，老媪送到门口而回。

且说三骑马匹，一路缓缓按辔而行。春燕和秋萍合骑在玉兔追风上，春燕在前，秋萍坐在后，半抱春燕身子，春燕身材娇小，齐巧藏在秋萍的怀里。秋萍俯首在她耳边轻声向她笑道：

"妹妹，罗家贤弟，不但本领高强，容貌更生得英俊，姊姊将来定向大师兄去说亲，这一盅冬瓜汤，妹妹，你是一定要给咱喝的呢！"

说着，便哧哧笑了。春燕听了，眉一扬，颊上的笑窝儿掀了起来，却故意身子一扭，嗯了一声，不依她，含嗔笑道：

"姊姊你说这话，咱不依你。"

秋萍见她这样，忍不住哧哧笑道：

"这么大了还一味地只想在姊姊怀中撒娇，被后面罗家的姑爷瞧见了，不难为情吗？"

春燕啐了一口，纤手狠狠打她一下，却也奈何她不得，只好默然不说话了。秋萍道：

"咦！怎么不开口了？敢是生气了吗？姊姊算是一片好意呢！"

春燕道：

"姊姊，你只顾开妹妹玩笑好了，妹妹心中正在感着不安哩!"

秋萍忙道:

"这又为了什么呀?"

春燕道:

"你想，人家好意来投石通知，不料咱还大声骂他，这也不要说了。又将他的臂膀斫伤，这叫咱怎么好意思呢?"

秋萍笑道:

"妹妹，你这话令人好生不明白，他是谁? 谁又是他呀?"

春燕无心说出一个"他"字，却被聪敏的秋萍又取笑了，急得春燕通红了脸，慌忙道:

"咱正经和姊姊说话，姊姊再打趣，咱可要真的不依了。"

秋萍笑道:

"谁取笑妹妹? 姊姊太愚笨了，妹妹不说明白，咱不是要问一声吗? 妹妹如埋怨姊姊有意的话，真是冤枉姊姊了。阿弥陀佛!"

春燕到此，又被她说得笑了道:

"姊姊的这张贫嘴，真不知什么地方学来呢!"

秋萍笑道:

"现在可是妹妹骂咱了!"

春燕听了，躲在她的怀里，忍不住又哧哧笑了。秋萍正经道:

"妹妹，这你也不用担心了，罗贤弟既能挡得住这柄剑锋，想这些微伤，是绝无妨碍的。你不是听他一些也没有怪怨你吗?

125

他反怪自己本领不好，这样好人真也难得。"

说着，又哧地一笑。春燕虽觉她话中仍带取笑自己，可是仔细想来，心中也感激得了不得，一时小心灵上便就印上了一个罗海蛟的身影了，因说道："这也真奇怪，他们师兄弟两个竟这样地酷肖呢！"

秋萍也道：

"当时咱见了他，也还只道他是秦小官呢，算还是咱哥哥听出他声音有些不同处。"

两人正在絮絮地谈着，忽听后面喊声一片，马蹄声嗒嗒。春燕忙掉转马头瞧去，果见有一大批大汉追奔前来，大喊：

"前面小子，快快留下那骑马匹，方才罢休，否则绝不饶你们。"

春燕听了，奇怪道：

"这批贼子是何处来的？"

秋萍眼尖，指着那个领路的大汉道：

"妹妹，你瞧这个汉子不就是那个老媪的儿子偷马贼小龙吗？这厮合该没命，竟苦苦追来送死。"

春燕仔细一瞧，果然是的，心中发怒道：

"咱只当他能改过自新，却还敢邀同强徒前来拦劫，这真太气人了。"

说着，便欲跳下马来。秋萍拉住她道：

"你忙什么？你不瞧咱哥哥和罗贤弟已迎上去了吗？"

春燕因不下马了。只见三四十个彪形大汉，各执大刀，直向两人劈来。海蛟左手执剑，下马独出，先杀去数人。云生也舞动宝剑，只见两人剑光如雪花上点点，人头滚滚落地。小龙见来势不对，意欲向后奔逃，却被海蛟斫去一腿，便扑地跌倒，小龙大喊饶命。海蛟笑道：

"才儿已经饶汝，今偏欲前来送死，此时却又喊饶命，汝命究有几条？"

小龙道：

"小的已成残废，绝不敢再作恶胡行了，请英雄瞧在咱年老的妈脸上，就饶了咱一条狗命吧！"

海蛟道：

"汝既残废，活着反觉无趣，且反累汝妈加重许多负担。咱为你妈着想，你还是死了吧！"

说着，手起一剑，只见血花飞溅，小龙早已一命呜呼了。此时众贼早已杀尽，只有云生脚下踏着一个贼首，喝问：

"听谁唆使，前来拦劫马匹？"

那贼求饶道：

"这不关小的事，是小龙前来告诉的，请好汉饶了小的吧！"

海蛟道：

"白大哥，问他做什么？结果了就完啦！"

说着，便抢上一剑，把那个贼子踢了一个大跟斗。那贼子哎呀一声，早已被踢出了二丈以外。春燕见那贼子身上突然跌落一件东西来，因忙纵身跃下，秋萍问她何事，她也不及回答，连忙奔到那件东西旁边，俯身拾起，却见是一瓶药粉，上写"伤药龙骨丹"五字。春燕这一喜欢，真几乎跳跃起来，因叫：

"罗家哥哥，你就饶他一条命吧！"

海蛟看时，那贼子已经气绝了，因回头笑道：

"不中用的东西，还敢横行，这么轻轻一脚，竟就咽气了。"

春燕向云生笑道：

"白大哥，你瞧，这好像天赐给咱们的。"

云生接过一瞧，见是伤药，不觉笑道：

"哪里来的？"

春燕道：

"就是这个贼子身上跌出来的呀！"

这时，秋萍和海蛟也走了过来，见春燕拾到一瓶伤药，心中都好不欢喜。秋萍笑道：

"妹妹的眼可就真尖了，这么远路，她在马上就瞧见了。"

云生道：

"那么罗贤弟右臂快伸出来，待咱替你敷上了吧！"

海蛟连连道谢。云生笑道：

"不用谢咱，这伤药是春燕妹妹替你留心得着呢！"

海蛟听了，望着春燕微笑。春燕眸珠一转，含笑说道：

"白大哥这话也不对，罗家哥哥是全靠自己的呢。"

海蛟笑道：

"这话怎么讲？"

春燕抿嘴儿道：

"要不是你把那贼子踢了一跤，那这瓶伤药怎么会跌出到地上来呢？既不跌出地上，咱又哪里能瞧得见呢？既瞧不见，又哪里能拾得到？这样推说起来，总而言之，还不是全靠罗家哥哥自己吗？"

128

秋萍笑道：

"妹妹这几句话说得很中听，但如果妹妹不切切关心着罗贤弟的伤处，恐怕也不会顾虑到这许多，罗贤弟多少总也要感激妹妹深情的。"

说得云生哈哈大笑起来。春燕和海蛟听了，也不觉低头哧哧地笑了。春燕啐她一口道：

"姊姊瞎七搭八的，又有这许多话了。"

这时，云生已把海蛟伤药敷好，春燕把自己的绢帕给他裹扎，海蛟心里自是万分感激。春燕又殷殷地问他痛没有，海蛟道：

"没有什么痛，这一些皮损，也算不来伤呢！"

云生把那瓶伤药还给了春燕，春燕道：

"大哥藏着，不也一样吗？"

云生因就放在怀中。四人遂仍各上马背，前往七星溪而去了。

且说七星溪柳家村里的戆大陆小六，这天早晨，匆匆地从燕子坡颜家庄返回家中，便欲去找柳文卿，回复他颜小平已出去游玩的话。不料柳笛先来找他告诉，说大爷跟了叫花和尚走了。陆小六心里却不以为然，料定那叫花和尚是个道行高深的人，所以反替文卿庆幸。柳笛见小六不语，因遂告辞别去。小六见柳笛回去，他便帮同他娘去烧午饭去了。次日，小六独自一个在村中闲散，一路上沿着小河，嘴里随便哼着村歌，瞧着河中渔船，船上的渔夫都在张网捕鱼，倒也颇觉逍遥自在。正在此时，忽听身后一阵急急的马蹄声由远而近，小六连忙回过头去，齐巧和来骑打一个照面。小六这一见，心中不觉大喜，原来马上的人正是白云生兄妹和春燕、海蛟四人。他即飞步奔上前去，大叫：

"云师，咱陆小六在此恭候多时了。"

云生一见小六，连忙把马缰勒住，罗海蛟和春燕遂也停马不前。小六急问道：

"清风寨的小子怎样了？小徒自别云师后，却有两件事可以告诉呢！敝舍就在前面，请众位去坐一会儿好吗？"

云生笑道：

"你且先把两件什么事说给咱听听吧！"

小六道：

"咱沿着川河，一路上回家。不料在半途上遇见一个女人，她要投河，咱因救了她，问她为何觅死，她说盘川被强人劫去了，想来定是前天咱们瞧见那个骑棕色马的汉子干的了。"

云生道：

"这就不错了，这个贼人也是清风寨中的头目呢！"

小六又把那被救的女子怎样被峨眉老人朱非子带上山去的话说了一遍，罗海蛟听了，笑向云生道：

"想来又是咱师父收作徒儿去了。"

小六听了，向海蛟打量一会儿，一面又叫道：

"云师，这位是谁呀？"

云生道：

"这位是罗海蛟，就是你说的峨眉老人的门徒。"

小六一听，连忙口叫师叔，海蛟因自己年轻，不肯受人重礼，因忙下马答礼。云生也替他介绍了，一面又问那被救的女人姓名。小六道：

"大约名叫韩浣薇吧！咱也有些忘了。还有一件事，就是这个柳文卿，咱那天回来，听小厮柳笛说，在前天跟了一个叫花和尚出家了。云师不知认得这个和尚吗？"

春燕听了，在后面叫起来道：

"是了，咱记得了。师父曾告诉我，说咱哥哥是在师伯金罗汉拐脚僧那里，想来一定是了。"

云生听了，也点头叫是，一面又向小六道：

"这位柳春燕姑娘，就是柳文卿的妹妹，也就是咱的师妹。"

小六一听，忙又见了礼。春燕道：

"这样吧，请小六兄一同和咱们回家去玩玩儿怎样？"

小六忙道：

"燕姑姑如此客气，真折死小侄了。"

于是一行五个人向柳家宅而去。不多一会儿，早到门前。春燕觉得景物依稀，因叩门进去，只见庄丁前来开门，笑问姑娘找谁，春燕向他仔细一认，倒还认得是老管家柳诚，因笑道：

"你不是柳诚吗？咱就是柳春燕。"

柳诚一听，惊喜交集，上下细细地向她瞧了一回，急急地道：

"你……你……你……真是咱们的二小姐吗？"

春燕道：

"这哪能谎你？你快告诉老爷去吧！"

柳诚一听，便急忙奔向里面，口中大喊：

"老爷、太太，二小姐回来了呢！"

这时，春燕的爸爸柳圣望正在上房里，因为柳老太想起文卿出家，又在伤心哭泣了，所以圣望正在劝她。这时，忽然听到二小姐回来了，圣望真还摸不着头脑，心想：咱这春燕孩子，是在七岁前就被人拐去了，听说是去制什么阴阳剑的，谅来是凶多吉少，咱也早已把她忘了，怎么说回来了呢？不要他们见了鬼吗？但此时她妈正在伤心，倒可以哄哄她呢！

因道：

"太太，你听见了没有？春燕孩子回来了呢！"

柳老太一听，更加伤心了，便呜咽着道：

"咱的命多么苦啊！这个孩子被人拐了，咱已痛心极了。现在文儿又去出家了，你想叫咱做什么人呢！你也不用哄我，咱的春儿会回来，咱们恐怕都在梦想吧！"

柳老太才说完这些话，忽听房外娇声的爸妈声嚷进来，同时早已瞧见一个十五六岁的姑娘跳进房来，先向圣望跪地叩头，叫着：

"爸爸，孩儿归来了。"

说罢，又跑向柳老太的怀里，叫了一声妈，伏在柳老太的膝上便哭了起来。那时，柳老夫妇俩真弄得目瞪口呆，说是在梦中吧，明明有个姑娘在房中；说真的吧，整整有六年不见，那她一向在哪里呢？柳老太因急问道：

"你……你……你……是真的咱春囡吗？"

春燕连叫妈妈，柳老太捧着她的脸颊，仔细一瞧，果然真的春燕，虽隔六年，脸盘子究竟不改，这一喜欢，不觉紧紧地抱着她，叫声：

"儿呀！你真叫为娘想得好苦呀！"

说时，两人早又抱头痛哭起来。

第十三回

秋月春花未曾虚度
文鸳海燕愿慰双栖

　　且说春燕和秋萍等五人到了大厅上，春燕让众位坐下，便向大家一点头笑道：

　　"请各位少待，咱先进内去见了爸妈，再来奉陪。"

　　说着，便急急奔向上房里面去了。这里柳诚泡上香茗，请各位用茶，大家点头。这时，忽听上房里送出一片哭声来，秋萍笑道：

　　"你瞧妹妹在外面天也不怕，地也不怕，一到妈的怀里就要撒娇了呢！"

　　说得大家都忍俊不禁。正在此时，忽见里面走出一个老者，年约五十左右，身衣蓝袍，脸虽清瘦得很，那副庄严之气，令人见了，肃然起敬。小六是认得圣望的，因站起口叫老太爷。圣望连忙答礼，一面又向云生、秋萍、海蛟道：

　　"这三位想是小女的师兄了？"

　　三人听了，连忙站起，答称不敢，口呼老伯，又请了安。圣望又一一问了姓名，心里十分喜欢，因道：

"小女刚才已详细告诉咱，方知小儿是被大师赤云子收作门徒了，这正庆幸得很。内子自小女失踪后，日夜啼哭，因此身颇衰弱，不料前天小儿文卿又跟和尚出家，她便更加伤心。幸而今日小女已回，她也定能减少许多的悲伤呢！"

云生听了，忙道：

"文卿兄现在是在咱师伯拐脚僧那里，不日也定聚回家的。这师妹也已早知，怎么她不曾谈及吗？"

圣望一听，真几乎喜欢得要舞蹈起来，因笑道：

"此话果是真实的吗？"

云生道：

"在老伯前，安敢相欺？"

圣望不觉抚须笑道：

"却被咱暗暗猜中了呢！"

说着，又向秋萍笑道：

"小女在房里呢，贤侄女不妨进去玩玩儿。"

秋萍点头答应，便笑着走向上房里去。只见春燕尚依在母亲怀中，絮絮地话着，因不觉笑道：

"妹妹不怕羞，还叫妈妈抱哩！"

春燕听了，回头见是秋萍，因忙离开了妈，来拉了秋萍的手，向妈道：

"妈妈，这位就是咱的师姊秋萍姊姊呢！"

秋萍忙又请了安。柳老太见秋萍芙蓉其颊，杨柳其腰，亭亭玉立，心中不觉喜欢得很，因叫她在身旁坐下，问她几岁了，什么地方人，爸妈在吗。秋萍道：

"咱是开封府人，爸妈都已过世了，只剩兄妹两人，今年是十九岁了。"

柳老太又笑问道：

"白小姐可曾字人了没有？"

秋萍听她问起这个，倒颇不好意思起来，因红晕了两颊，低头不语。春燕在旁，攀着她手笑道：

"姊姊，你不用害羞，快说了呀！妈妈要替你做媒去呢！"

秋萍心想：这妮子倒乖，竟被她报复去了。因抬起头来，摇了两摇。春燕笑道：

"妈，你瞧见了没有？咱不是早和你说还不曾吗？这不是一个很好的大嫂子？"

柳老太笑道：

"你说文卿这孩子会回来的，可是真的吗？"

春燕道：

"咱哪里会骗妈呢？"

秋萍听她母女俩的谈话，竟要把自己当作了他家的媳妇样子，想来这一定是春燕这孩子在和她妈说，可见这孩子和自己的感情倒也不错呢！柳老太见秋萍默默无语，知道春燕说话太显明了，害得人家不好意思，因又搭讪着道：

"白小姐，你的妹妹是十分赞美着你，请你在这儿要多住几个月去才是。"

秋萍笑道：

"既蒙伯母抬爱，当然遵命。"

春燕笑道：

"你不答应，咱也不允许你走呢！"

秋萍笑道：

"伯母，你瞧瞧妹妹可厉害吗？"

柳老太笑道：

"这是你姊姊太待妹妹好了，所以这孩子才成天地向姊姊淘气了。"

春燕听了，望着秋萍憨憨地笑。秋萍抚着她纤手笑道：

"你老躲在房中，也不出去陪陪你的罗家哥哥吗？"

春燕听了，倚着秋萍不依。柳老太因问罗家哥哥是谁，秋萍笑道：

"咱统统告诉伯母听了。"

春燕顿脚急道：

"你不能说，姊姊，你说我定不依你。"

秋萍笑笑：

"你知道我说什么呢？咱说大师兄罗秋岚，他有个弟弟，名叫海蛟，和妹妹误会了，便起了冲突。妹妹把剑劈他，他因一时来不及抵住，只好把一条臂膀来挡。"

柳老太听到此，哎呀道：

"你妹妹太不应该了，他那臂膀不是要被斫断了吗？"

秋萍道：

"这也不能怪妹妹的，其中又有一个缘故。"

说着，因又把秦小官的事告诉一遍。柳老太道：

"哦！原来为了这样，后来怎样了呢？"

秋萍道：

"不料妹妹宝剑斫在他的臂上，竟会弹了回来。伯母，你想，这人的功夫好不好？"

柳老太道：

"咱真不信，天下竟有这样大本领的人。"

秋萍道：

"后来幸亏大家认识了，知道是容貌相像，原来大家都是自己人。"

柳老太道：

"那么他的臂膀究竟受伤了没有？"

秋萍道：

"到底因为这柄剑太锋利了，所以稍许有些皮伤。妹妹的心中是万分担着抱歉呢！"

柳老太道：

"这倒是真的很对不起人家，不知这孩子有几岁了？"

秋萍笑道：

"今年才十七岁，和妹妹真是一对儿。现在他也在这儿，伯母不妨过去一趟去瞧瞧，不但人品好，容貌也不错呢！"

春燕听到此，向她怀中一钻道：

"咱早知姊姊早晚说不出好话，妈偏要信她胡说。"

柳老太这才知道春燕不许她告诉的缘故了，因笑道：

"你这孩子，快别胡扰姊姊了，姊姊这话倒也正经呢！"

秋萍咻咻笑道：

"妹妹听吧，伯母怎样说呀？"

春燕见妈也这样说，因逃到后面一间房中去了。柳老太因又详细问罗海蛟家中的身世，秋萍道：

"罗师兄家里，妹妹自己也早已去过了。不过那个海蛟是十年前失踪，被峨眉老人救去的，所以两人没有见面过，又是在狮子山相近的李家村上遇到呢！"

柳老太道：

"只要他们小两口子自己愿意，咱是没有不答应的呢！"

两人谈了许久，柳老太也早已看中了秋萍。此时已上灯时分，外面已经开饭，仆人前来相请，柳老太因为要去瞧瞧海蛟，便也高兴一同去入席。秋萍高喊春燕道：

"妹妹，吃饭了呢！你还躲着干吗？"

春燕便从里房间内跳出来，秋萍挽了她手，三人笑着出去。到了饭厅上，见柳圣望和云生、海蛟、小六四人已坐在席上，见了三人，大家都又站起，春燕倒反不好意思介绍了，还是秋萍一一地替柳太太介绍，云生等三人又请了安。柳太太见海蛟生得方面大耳，唇红齿白，果然英俊非凡，心里颇觉喜欢。大家挨次入席，仆人握了酒壶筛酒。小六接过道："这里没有外人，咱来执酒壶了。"

春燕站起道：

"这哪里敢当？哪有叫客人把盏之理！"

小六道：

"燕姑姑，你不用客气，咱是个酒鬼，叫人握了酒壶，实在有些不便当。"

圣望笑道：

"如此拿大杯来。"

仆人因换上大杯，众人见小六直爽痛快，都觉他的可爱处。小六笑道：

"咱这个人是戆骏得很，云师是晓得咱的，小的有失礼处，还须原谅。"

圣望笑道：

"说哪儿话？这是英雄本色，老夫最赞成的。"

说时，菜都上来，又叫大家快吃，切不要客气。

正在高兴之间，忽然海蛟从椅上跌了下来，众人这一惊非同小可。云生猛可省悟，海蛟才敷上了伤药，是切忌酒的，因忙离座，将他抱起，只见他两眼紧闭，脸白如纸。柳老太早已吓得发抖，连连念佛，春燕心中更急。还是秋萍心头清，连忙说道：

"这是气闭厥起，咱记得颜大哥家自制有还魂丹，还是咱速去取来吧！"

春燕一听，忙道：

"如此甚好，咱的玉兔追风骑了去吧！"

陆小六一听，大声道：

"萍姑姑，你不用忙，这事是小的去干的，因为这个去处，咱是熟路呢！"

云生听了，便连催快去。仆人早已备马，小六一个箭步奔出院子，跨上马背，疾驰去了。这里本来备有客房，云生把海蛟抱在炕床上躺下。圣望见他脸色由白转青，也急得发抖，春燕几乎落下泪来，柳老太早已回上房去拜佛了。幸喜不多一会儿，只见小六满头大汗，急匆匆地奔了进来。众人见了小六，心里就放下了不少。春燕抢过他手中的还魂丹，秋萍早已端了开水，云生把海蛟的嘴挖开，春燕将还魂丹塞进嘴里，秋萍灌下半碗开水。一刹那间，只听海蛟的肚中咕咕地一阵怪响，接着一张口，只见他哇的一声，便吐出一大堆碧绿的水来了。这时，大家见他脸色已慢慢转红，眼睛也会开了，都放心了大半。云生回头见小六却坐在椅上，还不住地在吁气呢！因笑问道：

"颜大哥怎样说？"

小六摇头道：

"他说这病还不在于吃酒关系，恐怕是内功用得太过度了，好在这还魂丹是百病都可医的。他说吃下丹后，如吐出绿的水来，那一定是里面五脏六腑都动了位。现在这还魂丹吃下去，就是把里面的五脏六腑移到原位上去，这……真危险透顶了。"

众人一听，都大惊失色。秋萍忙问吐绿的水是不是好现象，还是危险的现象呢，小六笑道：

"要是危险的现象，咱还能这样安若泰山似的坐在这儿息力吗？"

众人见他说时，额上的汗珠像雨般地落下。云生笑道：

"你怎么跑得如此急呢？"

小六笑道：

"咱一听颜老伯的话，心里早已吓得乱跳，因此拼命地飞奔了。他说过了一个时辰就难救了。你瞧瞧，现在统共也不到半个时辰呢！来回百多里的路程，咱费了半个时辰，还不能算快吗？"

众人见他如此说着，觉得小六真是个有血性的人了。春燕这时眼皮早红，眼帘下沾了两点泪水，心里真有说不出的难受。小六这时又站起道：

"你们不要去理他，他是需要静养的。咱的肚子倒又饿了，还要吃饭呢！"

圣望道：

"不错，大家还是往饭厅去吧！"

这里又吩咐仆人侍候，大家才回到饭厅。春燕哪里还吃得下饭？秋萍一面安慰，一面伴她到上房里去。这里云生和圣望、小六三人，也略吃些，遂各散席。大家又去瞧海蛟，见他沉沉酣睡，因也不惊动他。圣望遂陪两人到隔壁卧房住宿。小六本欲回去，因恐海蛟病情有变化，以便去请颜德公来救活，幸亏这夜相安无事。春燕进了上房，见柳老太正在向大士叩头，见了春燕、秋萍，忙问海蛟怎样。秋萍不敢实告，只说好了一些，两人遂匆匆到自己房中去了。春燕一进房中，便投在秋萍的怀里滴着泪道：

"万一有了不测，这完全是咱的罪恶，叫咱怎能对得住大师兄呢？"

秋萍因劝道：

"并不是妹妹故意如此，总之吉人有天相，谅来平安无事的，妹妹也不用多忧虑了。"

春燕道：

"姊姊明天和大哥去说一声，说咱叫你在家里住上一年半载说不定，大哥要怎么样，就随便好了。因为像姊姊女流之辈，况爸妈又没有了，跟了哥哥，一块儿东一块儿西，也没什么意思，不知姊姊能答应妹妹吗？"

秋萍道：

"妹妹，你放心，姊姊答应你是了。"

两人说了许久，方各脱衣就寝。

次早起来，秋萍和云生说了春燕的意思，云生道：

"那再好也没有了，咱既收了小六做门徒，应该教授他几路拳法，所以今天起，小六要叫咱到他家里去住三月五月，咱也已答应他了。"

兄妹两人商量定妥，从此就安心暂时住在柳家村了。云生虽住在小六家里，两人亦常来游玩，后来不到半年工夫，小六的功夫也练得非常厉害，此是后话。

且说罗海蛟内伤虽愈，因元气大伤，却恹恹地又病了起来。病中全仗春燕、秋萍两人日夜服侍。圣望虽觉男女有授受不亲的观念，但因为这次海蛟的病完全是为春燕剑劈而起。且他们本有师兄妹之谊，再加秋萍也在一块儿，因也不计什么了。柳老太是早已看中了海蛟的人品，她却说是理应如此的，因为当时海蛟投石通信，是救他们的，不料春闺恩将仇报，反把他手臂斫伤，这虽然是由误会而起，但这是多么地危险呢！现在海蛟内伤虽被还魂丹医好，究竟又病了起来，春闺服侍他，这叫作投我以桃、报之以李，照理是该这样的，方显他们是有真性情的热血儿女，否则，也太不近人情了。柳圣望听了，哪敢说半句不是？春燕听母亲这样说，当然更不要避什么嫌疑了。

光阴如流水般地过去，夏去秋来，秋去冬来，匆匆之间，早又过了残冬。海蛟病体虽已痊愈，但还不曾复原。海蛟思家心切，几次要告别回家，春燕决计不允。后来又过了两三月，海蛟才完全好了。有时也到小六家里去玩儿，小六此时经云生天天教练，飞檐走壁，也无所不会了，心里非常高兴。云生天天游山玩水，或和小六试一回拳，喝一回酒，有时来柳家和海蛟、春燕、秋萍弈一回棋，舞一回剑，倒也颇觉逍遥自在。

这天夜里，春燕乘秋萍和柳老太正在说话，她便悄悄地跑到海蛟房中来，见海蛟正在秉烛观书，春燕笑道：

"蛟哥，你好用功呀！"

海蛟一见春燕，便忙站起道：

"燕妹，你还没有安置吗？"

春燕含笑点头，慢慢走近桌边，纤手抚着桌沿，眼波瞧着他道：

"你现在可全好了？"

海蛟道：

"全好了，燕妹你坐，咱也正想找你，明儿咱想走了。"

春燕忙道：

"你不能再住几天吗？"

海蛟笑道：

"咱已住了将近一年了，妹妹的深情，咱到死也不敢忘的。"

春燕听了，急摇手道：

"咱也知道你的心，你何苦一定说死呢？"

海蛟笑道：

"说死哪里就会真死？咱此次实在是太感激妹妹了。"

春燕见他说话还是一味地孩气未脱，倒也被他说得忍俊不禁了。海蛟道：

144

"上次妹妹不是告诉我，你已到咱家去过了吗？"

春燕点头道：

"是的，你爸、妈、大哥和妹妹晴鹃都说你跌下河里死了，心里都记挂得很，论理是也该回家一次了。"

海蛟道：

"那么明天咱就走了，妹妹许可了吗？"

春燕毅然道：

"咱们年纪很轻，后会的日子真多着，哪有不许可你去的道理？"

说出了后，仔细一想，倒不觉又难为情起来，因红晕了脸，低头不语。海蛟还道自己说话造次，得罪了她，使她心里不快，因懊悔不该问这一句话，心里一急，不觉淌下一滴泪来。这时，秋萍因不见春燕，料想定在海蛟房中，因也兴冲冲地跑了来，预备取笑他们玩儿。哪知他们一个低头不语，一个对灯出神，好像是在斗嘴模样。秋萍心里一呆，不觉嘴里咦咦地响了起来。

第十四回

诳下山无意得阳剑
赚归寨有心做恋人

春燕忽听后面有人咦咦地响起来，因连忙回过头去，见是秋萍，便招手笑道：

"姊姊，你来呀！蛟哥说明天要回去了。"

秋萍笑道：

"罗家弟弟要回去了，妹妹敢是和他赌气了吗？"

春燕打着她嗔道：

"姊姊又要胡说了，谁在赌气呢？"

秋萍哧哧笑道：

"那么咱进来的时候，为什么你们一个也不说话，都呆呆地怔着？好像斗过口角似的。"

海蛟也笑道：

"没有，萍姊，你坐呀！咱真正感激你们，小弟在病中，全仗两位看护，小弟也不说什么客气的话，心里记着你们是了。"

秋萍笑道：

"只要你能始终如一地和妹妹相爱着，咱就很喜欢了。"

春燕向她啐了一口，便自逃回房里了。海蛟也颇不好意思，低头笑了。秋萍道：

"咱是真话，蛟弟，你不知道，当你病得厉害的时候，妹妹真替你落了不少的眼泪呢！"

海蛟听了，心中自然加深印进春燕的情影了。秋萍又和他谈了一会儿，便也道声晚安回房。只见春燕躺在床上，见了自己进来，便闭眼假寐。秋萍也不去理她，自脱了衣服，一面自语着道：

"这孩子有趣，一会儿就睡着了，否则咱倒还有许多话要和她说哩！"

春燕听了这话，忙叫道：

"姊姊，咱没有睡呢！你有什么话，只顾和咱说好了。"

秋萍走到床边坐下，笑道：

"咦！这真奇怪了，咱进来的时候，明明见你睡着了，怎么咱轻轻地说了这些话，妹妹就会听见了？"

春燕咯咯笑道：

"咱装睡哄姊姊呀！"

秋萍笑道：

"原来如此，姊姊说有许多话要和妹妹说，也是哄着你呀！"

春燕咻咻地笑着，把秋萍的身子拉倒，抱住她的身子，吻她一个香，说道：

"姊姊，你真不是个好人哩！"

秋萍因也躺进在绣被里，一面笑道：

147

"妹妹是好人，为什么要假装睡着了呢?"

春燕道：

"咱不说你坏，咱说你太喜欢打趣妹妹了，才儿你当着人家的面，就说这样的话，叫咱怎么好意思呢?"

秋萍笑道：

"那有什么不好意思呢? 姊姊的话是全为了妹妹着想才说的。妹妹不谢姊姊，偏要埋怨姊姊，那你还算是爱姊姊的人吗?"

春燕道：

"不要说了，倒又引起了你的话匣子，咱们早些睡吧!"

秋萍听了，哧地一笑，两人也就睡去。次日醒来，大家用过早点，忽见云生和小六来道：

"咱们要到江津县去一次。"

春燕道：

"姊姊不去吧!"

云生好笑道：

"你别急，姊姊总叫她不离开你便是了。"

秋萍因问哥哥做什么去，云生道：

"小六要去收一笔账款，咱因没事，同去玩玩儿。"

秋萍嘱哥哥早日回来，云生答应。那时，海蛟也出来了，说道：

"白大哥，咱们一块儿动身吧!"

云生奇怪道：

"你到哪里去?"

海蛟道：

"昨天咱和姊姊、妹妹已说过了，今天咱预备回家去一次。"

陆小六道：

"这样很好，大家一同走好了。"

春燕道：

"各路的，在半途总要分开的，何必要一同走？蛟哥午饭吃了走也不迟呢！"

秋萍道：

"妹妹这话不错，哥哥，你和小六先去吧！"

云生道：

"那么咱们该去向老伯说一声。"

春燕道：

"爸还不曾回来，回头妹妹帮大哥代说好了。"

云生道：

"如此劳驾！"

说着，遂和小六向众人告别。

罗海蛟待吃过午饭，也决计要走了，便向圣望和柳老太处去叩别，柳老太嘱咐了一番，海蛟连连答应。春燕和秋萍送着出来，海蛟道：

"两位不必送了，咱们再见吧！"

说着，便伸手和春燕握了握，又向秋萍鞠了一躬，说声"姊姊再见"，遂向前走了。约走了五六步，春燕忽叫道：

"蛟哥，你回来，咱还有话呢！"

海蛟笑着回头道：

"妹妹还有什么话吩咐？"

春燕想了一会儿，笑着摇手道：

"你去吧！咱们以后再说是了。"

秋萍也笑道：

"蛟弟，你自去好了，妹妹和你开玩笑呢！"

海蛟一笑，便又回身走了。春燕呆呆地直瞧不见他的影子，方始拉了秋萍的手回进屋去。

且说海蛟一路走去，约走了四十余里路程，不觉仍又到了狮子山的脚下。只见树林中拥出百余个喽兵，为首一个头目见了海蛟，便上前拱手道：

"原来是秦英雄，好久不上山寨玩儿了，咱家的寨主倒很记惦你老人家呢！"

海蛟一听，知道他误认自己是秦小官了，因将错就错地，也抱拳笑道：

"原是，今日特来拜见你们大王，相烦兄弟通报一声。"

那头目道：

"请你老人家就跟咱上山寨去吧！"

说着，便向前引导。到了山上，他先去通报，果见陈康龙带领萧忠、谢飞前来相接。海蛟上前笑道：

"陈老英雄久违了。"

康龙接进聚义厅，分宾主坐下，康龙道：

"秦贤弟自那夜追下山去后，一别不觉近年，不知一向何处？"

海蛟一听，想来定是说追白云生了，因叹了一口气道：

"不要说起，咱当时就追上的，不料他们人多，小弟不敌，一时只好落荒而走，所以也不及归山寨了。"

康龙道：

"这白小子咱无论如何非杀死他不可，真太欺人了。令兄圆明僧也恨他入骨呢！"

海蛟听了，不觉一怔，仔细想来，方才知道自己是冒名秦小官，这个圆明僧当然也就是秦小官的义兄了，因忙问道：

"现在咱的哥哥在哪里，知道吗？"

康龙道：

"这倒不晓得，当时他是和咱的门徒钱忠结伴下山的。"

海蛟见厅上左有萧忠，右有谢飞，防备甚严，心想：若在此时下手，恐怕众寡不敌，一时计上心来，便向康龙笑道：

"咱得了一个消息，就是这个白小子现在是住在这儿附近的燕子坡里，咱意欲去找他算账，不知陈兄能一同去吗？"

康龙一听，忙道：

"这话真吗？小弟恨不得立刻把他碎尸万段。既然秦兄知他在何处，那是再好没有了，咱们立刻就走。"

说着，遂吩咐萧忠、谢飞好生看守山寨，自己便和海蛟一路下山而来。海蛟见他中计，心里暗暗喜欢。康龙道：

"燕子坡离此只十里路程，来去不消片刻工夫，咱的怨气就可以发泄了，这是多么痛快的一件事呀！"

海蛟应着道：

"不错。"

康龙忽又笑问道：

"秦兄近来又找到了好的女人吗？"

海蛟暗暗骂声狗贼，但嘴中不好说，仅胡乱答应道：

"好的女人实在没有，真不容易找得到。"

康龙笑道：

"这白小子不是有个妹子吗？倒是很可人的。今天把她捉上山寨来，交与秦兄受用如何？"

海蛟装作哈哈笑道：

"那么老兄倒不要吗？"

康龙笑道：

"不瞒你说，咱要把那夜这个小女子柳春燕捉了来呢！咱们春色平分，秦兄就此在寨上坐个第二把椅子可好？"

海蛟一听，真是气得变了脸色，因忍耐着勉强笑道：

"如此多谢老兄了。"

两人一路赶程，一路说话，不觉已到了燕子坡前。康龙道：

"秦兄，咱们预备怎么进去？咱想，好汉做事不要暗计伤人，就叫这厮出来，大家见个高低可好？"

海蛟一听，心想他倒是个硬汉，这好像无形中在和自己说一样，因不觉冷笑了一声道：

"如此咱就请教了！"

海蛟说着，早已拔出宝剑。康龙真还莫名其妙，因说道：

"秦兄，你这是什么话？"

海蛟大骂道：

"好个糊涂的狗强盗，咱是罗海蛟，今日特来取汝狗命，汝识得罗爷否？"

康龙做梦也想不到，秦小官忽然会变了罗海蛟，一时睁大了

152

两眼，仔细向他打量，果然觉得有不像的地方，因也气得怪叫如雷，大叫道：

"好大胆的罗小子，你敢来欺骗老子吗？"

说时，便即把太极阳剑向前挥来。海蛟见剑光逼人，知是宝剑，因把手中的剑并不和他相碰，只向他虚处直刺。康龙只想将他的剑削去，可是始终削他不着，倒反而累得满身大汗，一时气急，便狂吼一声，把剑狠命向他头顶直劈。海蛟身子何等灵活，纵身一跃，早已转到他的身后。不料康龙用力过猛，身子便向前直冲，手中一剑，正巧斫在一块大青石上，那块大石便就一分为两半了。海蛟乘他抽剑急回身时，便飞起一腿，朝他的屁股踢去。康龙哎呀一声，身子早跌出了丈外。因为他跌出去的时候，是个跟斗式，且手中的剑又不肯放，所以当头跌向地上时，手中的剑齐巧落下，恰恰把他自己半个脸削了去。海蛟上前去瞧，只见他一半脸上，血肉模糊，真有些惨不忍睹，不觉笑起来说：

"喂！这是怎么一回事呀？你平日作恶太多，故而也有今天这样的下场呀！"

康龙听了，半个脸上的一只眼睛淌下一滴泪来，好像万分苦楚的样子，海蛟道：

"咱发个慈悲，让你脱离了这个地狱吧！"

说时，便即挥剑砍下，康龙便就身首分离，两脚一伸，呜呼哀哉了。海蛟拾起他的宝剑，见是"太极阳剑"四字，心中好不欢喜，便即拴在腰间。

正欲回身走时，忽被一人抓住，海蛟急回头一瞧，却见一个年约五十左右的老人。海蛟觉得他手抓的力量不弱，谅来绝非寻

153

常之辈。那时这个老者，便开口说道：

"你小小年纪，怎么干那谋害人命的事呀?"

海蛟哈哈笑道：

"咱把这个十恶不赦的贼子杀了，真是替你们地方上除去一大害呢!"

那老者笑道：

"原来如此，小哥姓甚名谁?"

海蛟道：

"咱名叫罗海蛟。"

那老者忙道：

"你莫非就是白云生的师弟吗?"

海蛟道：

"不是，白云生是咱哥哥的师弟，咱乃峨眉老人朱非子的门徒，请问老丈大名?"

那老者哦了一声道：

"咱就是这里颜家庄的颜德公。"

海蛟一听，便即跪地叩头道：

"这位就是咱的恩公吗? 今日才得相逢，真是三生有幸了。小弟若不吃了还魂丹，恐怕已不在人世了呢。"

德公忙扶起道：

"这是吉人天相，非愚兄之力也。舍间离此不远，敢请前去一叙。"

海蛟因道：

"小弟自当遵命。"

说着，两人遂携手入颜家庄而去，分宾主坐下，庄丁献上香茗。德公道：

"令师去年曾至敝舍。"

海蛟点头道：

"不错，小弟前亦曾听小六兄谈及。颜大哥独居在此，真是清静幽雅。"

德公叹道：

"想咱们大中国，今沦陷于满人之手，既不能只手恢复汉室江山，又不愿见满人残暴行为，故携小儿小平移居于此，也是无可奈何中的一种消极办法，言之令人惭愧。"

海蛟道：

"倘有机会，咱还须纠集同志，共同起义，那时咱们还要请老大哥指示一切。"

德公抚须笑道：

"贤弟正当少年，该有此志，愚兄祝祷贤弟伟大的抱负，必能实现。"

两人谈谈说说，很是投机。德公又问才儿被杀的这厮，是不是清风寨主陈康龙，海蛟笑道：

"正是他。"

因把如何误认上山，如何骗他下山，他如何自己剑斫脸颊的话告诉了一遍。德公笑道：

"这厮也有今日，可谓有报应了。"

海蛟见时已不早，因起身告别。德公道：

"贤弟既至敝舍，理应小住几天。"

海蛟见情意难却，只得住下。晚上，仆人开饭，海蛟不见小平，因问世兄不在家吗，德公道：

"小儿已于上月探望朋友去了。"

两人遂入席，海蛟因病新愈，不敢多饮，饭毕即道晚安就寝。

次日，海蛟便告别德公，向云南大理县而去。这天到了一个山岭，险恶万分。海蛟问了乡人，方知前面是蜈蚣岭，乃是白眉毛马玉山盘踞在上。此时日影已斜，海蛟缓步行在道上，忽听一阵马铃响，从前面飞来一骑，上坐一年少姑娘。只见她身穿一件绯红软缎的上袄，头上裹着一方青布，上面缀着一个鸳鸯结，耳鬓旁插着一朵鲜花，一副瓜子脸白里透红，两道细长的眉毛下，配着一双灵活的眸子，一张鲜红的小嘴儿中，露出一排玉雪的洁齿，真是娇艳非凡。海蛟因忙让过一旁，不料那少女见了海蛟，却立刻把马缰勒住，向海蛟娇声道：

"好个狠心的小子，你竟去而不来了，姑娘何处不找你？今日见了姑娘，却还想装作不认识吗？姑娘什么地方待亏了你，你竟负心到如此地步？"

说时，便飞身下马，拔剑向海蛟挥来。海蛟倒被她骂得莫名其妙，因连连摇手道：

"姑娘请慢动手，你可不要认错人了，咱和你素不相识，怎的就骂咱负心你了呢？"

那姑娘一听，果然放下了剑，向海蛟道：

"姑娘怎会认错了人？你就是烧成了灰，咱也识得你。"

海蛟道：

"你既认得咱，知道咱叫谁呢？"

那姑娘气道：

"你的名字难道能赖得掉吗？秦小官，你今日不跟咱回寨去，你休想活命。"

海蛟哈哈笑道：

"不要脸的东西，你再仔细瞧清楚些，咱究竟是不是秦小官呀？"

那女子一听，因仔细地向他打量，觉得果然不对，因此把她羞得满脸通红。海蛟心想：又是师兄干的好事，这女子不知是谁，上了师兄的当。一个女子第一要意志坚强，像这种女子，未免把自己贞节太看轻，故有此事发生，真所谓可怜足惜了。

想着，便向前又走，哪知这个女子却上前来拦住道：

"你不能走，姑娘且问你，你既和秦小官这样像，定是小官弟兄，请你告诉咱秦小官在哪里？"

海蛟想这女子倒缠人，因道：

"小官果是咱的师兄，可是他不入正道，天天做强盗，夜夜去采花，咱早已不和他来往了。"

那女子听了，粉脸含羞，因笑问客官贵姓。罗海蛟道：

"咱叫罗海蛟。"

那女子道：

"罗兄既是小官师弟，就请至敝寨一叙可好？"

说着，便把玉手来挽海蛟的手。海蛟大怒道：

"无耻婢子！为何如此不怕羞耻？"

那女人一听，不觉也恼羞成怒，喝声：

“不识抬举的东西。”

便在怀中取出一方手帕，向海蛟一扬。海蛟便觉一阵异香冲入鼻管，一时身不由己，早已翻倒在地。

第十五回

死也爱郎情痴心苦
生憎薄命缘悭恨留

待罗海蛟醒来的时候，只见自己的身子已在一间卧房里面了。室里布置得富丽堂皇，好像是皇家小姐的闺阁一般，温暖异常，异香扑鼻。但是自己的手脚却被紧紧缚牢着。这时，房中却一个人也没有。海蛟心里好生奇怪，细细想来，自己在蜈蚣岭下被一个女子用绢帕一扬便昏迷过去，现在这个地方，究竟是什么所在呢？因大声喊道：

"屋里主人是哪一个呀？怎么把咱的手脚都缚住了呢？"

这一声喊后，就只见有一个十三四岁的雏鬟从右边套房里走出来，向海蛟开嘴笑道：

"罗爷，你别性急，姑娘就来了。"

海蛟忙道：

"姑娘是哪个呀？"

那雏鬟笑道：

"罗爷问得令人好生不明白，姑娘就是咱的姑娘呀！"

海蛟听了，又好气又好笑，因道：

"这些别说了，请你将咱的缚绳解了吧！咱这个样子，实在吃力得很呢！"

那个雏鬟向他只是憨憨地傻笑，却不答应。海蛟急道：

"你听见了没有？好妹妹，请你快快替咱解了呀，咱的手可麻木得厉害。"

那雏鬟道：

"姑娘没有吩咐，咱是不敢做主的。"

海蛟道：

"那么就请你姑娘来吧！"

正说时，只见那个山下遇见的姑娘已改了便装，姗姗地出来，向那雏鬟道：

"杏儿，你把咱的那把银壶去拿来。"

杏儿答应，不多一会儿，果然拿上一只银制小茶壶，向那姑娘道：

"这里面的参汤不太热也不太冷，温和的。姑娘，你可以喝了呢！"

那姑娘点头答应，便接了茶壶，自己喝了起来。海蛟见她样子真好自在，好像房中并没有自己这人一般，因忍不住叫起来道：

"这位姑娘，你到底存的什么心呀？缚得咱的手脚，好酸好麻，请你先放了咱吧！"

那个姑娘听了这话，便回过身来，向海蛟嫣然一笑道：

"咦！你是哪个呀？怎么坐在这儿干吗？"

海蛟道：

"咱在蜈蚣岭下行走，你为什么把咱捉上来？咱姓罗的和你无冤无仇，这时你却反来问咱。要是你不用手帕一扬，咱哪里会到你这房里来呢？"

那姑娘道：

"你既知彼此无冤无仇，为什么你才骂咱不要脸的东西。你是要脸的，咱偏把你要脸的脑袋割下来。"

说着，便站起把桌上的太极阳剑拔出，向海蛟眼前一晃。海蛟道：

"你杀只管杀，不过咱还不知姑娘姓名是谁，你先且报上姓名，也好叫咱知道被哪个杀死的。"

那个姑娘笑道：

"你既已死了，还要知道人家名儿做什么？也好，姑娘就告诉了你。咱是蜈蚣岭马玉山的女儿，名叫马镜花。"

海蛟道：

"慢来，还有一件。咱问你为什么要杀咱？"

镜花哧地笑道：

"你这人好生缠人，咱也告诉了你，也好叫你死而无怨。咱因为你师兄是个负心无情的人。"

海蛟道：

"这话不对，咱师兄负心，与咱又有何关系呢？"

镜花道：

"那么咱好意请你上山寨来，你为什么就将咱大骂？"

海蛟道：

"就凭你这几句话，咱也没有犯杀头的罪呀！"

镜花笑道：

"你这人嘴好厉害，现在姑娘偏叫你死，看你有什么办法？"

海蛟道：

"你一定要咱死，咱是只好死了，请你放心杀吧！"

说着，便闭了双眼。镜花笑道：

"你睁开眼来，咱要你自己瞧着死呢！"

海蛟道：

"这个却不能由姑娘了。"

说着，依然闭眼待戮。良久，却不见自己死，因又睁眼来，却见镜花把剑插在地上，向自己笑道：

"你要不死，也容易得很，你要依姑娘两件事。"

海蛟道：

"你说，是哪两件事？"

镜花道：

"第一件，我俩结为终身伴侣。第二件，你永久不能离开咱。"

海蛟笑道：

"承姑娘美意，这个却不能答应。"

镜花嗔道：

"哼！姑娘哪一样配不上你，你敢拒绝吗？"

海蛟道：

"不是这样说，咱因有种种困难，所以难以答应。"

镜花道：

"你且说来。有什么困难呢？"

海蛟道：

"咱家中已有了妻子，并且孩子也生下了。姑娘要嫁给我，不是有些不合算吗？咱想，姑娘若放了咱，咱一定代你去找秦小官可好？"

镜花摇头道：

"咱不信你已娶了妻，瞧你年纪，只也不过十七八岁罢了，好不害羞，还说生下了孩子呢！你孩子有多大了？"

海蛟一听，也颇不好意思，因红了两颊笑道：

"姑娘不信，咱也没法，只好死了。"

镜花道：

"咱也还只有十八岁，心想嫁个少年英雄，所以便嫁了你师兄。不料你师兄是个负心人，竟一去而不复返了。后来咱一打听，方才知道他是个有名的采花郎呢！"

说到此，两颊便泛起桃色，低了头，把秋波偷瞅着海蛟，真是不胜娇媚。海蛟道：

"你想采花郎的师弟，哪有个好人吗？咱为姑娘前途着想，姑娘还是另找一个相当的夫婿吧！"

镜花道：

"咱相信你是一个好人，愿意把终身相托，你切不要推却了。"

海蛟连连道：

"不能，不能，这绝不能的。"

镜花不觉大怒道：

"姑娘这样俯就你，你敢一味地拒绝，你真不要活命了吗？"

说着，走上一步，把剑放在他的脖子上，又抿嘴儿笑了道：

"你究竟答应不答应？"

海蛟道：

"咱不愿欺骗你，就是现在答应了，回头放了咱，咱仍是不答应，所以还是请你快快把咱杀了吧！"

镜花听了这话，心里愈加爱他，因问他道：

"你不答应咱，总该有个道理，究竟是为了什么？难道咱这个人还算丑女吗？"

海蛟道：

"姑娘的貌最美也没有了，可是咱真的已有了妻子。"

镜花道：

"你果有妻子，咱也情愿做个侧室。"

海蛟道：

"你真的爱我吗？"

镜花道：

"我到死也爱你。"

海蛟缠她不过，因正经说道：

"女子首重乎节，姑娘既嫁与咱师兄为妻，岂可再嫁与咱呢？"

镜花道：

"当初是上他当的，看小官绝无诚意相娶，你别以为咱是水性杨花的女人，咱因一时失足，以致千古恨事。今天咱和你这样的缠绕，已是丢尽女儿家的脸面。罗爷既不答应，咱也再不相强

164

了，但是请罗爷最后能答应咱一件事吗？"

海蛟道：

"你说吧！"

镜花道：

"很简单的，咱要你陪了咱喝三杯酒，那时咱虽死也瞑目了。"

说到此，已泪下如雨。海蛟见她把一件月白罗衫已经湿透，仿佛是雨后海棠，颇觉楚楚可怜，心中不觉也软了下来。镜花一面把他缚绳解去，一面叫菊儿摆席。两人对面坐定，菊儿替两人筛酒，镜花举杯先喝下一杯，海蛟不饮。镜花带流泪带说道：

"你只顾喝，咱绝不害你。今夜咱把心中苦衷都告诉你，叫你好知道咱不是个不知廉耻的女孩儿，咱原是王姓的女孩儿，九年前和爸妈路过这里，被马玉山抢劫，将爸妈杀死。不知为什么，他却把咱收作了女儿，因此咱就姓马了。现在咱想配个少年英雄，预备脱离贼巢，谁知齐巧遇见这个小官冤家，错认他是个好人，因此造成了目前的命运。你现在总可以知道咱既不是贼女，又不是贱人，受了恶环境的逼迫，是没有法子寄身在这儿呀！刚才听了罗爷的话，咱明白了，一个女孩子，应该守一而终。今既失节于小官，岂可复事于罗爷？但咱心中非常地爱护着罗爷，在形式上，咱们做一刻夫妇，你能够可怜咱一片痴心而答应咱吗？"

说着，早已变成了一个泪人模样。海蛟听了，方始明白她的身世，心中一时非常同情，替她扼腕十分，哪里忍心再拒绝她呢？因点头答应。镜花一见，脸上略含笑意，站起身子，握了酒壶，亲自替海蛟筛上一杯，口中笑盈盈地道：

"罗郎请饮一杯。"

海蛟到此，实在不能不喝，因一饮而干。镜花见了，连连道谢，得意笑道：

"罗郎，你已答应咱这个称呼了，咱已得了安慰了，死有何足惜呢？"

说罢，便即拿起太极阳剑，在自己颈项上一划。海蛟待要去抢下时，哪里还来得及？镜花早已倒地。海蛟连忙将她抱起道：

"姑娘何苦如此？这岂非咱害了你。"

镜花脸白如纸，颈上鲜血直冒，却仍微笑道：

"但愿哥哥言而有信，妹虽死亦瞑目矣！"

海蛟到此，也不禁哭道：

"咱虽不杀伯仁，伯仁由我而死，叫咱怎能对得住姑娘啊？"

镜花忽然从怀中又抽出一方手帕，交与海蛟，此时已口不能言，唯手指自己心和海蛟心不已。海蛟见她竟有如此痴心，因将她手帕接下哭道：

"妹妹，你放心，妹妹已是咱的人了。"

镜花本已眼闭了，听了这话，突又睁开眼来，向海蛟望了望，脸上含了一丝微笑。就在这一丝微笑中，镜花便永远脱离了这个世界。

雏鬟菊儿一见小姐已死，便大喊：

"杏儿，小姐被那个汉子逼死了。"

杏儿一听，早已奔到外面去告马玉山。白眉毛马玉山年已七十八岁，爱镜花似掌上珠，今一听镜花被人逼死，不觉暴跳如

166

雷，手拿七星宝刀，直奔后房而来。一见海蛟正在抱尸挥泪，这位老英雄在去年清风寨上，曾见过小官的面，今见海蛟，也只道小官，因喝声道：

"好个秦小官，咱与你无冤无仇，你为何将咱女儿逼死？"

说时，便即一刀挥来，海蛟见来势不弱，因急忙抢过太极阳剑，向上抵住，刀剑相碰，火星直迸。马玉山气得怪叫如雷，宝刀步步逼紧。海蛟因为正在伤心之间，突然来此劲敌，哪里抵挡得住？因一个纵身，便跳下楼去。马玉山的武艺真也不弱，当时便即追踪而下。海蛟拭去眼泪，一面抵住来刀，一面大喊道：

"你们小姐并不是咱害死的，是她自己自刎的呀！"

马玉山喝声：

"胡说，咱女儿既不愁饿，又不愁寒，哪里会自刎？定是你这秦小子强奸不遂逼死的。咱今若不杀你，为女儿报仇，誓不为人。"

海蛟心想：你口口声声骂秦小官，其实镜花之死，倒真的是伤在小官的手里呢！因忙道：

"咱并不是小官也。"

马玉山一听，更加大怒道：

"汝不是秦小子，难道咱老夫是不成？"

说着，便施出一路"蛟龙入海"的刀法，舞动得白浪滔滔，金波滚滚，神出鬼没，五花八门，一化八，八化十六，差不多四面全是七星宝刀。海蛟见他不理，因也只得用力招架。两人约战有三百多个照面，马玉山的精神愈战愈好。海蛟因病新愈，且心中伤心，气力便渐渐有些不佳，一时情急智生，猛可记得镜花刚

167

才死时，递给自己那方手帕定有意思，咱何妨拿出试验试验。因立刻跳出圈子，向前奔逃数十步。马玉山挥刀拼命追赶，还大喊：

"小子，往哪里逃？"

冷不防海蛟回身，把那张罗帕扬出，说也奇怪，那个马玉山便即翻身跌倒在地了。海蛟回身，举剑欲劈，忽然想起镜花，心中倒又不忍起来，但仔细一想：镜花既然说她的爸妈都被马玉山杀死的，现在咱正该替她报仇才好。想罢，便就一剑斫下，只听嚓的一声，马玉山的头颅早已和身子分离了。可怜玉山已活到这样的年纪，依然得到如此下场，可见为非作歹的人是绝没有好结果的。海蛟既杀了马玉山，仍旧跳到楼上，把镜花尸体负在背上，飞身下了蜈蚣岭，在山脚下找了一块空地，掘了一个土坑，将镜花尸身葬下。在墓前又替她立一石碑，上书"故未婚妻镜花之墓"。海蛟又挥了几点英雄泪，正欲回身离开，忽见月光下，那边飞来两条黑影，看过去好像一个逃，一个在追模样。海蛟因此奔向前去，预备瞧个清楚，只听前面一个人向自己叫道：

"贤弟，碰得正巧，请你急救咱吧！"

海蛟听了，也不瞧他究是何人，遂放过了他。将第二个追来的人拦住，喝声：

"大胆贼子，休得猖狂！"

那来人正在紧步追上，忽见旁边突然又走出一个人来，心中更觉大怒，因也更不答话，把手中的两柄铜锤举起就击。海蛟见他用的兵器好新鲜，因一面招架，一面细细地向他打量起来，只见他脸似钟馗，眼若铜铃，一张血口，满嘴胡子，倒有七分像鬼，要是胆小的人，不要说和他交手，就是见了他这副尊容，也早已吓个半死了。海蛟忍俊不禁，向他打趣问道：

"喂！你这厮到底是判官呢，还是鬼王呀？"

这个大汉一听，大吼一声，也还骂道：

"好个小子，你胆敢侮辱老子，咱伍飞熊今天不结果你，誓不为人。"

海蛟一听"伍飞熊"三字，好生耳熟，一时记起，因大叫道：

"你莫非是伍福的儿子吗？"

飞熊见他叫出他爸爸名字，心中好生奇怪，咦了一声道：

"你这个人怎么知咱老子的名字呀？"

海蛟忙道：

"咱名叫罗海蛟。"

飞熊听了，慌忙拜伏在地道：

"原来是咱的小主人，多有得罪。但是你的朋友实在坏得很，他要偷咱的老婆呢！"

罗海蛟见这呆大说话粗俗，忍不住又暗暗好笑。这时，又想起自己救了那人，不知那人究竟是谁呢，因回头叫道：

"好汉姓甚名谁？请过来大家见见吧！"

只听那条黑影叫道：

"咱是飞熊岭徐元霖，因错认了好汉，故而叫你救咱，咱感激得很，后会有期。"

说毕，早已不知去向。海蛟方知这人是自己素来不相识的，想来一定又是师兄的朋友了，一面又暗暗责怪自己鲁莽，不该不瞧清楚了人再管闲事，今天真便宜了这个徐元霖了。伍飞熊笑道：

"原来小爷也不认识他的，那么他怎的叫小爷贤弟呢?"

海蛟也笑道：

"真是该打该打，咱以为他叫我贤弟，当然是相识了，故而也不及瞧他，就放过了他。至于他叫咱贤弟，他倒是真的误会了，这其中有个原因。"

说着，便又把秦小官的事告诉一遍。飞熊道：

"原来如此，敝舍就在此间，请小爷来坐坐可好?"

海蛟答应，飞熊便在前相引。两人约走了三五里路程，方到了一个村庄，飞熊指着那边窗内亮出一线灯光的草屋道：

"前面的茅屋就是小的家了。"

两人加快了几步，飞熊推开了门让海蛟进内。海蛟一脚跨进，不觉大吃一惊，原来屋里面的地上，却横陈着一个赤条条肉体的妇人，鲜血染了满身。

第十六回

摩顶放踵立志认师
饮酒宿店无心杀夫

话说海蛟一脚跨进房门，便见赤条条的一个妇人躺卧在血泊泊的地上，因忙回头叫道：

"啊！飞熊，这算是怎么一回事呀？"

飞熊气道：

"这不要脸皮的东西，咱把她结果了。"

说着，一面让座，一面又来倒了茶。海蛟道：

"你别忙，咱问你，那年你父亲不是把你送到镇上去做学徒，后来不到一个月，便有人来告诉你父亲，说你失踪了。你父亲倒为你奔走了好多日，却依旧没有你的消息。你在这几年中，究竟是在干些什么呀？"

飞熊道：

"这事说来话长，小主人要听，咱就告诉你一个详细吧！"

说时，自己又喝了一口茶，以下便是他的谈话了。

原来，伍飞熊是海蛟家里老仆伍福的儿子，他生来就有蛮牛般的气力，头大脸黑，村童都呼他为黑太岁，常陪同海蛟在外面游玩。后来，因为他在外面时常闯祸，伍福就叫他到镇上一家酒店去做学徒，飞熊觉得做学徒实在一辈子也没有出息。那天因为镇上来了一个卖街拳的，飞熊见他拳法纯熟，刀法厉害，瞧他年纪已有六十开外，心里不觉佩服得了不得，因此遂暗中跟着他，预备拜他为师。不料任你奔得满头大汗、气喘吁吁，只是追他不上。飞熊知道这人必是个异人，因愈加要努力地赶上他，口中还大喊：

"吾师慢步！"

但是那个老人好像没有听见似的，依然缓步慢行。照平时飞熊的性子，早已要开口大骂了，今天他却始终忍耐，咬紧牙齿，拼了命狂追。然而不但奔得脚底起泡，而且已透不过气来。飞熊不觉大哭道：

"师父不停步，咱飞熊情愿奔死在这道路上了。"

一时实在支不住了，因便翻身跌倒在地，飞熊不觉大哭不已。哪知正在此时，忽听一阵哈哈大笑，飞熊睁眼一瞧，原来那老人已在面前了，一时心中便又大喜，立刻不管死活，翻身跳起，叩头就拜，口叫：

"师父，可怜弟子一片诚意，收作了小徒吧！"

那老人便扶他起来，笑道：

"你果欲拜咱为师吗？将来不要叫苦。"

飞熊把脚跳起道：

"咱已奔到如此地步，尚不叫苦，更还有什么苦呢？"

那老人一瞧，原来他的鞋底奔穿，袜子也破，脚底已血肉模糊了，心中也不觉暗暗赞叹。又见他相貌奇伟，性情戆直，毫无奸诈行为，因就收他为徒。飞熊便问大师姓名，那老人笑道：

"为师的无姓无名，只要听有人在说无我山人，那就是为师的了。"

飞熊牢牢记住，便随他上峨眉山而去。原来，无我山人就是峨眉老人朱非子的师弟，因在山无事，便下山来云游四海，不料却收了一个门徒。飞熊既到山上，无我山人便领他到练武洞，叫他在十八件武器中拣一件试用。飞熊骁戆成性，见那双铜锤最大最重，一下打去，足可打死数十个人，因就拣了这双铜锤。幸喜他生来蛮力，练起来还不甚吃力，在山上一住八年，练得一副铜筋铁骨的本领，那年便别师下山了。一路上昼行夜宿，所到的地方，遇有盗贼，没有不给他杀个干净的。这天到了一个马堡镇，里面倒也颇觉热闹。飞熊因为腹中饥饿，便找了一个馆子，见它招牌却叫聚英馆，心想：这馆主谅来也是一个好汉，不知是怎样的一个人，咱倒要见见他呢！因一脚跨了进来，只见柜上坐着一个少妇，年二十四五，倒生得十分标致。那双盈盈秋波斜瞟着人时，直有无限荡人心魂的骚态。飞熊倒被她瞧得不好意思，因自管向那边桌上坐下，喊店小二拿酒拿菜，便狼吞虎咽地吃喝起来。原来，这个聚英馆却是个黑店，店主陈子彪原是绿林中好汉，他和凤凰坡的赛悟空孙灵精是个八拜之交，时相来往。那柜上的少妇便是他的妻子孙三娘，两人开设这个聚英馆，是专门打劫带银的过路客商，凡是进聚英馆留宿的人，第二天一个也不见再从店里出来的，好像是个虎口，有进无出。原来，他们在夜半的时候便偷进房里，将客商们用闷香闷住，所有银钱，完全收没，把人再送到地道里，抽筋剥皮，就算作第二天做馒头的馅子卖给人家。这样没本钱的生意，哪有不赚钱吗？所以营业只见发达。陈子彪还唯恐生意不好，所以把孙三娘做个活招牌，引那一班好色之徒，都上门来。孙三娘有时见了美貌男子来投宿，她在半夜里就不立刻送他到地道去，另藏一室，等丈夫到凤凰坡去时，便去逼奸寻欢，玩儿厌了方始再送地道里去，可怜年轻的子弟丧在他们手里的，也不知有多少。今天三娘见来了这个判官似的大汉，且身后背着这么大的两个大锤，少说也有三四百斤重，不免心中暗暗吃惊，但仔细想来，任你有天大的本领，进了这里，是总没有生望的，怕他什么呢？一时心里的邪念倒又上来了。她想：咱什么男子也见过了，这样判官似的东西实在还是初见，他的体格既这样地雄伟，本领当然不弱，身上的家伙谅来绝不会小，老娘今夜倒要和他玩玩儿呢！三娘既想到此，她的粉脸自然愈加红晕，一时心头乱跳，最好天立刻就黑下来，所以她把两只俏眼水汪汪地，只是向飞熊瞟过来。飞熊却不注意到这些，只管拼命地狂饮，一面抓起馒头，一个个地向肚里吞，满嘴乱嚼。忽然有件什么东西在牙齿上一轧，飞熊连忙吐出，却见是个指甲，心里不觉大怒，拍桌大叫道：

"酒保，快过来！他妈的，这个馒头是哪个小子做的？怎么把这个指甲也放在里面当馅子？老子险些连牙齿也别掉。"

孙三娘听了，心里倒吃了一惊，暗想：这莽夫倒是个心细的，不要让他识破了机关，那倒不是玩儿的呢！因忙叫店小二上去赔笑脸。不料这个店小二生成是个有口吃病的，一见飞熊这副穷凶极恶的相貌，早已吓得全身乱抖，哪里还说得出一句话？只

174

急得"大……大……爷……"这样一来，把个飞熊更气得暴跳如雷，伸手就是一掌打去，把那个店小二打得栽了一个跟斗。孙三娘见了，心里好不着恼，依了平常的脾气，早已拔出刀来，就把他结果了。现在心里既然存着要尝试莽汉的味儿如何，因此只好按着一股怒，笑盈盈地走到飞熊面前，叫声：

"客官，切勿动怒，咱们掌柜的冲恼了尊驾，请您瞧在咱的脸上，原谅了他吧！"

这几句娇滴滴动听的话，果真地把飞熊一股怒火渐渐地息了下来，将眼向她瞧了一瞧，心想：这小娘子倒和气。孙三娘见他这个模样，忍不住嫣然一笑道：

"客官可要添酒？咱们店里的酒都是十年陈的好酒呢！"

说着，便回头叫店小二拿酒。飞熊给她这样一来，把他吃馒头吃出指甲来的事早已忘了一个干净，遂默默无语地坐了下来。孙三娘更做出千娇百媚的骚态，向飞熊福了一个万福，仍又坐到柜台上去，不时地把那双盈盈秋波向飞熊瞟了过来。飞熊有时也望她一眼，四目相对，两人都嘤嘤地笑了。大凡一个人，任你是怎样的英雄好汉，最难逃过的是"女色"两字。飞熊也可算是个顶天立地的好汉了，今天被孙三娘这样殷勤地一来，神魂不觉也会飘荡起来，一面只管叫拿酒拿菜，从未时喝到申时，老酒竟被他喝了三四十斤。孙三娘见他如此好量，真是吃惊不小，一面却也暗暗欢喜。

这时，天色已黑，店中早已上灯，飞熊喝得醉眼模糊，叫店小二问有清洁房间没有。店小二这次不敢怠慢，连说：

"有，有！请大爷进内去瞧瞧怎样？"

飞熊答应，正欲起身，忽听门外一阵马铃响。只见从马上跳下一个大汉，獐头鼠目，一脸横肉。孙三娘一见，便即迎上去，挽了他手，附耳低低说了一阵。飞熊暗想：这汉子谅来就是店主了，瞧他模样，绝非是个善良之辈，这倒要好好地留心呢！

飞熊一面肚里盘算，一面便跟着店小二进房间。只见一床、一桌、两把椅子，倒还舒齐，遂答应就在这间。店小二又去泡茶，飞熊喝了一壶茶，倒床便睡，正欲合眼，忽然肚内一阵咕咕地怪叫，接着便一阵一阵地肚疼起来。飞熊暗想：不好，咱下面可要撒屙了。一时忙忙地跳下床来，跑到后山粪缸边，拉脱裤子，屁股还没有放下，那一包米田共早已直奔而下。这时，肚里方才觉得宽松了不少，可是身边不曾带得方便纸，这可怎么办？飞熊一时情急，便低了头，两手向地下乱摸，想有没有枯黄的树叶儿，倒也可以代替方便纸呢！不料树叶儿没有摸到，地下的泥土却给他抓出一条小缝儿，因为时在黑夜，只见小缝儿中射出一道亮光来，所以飞熊瞧得清清楚楚。飞熊一见，心中真是奇怪得了不得，怎么泥土里面有灯光射出？难道下面还有房子不成？要不然咱飞熊今夜一定是要得着一件宝贝了呢！因急忙胡乱地把屁股揩擦了一下，将裤子结束定当，趴在地上，眼睛对准了小缝儿，向下面仔细地望去。这一瞧，正是所谓不瞧犹可，把个伍飞熊直气得怪叫起来。

你道下面究竟是个什么所在？原来，却是个地室，壁上挂着一张张的人皮，还有用铁钩钩着大脚膀、手臂膀等许多人皮，真是怪不忍睹。飞熊猛可想起刚才自己在馒头中吃出一个指甲，想来一定也是人肉做的了，一时肚中吃下的东西险些都要呕吐起

176

来。因连忙站起，暗暗骂了一声：

"他妈的，这狗强盗真惨无人道！这才是天网恢恢，今天却被老子发现了他们的秘密，回头不叫他们一个个去见阎王，咱也不姓伍了。"

飞熊一面想，一面却也不动声色，赶忙回到房中，熄了灯火，手中却拿了两个铜锤，静静地候在房中。约莫等了半个时辰，只听得嗒的一声，飞熊仔细向地下一瞧，只见一块地板却慢慢地移动了，因忙闪过一旁，果见下面伸上一个头颅。飞熊瞧得清楚，举锤一下打去，那人站脚不住，便跌了下去。却听下面有人轻声喝道：

"走得小心呀！你这小子怎么做事如此冒失？把那只肥羊惊醒了可怎么办？"

一面便见又有一个上来，飞熊仍是当头一锤，那人眼快，叫声不好，把头一缩，那铜锤敲在地上，砰的一声。这时，陈子彪也知道里面已有准备，再看第一个跌下来的伙计，已经脑浆直迸，气绝身死，心想：一不做二不休，他既有防备，咱们更得捉住。他因吩咐孩子们一面向房间门外打入，一面仍由地下攻上。飞熊见事已如此，便索性把房门大开，提了双锤奔出店堂外。恰巧遇见了陈子彪带领了二三十个大汉，各执刀棒，打将过来。子彪用的却是一条九节软铜棍，见了飞熊，劈面就打。飞熊一面招架，一面大骂：

"狗贼，今日撞在伍爷手中，真是你们活该倒霉了！"

说着，便把双锤飞舞，二三十个贼徒给他打得头破血流，手折腿断，哪里还敢上前？陈子彪气得怪叫如雷，使起性子，把那条九节软铜棍舞动得五花八门，上下左右，步步紧逼，果然厉害得很。飞熊喝声：

"别逞雄！咱老子是不怕你的。"

因把两锤分开，使出一套直捣山门之势，只见他上三下四，左五右六，两件兵器相击，叮当有声。子彪武艺虽好，气力究竟不及飞熊大。两人约战有四五十个照面，飞熊忽然狂吼一声，把那手中两只铜锤变换个"泰山压顶"之势，向子彪头脑上直击下来。子彪冷不防他这一手下来，要想抵挡，万万招架不住，因急忙把身向后一缩。飞熊的铜锤便砸在地上，竟打出一个大窟窿来。子彪见他身子冲到地上，心中大喜，举棍回身就劈下来。不料飞熊一手连忙拔出铜锤，因用力过猛，手向上升，铜锤齐巧抵住他的铜棍。正在这时，飞熊背后只觉一股凉气直逼，知有人暗算，连忙闪过一旁。说时迟，那时快，背后那人的剑早已劈下，却反把子彪的手臂砍去了一条。子彪哎呀一声，便即翻身跌倒。飞熊定睛一瞧，见那人不是别人，正是子彪的妻子孙三娘，因不觉哈哈大笑道：

"小娘子，好汉不做暗计伤人事，现在害人反害了自己，你的丈夫可被你砍死了。"

孙三娘见一剑下去反将自己丈夫砍倒，一时又气又急，把个脸涨个血红，娇喝道：

"老娘今日不把你碎尸万段，誓不为人！"

飞熊见她是个女子，更加不放在心上，右手的铜锤抵住来剑，左手的铜锤就向子彪的头顶上掷去，只听砰的一声，那铜锤不偏不倚地，已压在子彪的脑袋上。子彪正呼痛呻吟，此时早已一命呜呼到极乐世界去了。三娘见丈夫的脑袋已变成肉饼，一时痛如刀割，手中一松，那柄剑早被飞熊的铜锤击落在地，纤手震得麻木十分，身子向前栽去。飞熊见了，把铜锤弃于地上，两人齐巧撞个满怀，飞熊将她抱住，正好脸对脸，嘴对嘴。飞熊是个少年人，哪里能不动情？就乘势喷的一声，早已接去了一个长吻。三娘这时哪里还敢动弹？就任他去玩弄了。

第十七回

洗手归正三娘再醮
淫心不死一锤丧生

伍飞熊把孙三娘紧紧地抱住，甜甜蜜蜜地给他亲了一个嘴儿。三娘一则怕死，二则早已自己存了心，因就服服帖帖地任他玩弄着。飞熊笑道：

"小娘子，你现在还能杀咱吗？"

三娘把脸颊向飞熊一贴，红晕了娇靥，嫣然笑道：

"伍爷能饶了咱的性命，咱就服侍你一生怎样？"

飞熊一听，乐得心花怒放，因问了她的姓名，一面又道：

"只要你能改过自新，从此安心地跟着咱，咱是绝不亏待你的。"

三娘笑道：

"谢谢伍爷，咱绝不再干那丧害天良的事了。"

说时，又显出无限娇媚的样子。把个飞熊迷得神魂颠倒，把三娘抱得更紧，亲个不住。三娘究竟是个女流，被他这样一搂，几乎透不过气来，一面更显出淫荡的骚态。一个是干柴，一个是烈火，两个人几乎立刻就要燃烧起来。正在这时，忽见地上躺着两个没有死的大汉，大声喝道：

"好嫂子，哥哥待你不薄，你竟如此狠心。"

三娘听了，回头一瞧，见是子彪的义弟王赖德，因心中一阵惭愧，早已两颊绯红，低头无语。飞熊见还有活的，心中大怒，放了三娘，便到赖德面前，飞起一脚，那赖德的身子早已滚出了丈外，呜呼哀哉了。飞熊又把另一伙计用脚一踏，那伙计大叫一声，肚肠竟被他踏到口腔外来。飞熊伸手向三娘一招道：

"你且伴咱到地道里去。"

三娘不敢怠慢，引他到了地道，只觉得一阵阵的血腥气触鼻难闻。飞熊问里面尚有活人没有，三娘道：

"一个也没有了。"

飞熊因放了一把火，一面携了三娘到上面，把所有的尸体都掷向火窟里去。此时天已微明，三娘道：

"明儿不用开铺了，咱们就住在这儿如何？"

飞熊摇头道：

"咱想另往别处，不知你愿意随咱走吗？"

三娘笑道：

"咱是和你商量，伍爷既不愿在此处，咱当然和你一同走了。"

飞熊心中颇满意，因点头道：

"如此甚好，你去找两骑马匹来。"

三娘答应，一面又到房里拿出纹银一千两，两人便跳上马匹向前跑了。到了明天，本村地保见没有开铺，进来一瞧，见里面血迹遍地，地道下的火头正向上面烧上来，知道这家黑店定被过路英雄破了秘密，所以人都杀光了。因一面救灭了火，一面呈报官府，把那聚英馆封了。

再说伍飞熊和孙三娘骑在马上，一路且谈且行，真是情投意合，大有相见恨晚之慨。此时东方朝阳已渐渐上升，村中鸡啼喔喔，农夫们都荷锄出门，前往稻地去工作。晨风拂拂，颇凉爽，飞熊问道：

"这儿是什么地方了？"

三娘向四面一瞧，不觉笑道：

"咦！怎的这么快呀？咱们离凤凰坡的马堡镇已有二十多里路程了。这儿是已到了蜈蚣岭相近了，叫什么村倒不知道，让咱去问讯好吗？"

飞熊点头。三娘见那边一个院落，院门前站着一个老妇人，手中抱着一婴孩儿，正在哄着孩子玩儿，因上前拱手道：

"咱和丈夫从马堡镇到这儿来，是找咱们的姑妈家，预备暂时耽搁几天。因为马堡镇来了许多土匪，把咱们家都烧了，咱和丈夫亏逃得快，才保全了性命呢！"

飞熊听了，暗想：这贼婆娘把咱当作土匪了。见三娘撒了谎，原也知道她的意思，因也走上前去拱手道：

"请问妈妈，这儿就近可不知有无房屋？因为到姑妈家去也不过暂时性质，最好有房屋，咱们两口子就可以永久住下去了。"

那老媪一听，向两人仔细打量了一会儿，便满脸含笑道：

"这样说来就真巧，你们也不用找了，这儿正有一间房屋空着，你们倒不妨进去瞧瞧。"

三娘听了，向飞熊一笑，两人便走进去瞧，很是满意，因答应就把它租下来。互通姓名，知道老媪姓朱，儿子媳妇已到田里去工作，手中抱的是她孙子官儿。不时，飞熊便去购置一切用具，三娘在房中收拾一切，两人整整忙了一天，方才把房中布置完备。这夜，飞熊又买了一支大红烛，点燃起来，一面又备了一桌酒菜，先和三娘双双拜了天地，两人遂携手入席。三娘握壶在手，满满向飞熊筛了一杯，笑盈盈道：

　　"官人，咱在这里奉敬一杯了。"

　　飞熊笑道：

　　"且慢，咱也敬三娘一杯。咱们两个一块儿喝了这杯和合酒，那才有意思呢！"

　　说着，也向三娘筛了一满杯，两人便举杯一饮而干。飞熊见三娘娇脸含羞，更显艳丽，心中真有说不出的快乐。两人对斟欢饮，差不多已喝到七八分酒意，因昨天一夜不曾合眼，再加今天忙了一日，大家都也颇觉疲倦，三娘因站起笑道：

　　"伍爷，咱们睡吧！时候也不早了。"

　　飞熊这时醉眼模糊，乘着酒兴，便把三娘搂到床上，两人脱衣就寝。飞熊从来也不曾亲过女色，真是乐得心花怒放，再加三娘本是水性杨花的女人，当然更显本领。飞熊又是个初出的猫，两人真所谓棋逢敌手，将遇良材。从此以后，飞熊便把三娘当作了一块禁脔，三娘也把飞熊当作了活宝一样看待。两人相亲相爱，寸步不离地住了三五个月，飞熊因为这样下去，一千两银子少不得要花光，因征了三娘的同意，欲到离黄梅村五里远的戚家堡镇上去做买卖，三娘倒也很是赞成。飞熊每天早出晚归，三娘总是老远地便迎着了。

如此又过了一月，这天黄昏的时候，三娘依然到门外去迎候飞熊。不多一会儿，只见前面远远地飞来一骑，三娘知道飞熊回来了，因忙笑盈盈地迎上去，不料那来骑到了面前，马上的汉子并不是飞熊。三娘这一羞，倒把两颊涨得通红，遂忙停住了步，让过一边。那马上的汉子见她急急地奔来拦住了去路，此时忽又让在旁边，低了头，好似不胜娇羞的样儿，心中真奇怪得很。因也停马不前，细细把她上下打量一番，只见她身穿紫色缎镶紫色滚边的袄，月白缎的裤，下面露着一双三寸金莲，头上覆着乌油油的青丝发，白净的脸蛋儿上，配着一双勾人神魂的秋波，真是娇小玲珑，令人百瞧不厌。那汉子暗暗叫声：

"好个模样儿，正是三生有缘了。"

意欲下马搭讪，却见三娘已回身急向家门走去了。原来，这个马上的汉子就是飞熊岭的盗首海底蛟徐元霖，他原是个有名的淫贼，和圆明僧、秦小官是同一流的人物。今天他在凤凰坡孙灵精那里喝酒回来，齐巧遇见了这个三娘尤物，以为三娘是有意地来勾引，心里真是痒痒得难过。其实，三娘虽是个荡妇，自从跟了飞熊以后，肉欲和物质方面，她得到了相当的安慰，倒也并不再想起什么意外的野心了，但是现在完全是出于误会，一个无心，一个倒有意了。当时三娘一见并不是飞熊，便羞得抬不起头来，又见那汉子竟停马不前，目不转睛地望着自己，心中愈觉不好意思，因就急急回家了。不料才要掩上了门，忽见那汉子也跟随而来，三娘一想不好，飞熊就要回来，见了这个情形，岂不要大吃其醋吗？便向那进来的汉子正色问道：

"你是谁？"

元霖嬉皮笑脸地道：

"找娘子，不是娘子自己叫咱进来的吗？"

三娘把脸一绷，嗔道：

"客官，你休得无礼，咱因认错了人，你要知道老娘不是好惹的呢！"

元霖哈哈笑道：

"娘子不要动怒，今日相逢，实是前生姻缘，别错过了如此良辰，咱们快快地来一个并头莲开吧！"

三娘一听，不觉柳眉倒竖，杏眼圆睁，伸出纤手，只听啪的一声，早已给了他一下耳刮子。元霖冷不防吃了她一掌，身子不觉倒退一步，心中也暗暗吃惊。因为估量她这一掌的气力不小，必定是个有功夫的人，这时且不要和她翻脸，回头再做计较。主意打定，遂向三娘双手一拱笑道：

"谢谢娘子，已给咱家定了聘礼，咱们再见吧！"

说着，便飞身向屋外走了。三娘拿剑追出门外，早已不见了他的影儿了。三娘回身进内，想起这个汉子，倒也有趣，吃了一记耳光，还要说声谢谢，真也有趣极了。三娘本是等候着飞熊的，现在被元霖一缠，天是完全黑了，但是飞熊却仍不见回来。三娘心中好生奇怪，难道他在外面寻花问柳吗？这他怎对得起老娘呢？想来他是个十足诚实的戆汉，平日是老早就回来的，寻花问柳，大约是不会的，那么难道有什么意外吗？三娘靠在床上，胡思乱想了好一会儿，一时人已神倦身疲，便就沉沉地睡去了。直到次日醒来，还不见飞熊回来，心中好不怨恨，自己匆匆用了

185

早点，便练了几路拳术，时已午饭相近，只才见飞熊笑嘻嘻进来嚷着道：

"三娘，三娘！"

三娘一见飞熊，便急问昨夜为何不回家，害得自己等了一整夜，飞熊连连叩头说对不起。三娘道：

"你不要在玩儿娼吧?"

飞熊听了，摇头急叫道：

"哪里哪里，咱要如在玩儿娼，咱定不得好死！"

三娘抿嘴笑道：

"既如此，昨夜你在什么地方?"

飞熊道：

"因为近来营业太好，忙得了不得，所以不能够回来。咱想在镇上租下一间大房子，连三娘一块儿搬过去住，那不是省得咱天天来去了吗?"

三娘一想，原来为此，因道：

"咱也这个意思，但咱每月有多少钱可以赚呢?"

飞熊一拍胸，笑道：

"少说也有一百两。你想这样还不够咱们两口子开销吗?"

三娘道：

"但是在什么时候方可以实行呢?"

飞熊道：

"至多还有一个月。这几天夜里，咱恐怕都不能回来，咱因为怕你心急，所以特地回来告诉你，反正以后咱们有好日子过。这几天内就请三娘忍耐一下可好?"

三娘一听他要好多天不回来，心中未免不快活，但是他为了两人的生活，口里又不能怨他，因默默无语。飞熊见了，便把她搂入怀里，连连亲嘴儿道：

"咱的好妻子，好心肝，你别难过。咱要是有空的话，一定来看望你的。好在只有一个月的时间，咱们就可以天天相见，过着快乐的日子了呢！"

三娘笑道：

"好吧！以后你虽在百忙中，总该回家一次的。"

飞熊道：

"这个当然，现在咱要走了。"

三娘抱住不放道：

"那么你午饭吃了去，这样急干什么呢？"

飞熊因答应了她。午饭后，两人又亲热地温存了一会儿，三娘方始送着飞熊上马而去。三娘懒懒地回到屋里，心里很是沉闷，便到床上去睡午觉，直到晚上方始起来烧饭煮菜。先喝了一会儿酒，平日总是和飞熊对斟欢饮，现在独个儿喝闷酒，多么扫兴。三娘肚里有了五六杯酒倒下，一时心中又思起春来，想着：早知他要好多天不回来，昨天那个汉子，咱就该收纳他了，论他相貌倒也不凡，装束又是个武士模样，谅来也是个有功夫的人，这机会错过咱是可惜呢！三娘生成是个性欲食量极大的女子，非得夜夜有一个男子伴宿不可。前次在马堡镇开设聚英馆时，子彪虽是她的丈夫，但有时也不回店来，三娘就在旅客中挑选年少的供她发泄性欲，如一有不满意，便即一剑结果，所以，一整夜总要玩儿他三四个。现在跟了飞熊，因为飞熊是个有本领的人，三

187

娘也就服服帖帖地一心从着他了。不料飞熊因营业事务上关系不能回家，这可叫三娘大起饥荒，心中怎不要又想偷吃野食了呢？

且说三娘心中越想，性欲又越往上冲，心头是跳得厉害，两颊更是通红，因也无心喝酒，把酒杯放下，向床上去一躺。但是哪里睡得着？因把自己一本心爱的《行乐图》拿出来瞧玩儿，以便解去她的性欲，不料越瞧心里越难受。正在这个时候，忽然一阵细香扑鼻，三娘叫声不好，急忙欲拿湿手巾时，可是已来不及，三娘早已跌倒在床上，昏迷过去了。这时，只见窗外跳进一个汉子，手拿宝剑，一见床上三娘果已迷去，心中大乐，将剑放在桌上，走近床边，先在三娘脸上亲了一个嘴儿，然后把她衣服统统脱去。

海底蛟徐元霖自从昨晚被三娘打了一记耳光，存心前来采花，所以先用闷香吹进来，把三娘闷住。三娘是个内家，也知有人前来，可是已身不由己地昏去了，现在三娘被元霖像暴风雨般地一阵狂动，早已醒了过来，仔细向他一认，原来就是昨夜那个汉子，一时心中真喜欢得了不得。可是嘴里却娇声大喝：

"小子何人，敢来欺侮老娘？"

元霖见她并无怒意，便笑嘻嘻地道：

"娘子健忘，昨夜被你打了一记耳光，怎么你就不记得了？"

三娘不觉嫣然一笑。在这一笑中，那件风流孽缘便就此苟合成功了。如此以后，元霖天天夜里前来幽会寻欢，三娘也早把飞熊忘得一干二净。这天夜里，齐巧飞熊回来，一听里面有男女笑声谑浪，心中起疑，便向窗内一瞧，这一瞧真是气得七窍生烟，立刻打入房中，举起一锤，把三娘当时击毙。元霖眼快，连忙拿剑跳窗子就逃出，飞熊哪里甘心？执锤追出，不料在半途巧遇罗海蛟，元霖误认是秦小官，所以叫海蛟救他，因此倒便宜了这个海底蛟了。

飞熊把前事统统说明，罗海蛟方始明白，因道：

"现在你既遇到了咱，明天就跟咱回家吧！你爸爸也很记惦你。"

飞熊苦苦经营，原也为了三娘，不料她淫荡成性，今被自己杀死，当然不愿再做买卖，因点头答应。次日，把三娘尸首葬埋完毕，把家里一切用具全给了朱老媪，老媪千恩万谢地送两人出门。飞熊又到镇上把账户结束，尚余七八百两银子，遂和海蛟同到云南大理县而去。不多几天，已到了大理县，两人问明了罗家集在何处，方匆匆敲门进去。见院子中罗秋岚和罗晴鹃，还有一个不相识的女子。三人正舞剑玩耍，晴鹃一见海蛟，便即奔过来，大叫道：

"二哥哥，你，你把香涛表妹骗到哪儿去了？"

海蛟一听这话，真是丈二和尚摸不着头脑，心中无限奇怪：春燕既告诉我说他们都道咱死了，现在一隔十年，妹妹竟这样快就认得咱了，并又问表妹被咱骗往哪里去，这事愈加怪极了，一时呆呆地竟答不出一句话来。

第十八回

俏尼姑爱还风流债
假兄弟装出见面亲

　　秦小官那日黑夜去劫柳春燕和白秋萍两人，后被罗海蛟窥破，投石通信，秦小官因此事不成功，心中便把罗海蛟恨得切骨，一时计上心来，便也不再回狮子山，一路匆匆地向云南大理县罗家集去。原来，他自知面相和海蛟相像，这次往罗家集去，预备冒认罗海蛟，一俟有机会，便将他家中大小人等都杀个干净，方消他心头的怨恨。他一路上昼行夜宿，那天经过蜈蚣岭的山脚下，齐巧遇见了马镜花，小官一见镜花，早已动了心，可怜镜花因欲配个年少英雄，竟也暗暗看中了他，想和他做个永久的伴侣。两人通了姓名，镜花便邀他上山，小官当然喜欢万分，甜言蜜语，说得天花乱坠，两人遂私订盟约。小官欲求她某种要求时，镜花含羞叫他立誓说，日后如忘了她怎样。小官道：

　　"要如日后忘了你，咱定死在刀剑之下。"

　　镜花见他立了重誓，因此夜里就答应了他的要求。可怜镜花一个洁白女儿身，从此被小官玷污了。小官在山上一住半年，镜花待他完全像丈夫一般，可是小官早已把她玩儿厌了，因向她撒谎说有事下山一走，三日内必定回来。镜花当他是真，遂答应他了，不料小官一去，从此再也不回来，镜花方知受了他的欺骗。

秦小官自别了镜花，好像鸟儿脱了笼，哪里还把镜花放在心上？沿路如瞧见美貌的少女，有的软做，有的硬做，没有一个不给他弄上了手。这天，经过地方叫作永平县，离大理县尚有百多里路程。小官因为天色已夜，谅来不能赶到，但要寻找宿店，这里偏是一片荒郊，四野寂寂，不要说见不到一个村落，连人影儿也不见一个，小官心中好不焦急。约又走了三五里，忽见前面一座小山，山半有一个庵堂，上写"道清庵"三字，庵门却关得紧紧的。小官因也管不了许多，上前去叩门。只见有一个尼姑出来开门，问客官是不是烧香，小官笑道：

"你们夜香也烧的吗？咱是来借宿呢！"

那个尼姑摇头道：

"对不起，里面没有一个男人，十分不方便，最好请客官另找宿店吧！"

小官道：

"咱只要有一间地方，坐到天明也不妨，明天重谢你们是了。因为这里实在找不到一个住宿的地方，想你们出家人慈悲为怀，请答应了吧！"

那个尼姑见他说得委婉，因点头道：

"那么请少待片刻，咱和当家师太去说一声。"

小官答应，那个尼姑便进去了。不多一会儿，便见她出来又道：

"客官请进去吧!"

小官因随她进内,她又把庵门关上,便见那边佛堂上站着一个师太,那个尼姑向小官道:

"她就是咱们当家了。"

小官一见那人,心中暗暗称奇:咱道一个当家,定是一个年纪老的妇人,不料却是这样一个美貌的少女,这事其中必有蹊跷,想来又是咱的幸运来了,因忙拱手道:

"多蒙师太慈悲,允许借宿,真使过路人感激不尽。请问师太法号?"

那尼姑扑地一笑道:

"贫尼法名妙贞,请问客官尊姓大名?"

小官忙道:

"久仰得很,咱名叫秦小官。"

妙贞听了,将手一摆,请小官到禅房里坐。小尼姑送上香茗,妙贞陪在一旁,东拉西扯地谈个不了。小官心想:既然庵中不肯收留男客,当然不必十分招待,现在瞧这情形,想来她们都是个戴假面具的妖精了,因也假装是个老实人,低了头好像十分怕羞的模样。妙贞见他这个样子,心里真是爱极,忽见一个小尼走来道:

"师太,里面已舒齐了。"

妙贞一听,便站起向小官道:

"秦爷,请里面坐吧!"

小官暗想:难道还要请咱到你卧房中去不成?因也不问什么,随她到了一个院子,又穿了几重房间,方才到了一室。小官

192

一脚跨进室内，就只觉一阵细香扑鼻，因仔细向房中一打量，心中好生奇怪，这简直不是姑子的卧室，竟像贵族小姐的闺阁一样。只见里面沉香木床，印花纹帐，雪白被单，粉红绣被，鸳鸯戏水的枕，高大紫檀木的衣橱和镜台，都是古色古香，考究十分。壁上漆着淡红的粉刷，上面也有挂着屏条、对联、画片，其中一幅《美人春睡图》，尤其画得惟妙惟肖，笔笔传神。房间中间放着一张玲珑小桌，上面已摆好两副银子杯筷，酒菜已设，妙贞回头叫小官坐下，小官听了，假意回身便走。妙贞急忙一把拉住道：

"秦爷，你往哪儿去？"

小官道：

"咱哪里能够到师太的房中来？真是阿弥陀佛。"

妙贞一听，不觉两颊绯红，因娇滴滴地道：

"咱不当秦爷是外人，故叫你前来同喝几杯淡酒，咱还有许多话要和你说呢！"

小官听了，便乘势将她一搂，亲了一个嘴儿去。妙贞含笑嗔道：

"我道秦爷是个老实人，原来也不是个好东西哩！"

小官哈哈笑道：

"咱本来是个好人，全是你们这班尤物引诱坏的呢！"

说着，两人便携手入席。妙贞替他满满筛了一杯酒，一面笑盈盈问道：

"秦爷今年几岁了，家里有什么人？"

小官道：

"咱今年二十一岁了。"

妙贞笑道：

"倒是和奴家同庚。"

小官道：

"问起咱家中还有什么人，差不多连一只老虫也没有了。"

妙贞忍俊不禁道：

"秦爷说得有味儿，难道还没有成家吗？"

秦小官笑道：

"难道妙贞师太要替咱做媒去？"

妙贞也笑道：

"秦爷要是喜欢的话，咱倒有一个很标致的姑娘在这里呢！"

小官摇头道：

"咱也不要什么标致姑娘，只要师太肯嫁给咱，咱就心满意足了。可是你已出家了，这叫我可没法想了。"

妙贞眼儿向他一瞟，眉开眼笑地道：

"难道出了家，就不能再嫁给你吗？"

小官哈哈笑道：

"这话不对，你既还想偷吃好东西，为什么要出家做尼姑呢？"

妙贞红晕了两颊，叹了一口气道：

"这也并不是自己愿意的啊！"

原来，妙贞本姓方名翠英，嫁与陆姓子为妻。陆家本是永平县首屈一指的富商，所以她丈夫天天寻花问柳，因纵欲过度，一病身亡。翠英正当妙龄，哪里惯独守空房？但既在有名望的富人家里，绝没有再醮的道理，彼此颜面有关，所以翠英和她心腹婢子小桃想一妙计，在翁姑面前，假欲出家为尼，永为佛门弟子。翁姑倒也颇怜惜她，但是儿子既然死了，又不能再去生一个来，就是两老人家真也别无办法，留翠英又有什么用？所以也没有法想，见她立志要出家，因也只得依了她，特地在城外小山上筑一个道清庵，并分给她遗产四十万。翠英带了婢子小桃和房中老妈子林妈、张妈等都迁居庵里，几个人都改了僧装，翠英改名妙贞，从此妙贞便偷野食吃，小桃和林妈等都从中帮忙，妙贞便给她们许多好处。妙贞现在却比丈夫在时还要快乐，天天换得新鲜，真是乐得心花怒放。

小官知道了她的身世，方才恍然大悟，因笑道：

"原来如此，咱还是童男子呢！你到底愿意嫁给咱吗？"

妙贞嫣然笑道：

"只要秦爷要奴家，奴是绝对没有不愿意的。"

小官听了，便离席把她身子一把搂入怀中，吻个不住。妙贞气吁吁道：

"我的秦爷，你急什么？也好好地上床里去呀！"

小官笑道：

"这样坐着抱了玩儿不开心吗？"

说着，便将她三寸金莲握在手里。两人正在将弓欲张的当儿，忽见小桃急急奔来道：

"师太，不好了，黑面虎王大郎来了！"

妙贞一听，吓得面无人色，叫声：

"不好，快别叫他进来。"

说时迟，那时快，早见一个黑脸大汉，手提两柄利斧，奔进房来。一看两人这个模样，真是气得怪叫如雷，大骂：

　　"淫妇，你从前向咱怎么说来，现在胆敢瞒了爷再去偷食吃，咱不把你俩一斧砍死，也不显咱的厉害呢！"

　　原来，这个黑面虎王大郎是个无赖，不务正业，专门抢劫弱者钱财。那天从道清庵经过，齐巧妙贞因为没有性的调剂，正在发生痛苦，走出庵门来闲瞧，因此和他勾搭上了。妙贞虽嫌他相貌丑恶，但是王大郎另有妙用，妙贞是个闹饥荒的人，当然如得珍宝一般，两人订约永远爱好。不料日子久了，妙贞见识也广，对于大郎早已厌了，但怕他武力，所以只得敷衍着他。好在王大郎只要有几两银子到手，便什么也不管了。今天他原来也是向妙贞索钱的，房中虽有别人在着，他倒也并不会十分吃醋。但是平日瞧见的，并没有像现在这副情形，这似乎使他太难堪了。妙贞师太所以万分着急，也是为了这一些。不料小官是一个天不怕地不怕的人，一见王大郎来势不轻，因把妙贞抱起，放在床上。那时，王大郎的利斧已向小官背上落下，小官情急，哪里还顾得自己的衣服还不曾结束安妥，随即飞起一腿，王大郎早已跌了过去，身子齐巧撞在桌上，把酒壶杯筷跌了一地。王大郎大吼一声，又从地上跳起。小官做个"鱼儿入水"之势，把头向他胸口撞去。王大郎早又跌倒在地，小官跨在身上，两手在他颈上扼住。王大郎大叫"闷死了"，一面两手两脚乱跳。小官笑道：

　　"叫你去见阎王吧！"

　　·说着，腾出右手，在他顶门上就是一拳。王大郎两脚一伸，早已一命呜呼了。小官站起身来，因为没有好好地结束裤带，且用了气力，肚子一缩，那衣服竟掉了下来，害得站在旁边的小桃扑哧笑了。小官见她只有十五六岁，也是尼姑装束，生得娇小可爱，因两手把她抱住吻了个脸儿，笑道：

"你笑什么？爷们的手段，你瞧见了没有？多么爽利啊！"

小桃涨红了脸，啐他一口，便挣脱着逃去了。小官回身到了床边，却见妙贞吓得缩成一团呢！因笑道：

"美人儿，你怕什么？这样毛贼也敢到爷的面前放肆？真是活不耐烦了呢！"

妙贞一见果然王大郎已被他打死，一时心中愈加爱他，心想：这样年轻的少年，竟有这样的本领，那他其他的功夫，当然是更好了。想到这里，即跳下床来，抱住小官连喊亲爷爱人，小官忙将她抱在床上躺下。小官自和女人交接以来，从来也不曾见到有这样淫荡的妇人，一时心中真乐得心花朵朵都开了。如此以后，小官便耽搁在道清庵里，天天和妙贞师太打得火热，妙贞也大有一日不可无小官之慨，两人海誓山盟，愿为永久爱好。好在小官到处和女人都是如此，对于海誓山盟，早已老生常谈，不足为奇。

一住不觉两月，小官渐渐地把妙贞又有些嫌了，妙贞也觉得小官有了不好之处，只不过大家都不好意思翻脸罢了。但是小官为什么不走呢？原来，他是在转小桃的念头。小桃自从那天被小官亲了一个嘴儿，心里也早存了念头，只为碍着妙贞，不敢十分勾引小官。那天合该有事，妙贞下山被人请去做佛事，小官趁此机会便和小桃在妙贞房中痛痛快快地苟合起来。哪里晓得妙贞因为忘了一件东西，回房来取，恰巧撞破了两人的好事。妙贞正苦扳不着他的错处，现在一见两人如此模样，便大怒起来，叫两人滚出庵去。小桃正在得了甜头，突然一见妙贞回来，早吓得浑身乱抖。小官也只好赔了笑脸道：

"亲姊姊，你不要吃醋，时候还早，你迟一步去吧！咱们也玩儿一套好了。"

妙贞听了，索性翻脸道：

"好个不要脸的小子，别多说了，谁是你的亲姊姊？你快给咱滚吧！"

秦小官从来没有被人这样奚落过，今见这淫妇如此反目无情，一时恨从心头起，恶向胆边生，两手一把将妙贞掀倒床上，一面叫小桃捉住两手，他便把她衣服剥得精光。妙贞还道他是开玩笑，口中仍大骂：

"穷小子，老娘待你不薄，你敢偷吃咱的婢子！"

小官冷笑一声，遂手拿过一柄匕首，向她叫道：

"我把你这淫妇的心剜出来瞧瞧，究竟是怎个模样？"

妙贞一听这话，方才急了起来，忙哀求饶命，说时迟，那时快，小官手起刀落，只听妙贞极叫一声，小官的刀尖已从她胸口一直划到腹下，肚肠流出，血水飞溅，把个小桃吓得掩脸跌倒床下。小官连忙放下匕首，将小桃抱起道：

"姑娘别怕，你只要顺着咱的心，咱绝不加害你的。"

小桃紧抱着小官，连喊"怕，怕"。小官笑道：

"别叫怕了，咱绝爱你。"

如此小官又把她玩儿了一个月，方才向她要了一千两银子，向大理县罗家集而去。这里道清庵中小桃便升作了当家，所有银钱都由她掌管。小桃因吃着了小官的味儿，自小官走后，她的光阴真觉难过极了，因此凡有年轻的子弟来庵进来，便都引诱到房中去寻欢。后来，她又招了许多年轻的姑娘来做姑子，从此，道清庵竟变成了一个桃花坞了，害得一班轻浮子弟，进进出出，忙个不了，小桃也早已成了一个淫妇的首领。

再说秦小官到了罗家集，敲门进去，来开门的恰巧是秋岚。秋岚一见小官，心中一怔。小官假意问道：

"这里可是罗家？"

秋岚道：

"你找谁？你贵姓啊？"

小官道：

"我是罗海蛟呀！"

秋岚一听，便细细向他打量一下，叫道：

"你果然是二弟吗？"

小官多么聪敏，一听这话，知道此人定是海蛟哥哥秋岚了，因叫了一声：

"你是大哥吗？"

说着，便奔向秋岚怀中，两个假兄弟竟抱头大哭起来。

第十九回

一痣留痕疑今忆昔
两心相印弄假成缘

　　且说秋岚一听秦小官说就是罗海蛟，心里不觉悲喜交集，叫了一声"你真是二弟吧"，两人便就抱头大哭。两人的哭，一个是从真性情中流露出来，一个却是作势装腔，心里还在暗暗地好笑呢！他们这样一哭，把晴鹃和香涛姊妹俩都引出院子外来了。两人一见大哥抱着一个年轻的男子，正在伤心地哭着，心里都觉好生奇怪，因走上前来问道：

　　"大哥，你哭什么啦？这个人又是谁呀？"

　　秋岚一听，便忙停了哭，回头笑道：

　　"妹妹，咱真也想不到，十年不见了，你的二哥哥回来了呢！"

　　说着，又向小官道：

　　"二弟，你还认识她们吗？这就是你的妹妹晴鹃，这是表妹薛香涛，你们快来见一见！"

　　小官听了，也假意用手拭了眼泪，向两人望了一会儿，便上去握住她俩的手，一面叫妹妹，一面叫表妹，才叫完，他的泪又淌了下来。晴鹃年纪虽小，记忆力却很强，当海蛟落河时，她虽还只有五岁，但海蛟的容貌就深印在脑中，觉得二哥虽是这个模样，但脸上总似乎多出一样东西。原来，秦小官的眼角上有一颗黑点的小痣，竟被晴鹃发觉了，可见晴姑娘的心细，真是好像一根发了。但是晴鹃心想：大哥既和他抱头大哭，而且他现在又亲热地叫着妹妹，甚至又淌下泪来，那当然是真的二哥哥了，天下哪有来冒认做哥哥吗？倒反怪自己太多心，今见小官又淌下泪来，心中不免一酸，眼皮儿也就红了起来，便回叫了一声：

"二哥，你一向是在哪儿啊？妈是天天记挂着你呢！"

说到此，那泪竟也夺眶而出。只有香涛却呆呆地站在旁边，那双盈盈秋波，脉脉含情地望着小官。小官回头向秋岚道：

"大哥，咱记得以前妹妹还只有这么高，现在要不是大哥告诉，咱真也认不得了。"

大家听他说几句话，倒也不觉破涕笑了。秋岚道：

"一个人哪可以有十年不见？模样儿当然要改变的，才儿要不是二弟说出名字，咱差不多也不认识了。"

香涛笑道：

"脸的轮廓仔细瞧来总有些像的。"

小官道：

"大哥我是认得的，妹妹和表妹现在长得不少，当然要不认识了。因为咱的心中印进的，妹妹和表妹还是小孩子的模样儿呢！"

晴鹃当初一见小官，竟会生了疑心，现在被大家这样一说，这"疑心"两字早已抛到东海大洋去了。这时，小官又拉了晴鹃的纤手道：

"妹妹，你快伴咱到妈那儿去吧！妈现在身体好吗？"

晴鹃道：

"妈近来身子很弱，常常歪在床上的。"

说时，一共四人，便急急地同到上房里去。香涛早已先到上房，一面娇声嚷着道：

"姑妈，姑妈！二表哥回来了。"

罗太太正在房中倚在床上，和箫凤聊天解闷儿，忽然听见香涛说二表哥回来了，这一喜欢，竟从床上跳了起来，忙回答道：

"是不是海蛟？"

话声未完，只见四人已到房中。小官也不顾一切，急急奔向罗太太怀中，叫了一声妈妈，便又哭了。罗太太一面只是叫着"儿呀"，一面她的眼泪也早簌簌落下。晴鹃道：

"妈妈，你也不用伤心了。二哥哥一路上风尘劳苦，也该让他息一会儿了。"

罗太太因叫小官起来，坐在床边，一面又抚着他手细细问道：

"儿呀，你不是已落水死了吗？怎么现在竟没有死呢？当时伍福去捞了一天尸体，总是没有捞着，咱就想儿一定是还有希望了。果然不出我的所料，真是天可怜的，叫咱们娘儿俩再来相见。儿呀，你这么许多年，究竟是在哪儿啊？"

小官听了，因又拭着泪道：

"妈妈，儿当时跌下水里去时，自知性命总不保了，且又喝了许多水，人早已昏了。后来不知怎的，咱竟又会醒来了，而且自己的身子已不在水中，却在一座极高的山顶了，眼瞧着儿的旁边还站着一个白发老人，他见儿醒了，便呵呵笑着连叫'好了'。"

罗太太忙道：

"这个老人一定是上界的南极仙翁了，真是阿弥陀佛，佛爷保佑的。"

小官道：

"不是南极仙翁，后来儿才知道他叫峨眉老人朱非子。"

秋岚哦了一声道：

"原来是他，咱师父屠龙客也常说起，他的武艺好得了不得呢！"

小官一听，暗吃一惊，原来他是屠龙客的门徒，因不觉呆了起来。罗太太又问道：

"后来怎样了呢？"

小官才立刻又醒来似的道：

"后来儿就拜他做了师父，在山上一住就是十年，因为咱心中记挂着爸妈，所以求师父让儿下山一次。妈妈，爸爸呢？"

罗太太抚着他脸笑道：

"咱原说你是个最孝的，所以才会叫峨眉老人来救去呢！儿呀！你爸爸是访朋友去了，回头他回来一见孩儿已回来了，他不知要喜欢到怎个模样呢！"

小官一面听着，一面又向箫凤望去，只见她蛾眉凤目，脸如芙蓉，因向罗太太问道：

"妈妈，这位姊姊是谁呀？"

罗太太笑道：

"她是你的大嫂子，就是史鸣天老伯的女儿，叫作史箫凤。那年你爸爸和史鸣天是一块儿的要好朋友，所以就定了亲，这些事孩儿大约忘了吧！"

小官暗暗好笑，想：咱根本莫名其妙，什么史鸣天、史箫凤，叫咱忘了什么呢？但表面上却假作沉思道：

"这个，孩儿记不起了。"

说时，一面站起，向箫凤见了礼，叫声大嫂子。箫凤忙也站起，还了一个万福，叫声二叔。

原来，罗家自从春燕走后，约过了半年，正是三阳开泰的春天季节。罗鹏飞夫妇两个因为要完了一桩心事，所以就给秋岚和箫凤成了亲，两人做夫妇差不多已有半年了。那时，罗老太太又想起一件事来道：

"说起你大嫂子，咱倒又想起一个人来了。"

晴鹃咍地笑道：

"可是柳春燕姊姊？"

罗太太笑道：

"对呀！孩子，你不知道，你的大嫂子就亏了这位姑娘呢！"

说着，便把春燕怎样保护箫凤一路而来的情形告诉一遍。小官听了，觉得"柳春燕"三字，好生耳熟，一时里却想不起，忽然，猛可地记起了，狮子山清风寨来救白氏兄妹俩的这个姑娘，不是叫柳春燕吗？因为咱爱她玲珑小巧，才追踪下山，不料竟碰着师弟罗海蛟，因此咱才又在这儿做了大半天的假戏呢！小官想

204

到此，不觉忍俊不禁。晴鹃见他忽抿嘴笑了，心里好不奇怪，因问道：

"二哥，这位姊姊有碰见过没有？"

小官道：

"没有碰见过，不过她的名儿不知在哪里曾经听见，她的功夫不弱吧？"

晴鹃笑道：

"不要说不弱，是个绝好呢，她是大哥的师妹。"

小官道：

"哦，原来她也是屠龙客的徒儿呢！"

晴鹃点头抿嘴儿笑道：

"正是，二哥，柳姊姊的模样儿，可惜你不曾瞧见过，真是个人间少，天上有呢！她在咱家里也住过几天，咱说可惜二哥不在，否则真是一个好二嫂子呢！妈也有这个意思了。日后妹妹见了她，就准定替你说亲去可好？"

小官听了，便装作怕羞的样儿，低头不语。箫凤笑道：

"三姑娘也顽皮，怎么才见了二哥，就和他说笑了。"

大家听了，都笑起来。罗太太的心中真是乐得什么似的，拉开了嘴，只是笑着。大家正在欢喜，忽见罗鹏飞走了进来，秋岚、晴鹃、箫凤忙站起相迎。鹏飞道：

"伍福说蛟儿回来了，人呢？"

小官一听，便忙跪倒地上，口叫：

"爸爸，孩儿在此拜见了。"

鹏飞一见，真是乐得胡子都飘了起来，连忙扶起，一面细细问了一遍。小官拭着眼泪，一面告诉，一面偷瞧鹏飞，只见他方面大耳，三绺长须，庄严非凡，令人见了肃然起敬，和平日自己接触的那班绿林好汉究竟大不相同。鹏飞听他说完，心里亦万分喜欢，因教训他道：

"既然你的性命是从死里逃生，你该知道这是件万人中也不知有否一人的事，且你师又造成了你如此武艺，真也花了不少心血，希望孩子以后应该好好做个人才是。"

小官唯唯答应，一面心里不觉羞惭交并，一时良心发现，想起自己从小父母双亡，唯赖婶娘过活，但因婶娘不容，以致常遭毒打，若不是师父相救，自己恐怕早为婶娘折磨死了。小官想到此，满颊通红，幸喜众人并不注意。此时已上灯时分，仆人摆上饭来，罗太太早已叫厨师另烧小菜，一面叫人收拾二爷卧房，又叫小丫头伴小官去沐浴更衣。待小官浴罢出来，热菜早已烧好。鹏飞和罗老太坐在上首，秋岚、小官右首，香涛左首，箫凤和晴鹃下首，一家人团团坐下。箫凤执壶筛了一巡酒，大家且谈且饮，真是共聚天伦乐事。小官虽明知自己是局外人，但也暗暗羡慕。一会儿晚饭用毕，大家各自散坐，又闲谈一会儿，众人方始各自道了晚安，走出上房来。五个人走到厅上，秋岚携着箫凤向东厢房中来。晴鹃道：

"二哥，你的卧房正在我和香妹的中间一个，咱陪你去吧！"

小官忙答应了。这里三个人向西首厢房来，先到香涛的房中，晴鹃道：

"二哥，这是表妹的卧房，要不进去坐一会儿？"

小官笑道：

"当然要瞧瞧的。"

香涛含笑先推进房去。小官见里面富丽堂皇，十分清洁，坐了一刻，便道：

"咱再瞧妹妹的房去。"

于是三人又到晴鹃房中来，见里面摆设，都和香涛房中一样。小官心想：真是一对姊妹花了。又坐了一会儿，方始到自己一间卧室，因时已不早，晴鹃和香涛方始自回房去。

小官待她们走后，对灯呆呆出神，心中一阵阵地细想：咱本为报仇而来，预备把他们人等都杀个干净，现在瞧来是不能够了。一则他们都是有名的技击家，下手不易；二则自己正也不忍再做此事，听了鹏飞的话，真叫人无地自容，自己幼丧父母，对于家庭中严父慈母的仁爱，从未尝过，今日假戏真做，觉得母爱的伟大，家庭的快乐，真叫自己不能形容其万一了。秦小官本是个有作为的少年，不幸受了圆明僧的欺骗，因此坠入邪道，此时虽已有悟，但一失足成千古恨，再回头已百年身，"采花郎秦小官"早已被人认为是个杀不可赦的淫贼了。这时，一时又想自己漂流江湖，到处和女人接交，亦有自愿，亦有相强，事后就各散去，结果依然只剩一身，而反得了不良名誉。四海茫茫，将来究竟如何结局？想到这里，不觉也会淌下一点泪来。一会儿又想此次危险举动，万一明天海蛟回来，真伪分出，这事如何是好呢？那么明儿去走了吧！但是又觉舍不得离开晴鹃和香涛两人。论年龄，自己也该娶婚了，晴鹃虽然可爱，但她既认自己为二哥，那么自己是绝无办法可去和她谈情的。还是香涛，她年龄虽轻，人事却早懂了，她当自己真是她的表哥，所以时时脉脉含情，何不求她作为永久伴侣？从此自己就改过自新，洗手不干，做个有用的良民，那岂不是件痛快的事吗？小官主意打定，便随机从事，如此就在罗家集住下了。

那夜，小官在房中胡思乱想，不料薛香涛也在卧房中对灯垂泪，感叹自己命薄，寄人篱下，满想嫁与表哥，从此安身有所，不料偏偏又来了一个柳春燕。听了姑妈和表妹的话，当然是早已看中意了春燕姑娘。幸亏表哥不曾碰见过她，将来日子久了，倘使表哥能够和自己感情日增，那就万幸了。香涛既存了这个思想，当然和小官是表示特别的好感。小官对于她，也是早已有心了，所以两人都心心相印，脉脉含情。如此约过了半月，这天夜里，小官蹑手蹑脚地走到香涛的房中来。香涛正躺在床上，只见她云发蓬松，两条雪嫩的玉臂撩出在被外，星眼微开，这一副娇懒的睡态，真令人销魂。若在平时，小官早已欲念高燃，但今日见了，颇觉楚楚爱怜，因慢慢地在她床边坐下，不料这一坐，竟把香涛惊醒了。她突见床旁坐着的却是表哥，一时心中万分羞惭，忙把两臂伸进被里，红晕了娇靥，眸珠向他一转，嫣然笑道：

"表哥，怎的还没有睡吗？"

小官含笑点头道：

"还不曾睡呢！"

香涛笑道：

"那么表哥，你回转头去，让咱穿好衣服，和表哥聊一会儿天好吗？"

小官摇头道：

"不用了，这样谈不好吗？"

说着，两人相对默然。好一会儿，小官道：

"妹妹，你知道咱心中爱你吗？"

香涛一听，把头向被里一钻，哧哧地笑着。小官要把被掀开，一面叫道：

"妹妹，你不用害羞呀！"

香涛不许他掀被，一面又把脸钻到被外来，向小官道：

"表哥，你不用爱咱了，姑妈已替你看中人了。"

小官道：

"是哪个？妹妹吗？"

香涛嘴儿一抿道：

"你别假惺惺了，柳春燕姑娘模样儿好，武艺又好，和表哥真是一对呢！你还爱咱干吗？"

小官道：

"你信他们胡说，什么柳姑娘、花姑娘，咱瞧也不曾瞧见过，哪里会发生情感呢？"

香涛道：

"就算你爱我，姑妈不答应，怎么办？"

小官道：

"妹妹好戆，究竟给妈做妻子呢，还是给咱做妻子呀？咱爱了妹妹，妈难道可以叫咱不爱你吗？"

香涛听了这话，也不觉忍俊不禁，因正色道：

"但愿哥哥言而有信。"

小官因为预定了计划，是不得不把她的身子整个占有了后，方可做事，所以他笑道：

"咱一定言而有信，但咱还恐妹妹骗咱呢！"

香涛急道：

"咱除了哥哥，一辈子也绝不嫁人了，那你总可相信了。"

小官道：

"咱日后如负了妹妹，绝不好死。"

香涛一听这话，突然把纤手伸出被外，在小官嘴上一按，皱了柳眉，嗔着埋怨道：

"咱早知你的心，你何苦要说死说活呢？"

小官听了，心里真感动得了不得，因道：

"妹妹，你原谅咱，请你允许我这个了吧！"

小官说时，把手去掀她绣被。香涛这一羞，真连耳根也红了，因忙把他手握住，诚恳地道：

"哥哥，咱们既互订了白首盟约，妹妹身子总是你的了，何苦在乎时间上长短的问题呢？这个请哥哥原谅，恕妹妹不能答应。"

小官虽也明白，但为另有苦衷，不觉淌泪道：

"妹妹如不答应，咱情愿死在妹妹之前。"

说时，便就拔剑欲自刎。香涛见此情形，方寸已乱，心里早软，连忙坐起把剑夺下，流泪满面，默然无语。小官见她已经默许，因便向她温存了一会儿。小官原只要占了她的身体，此时香涛又呜咽哭了。小官道：

"妹妹，你从此就是咱的了，请你不要哭，咱完全告诉了你，咱并不是罗海蛟啊！"

香涛听了这话，大惊失色，立刻停了哭，向小官望着道：

"啊！你既不是表哥，为何要来冒认？且又玷污了咱的身子！你究竟是谁呀？"

小官听了，便跪在地上，流泪满颊，叫声：

"妹妹，你且听咱细细地讲来。"

说着，遂把自己和海蛟是师兄弟，自己如何作恶，如何和海蛟结冤，又因如何来此冒认，预备报仇，今因省悟前非，欲改过自新，恐事先说穿，妹妹不肯答应，所以不得不出此下策，万望饶恕。香涛方才明白，因哭道：

"你既将咱玷污，现在究竟打算怎样？"

小官道：

"妹妹，你放心，咱们是夫妇了，今夜你就跟咱一同脱离这儿吧！咱从此绝不作恶，绝不亏待妹妹的。不知妹妹能牺牲一切，跟咱走吗？"

香涛哭道：

"事到如今，还有什么办法？烈女不事二夫，咱既失身于你，当然到死也是你的了。但望你始终如一，不要抛弃才好。"

小官一面哭，一面叩头道：

"咱若再不改过，定不得好死。老实说，咱是早已死了，以后的人，完全妹妹赐给咱做的，咱绝不能忘妹妹大德。"

香涛到此，真无法可想，只好收拾细软一切，和小官悄悄离了罗家集。

第二十回

被底红浪含羞探讨
人面黑痣有力明证

且说秦小官带了一千两银子，薛香涛只收拾了一些细软衣服和两柄虎头钩，匆匆地牵出两匹马，脱离了罗家集而去。

这里到了次日，晴鹃起身，到上房里来请安，见秋岚和箫凤早已先在。罗太太道：

"怎的香儿还不曾起来吗？"

晴鹃道：

"咱不知道，二哥呢？"

箫凤道：

"恐怕也不曾起来吧！"

这时，小丫鬟端上早点，晴鹃叫小鬟到西厢房去瞧二爷和表小姐起身没有，说可以吃早点了。小鬟答应，匆匆去了，不多一会儿，便急急地奔来，慌慌张张地道：

"二爷不见了。"

秋岚喝道：

"你说什么？"

小鬟更急道：

"咱的二爷不见了。"

众人都吃了一惊。晴鹃忙道：

"那么表小姐呢？"

小鬟涨红了脸道：

"表小姐也不在房中呢！"

箫凤抿嘴儿笑道：

"哦！对了。"

罗太太道：

"你说对什么？"

箫凤笑道：

"二叔和香妹这几天不是很亲热吗？想来定是老早地起来，两人悄悄地到村外去玩儿了！"

秋岚也点头笑道：

"这话也许是，他们两人不是常在一块儿喁喁地谈吗？妹妹一定也知道的。"

晴鹃笑道：

"他们两人的事，我哪里知道？哥哥，你说话真也有趣了。"

正在这时，忽见外面伍福来找大爷，秋岚因即走出去问什么事。伍福道：

"大爷，这事道来真奇怪，咱们昨夜门关得好好的，不知怎的，马厩里竟会少了两匹马。"

秋岚拍手笑道：

"果然不出凤妹的所料，只不过这两个孩子也太淘气了。"

伍福没头没脑地听了这两句话，真弄得莫名其妙。这时，箫凤和晴鹃也出来问何事。秋岚笑道：

"二弟和香妹骑了马去玩儿了。"

晴鹃忙道：

"谁说的？伍福瞧见的吗？"

伍福急急摇手道：

"不！不！二爷和表小姐早晨并没有出门去呀！"

三人听了这一句话，方始急了起来。箫凤和晴鹃心细，灵机一动，便携了手匆匆到小官房中来，便见里面景物依然，清洁十分，且床上被儿更是整齐，瞧不出什么破绽。两人因又到香涛房中，只见里面却杂乱胡糟，衣橱门大开，里面衣服翻得七零八落，床上被儿掀在一旁，连壁上两柄虎头钩也不见了。箫凤向晴鹃望了一眼道：

"三姑，你瞧这是怎么一回事？"

晴鹃沉思半晌，哦了一声，便拉了箫凤的手，正想走出房去，忽见秋岚进来，三人险些撞了一下。秋岚顿足道：

"这真是个怪事，难道二弟这样地不是人吗？"

箫凤忙道：

"你得了什么消息？"

秋岚道：

"伍福说昨夜好好都关上了门，今天早晨起来，不但庄门大开，且少了两匹马。这样说来，不是二弟拐了香妹逃走了吗？"

晴鹃听了，指着房中道：

"哥哥，你瞧瞧香妹房中。"

秋岚一瞧房中这样情形，气得跳脚道：

"这样看来，香妹竟是卷逃了！"

箫凤听了，把纤手向他嘴上一扪道：

"岚哥，你说话别鲁莽，这其中一定另有别的缘故。"

晴鹃眼珠一转道：

"嫂子说得是。大哥，你跳脚有什么用？咱们总得好好研究
一下。现在爸妈知道了没有？"

秋岚道：

"还没有知道，我叫他不要声张，这事真稀奇透了，怎么两
人不别而行呢？"

晴鹃道：

"二哥和香妹就是有了爱情，二哥只管可以向妈告诉，难道
妈会不答应他的要求吗？这二哥绝不是这样戆的人，哪里就肯带
了香妹逃走吗？"

秋岚若有所思道：

"哦！咱知道了。前天二弟来的时候，不是说春燕妹妹要给
咱做二嫂子吗？二弟听了，以为早已替他定下了，他心中或者不
满意，所以带了香妹走了。他心中是爱着香妹呀！"

晴鹃笑道：

"哥哥人好老实，还一味只当他是咱的二哥呢！"

秋岚奇怪道：

"妹妹，这是哪儿话？难道有人来冒认二弟不成？"

秋岚说到此，忽又哦了一声道：

"照理二弟是跌入河里淹死了，十年后怎么还有二弟复活吗？"

晴鹃笑道：

"这个倒说不定，二哥哥也许还在人间，也未可知。不过咱细看那个人，总觉得不像是咱的二哥。"

秋岚笑道：

"妹妹这话叫作放马后炮，你事先为什么不说呢？"

晴鹃冷笑一声道：

"你说咱放马后炮吗？咱来说一点儿证据给你听。咱记得二哥哥的眼角边是没有一颗黑痣的，但是那个人却有的。当初咱早就疑心了呢！"

箫凤道：

"果然不错，那个人真的在眼角边有黑痣，可是咱不曾见过二叔，当然是不晓得了。"

秋岚急道：

"哎呀！那么妹妹当初为何不早说呢？"

晴鹃道：

"我见大哥既和他抱头痛哭，且他脸和年纪又是和二哥完全一样，并且他也极认真地流着眼泪，这叫我哪里好说他是假的？况天下的人谁高兴来做人家的儿子呢？因此咱就不响了。哪知果然被我窥破的，可惜依然被他瞒过，这真是不幸得很。"

秋岚道：

"那么这事也依然奇怪呀！他难道存心来拐咱们香妹吗？而且香妹如知道他不是二弟，她也不情愿跟他逃走的呀！"

箫凤道：

"这也定有个原因，香妹她的心中是爱着二叔的，你们说要柳春燕来做二嫂子，她心中自然要不高兴。现在这几天中见二叔竟和她如此要好，当然二叔的话她都听从了。其实还是被那人用甜言蜜语骗去的呢！"

秋岚一听，拍手道：

"对了，到底两位妹妹心细如发，可怜香涛表妹竟上他的当了。"

晴鹃道：

"嫂子解释得是。这事迟早总要给妈知道的，还是我去告诉她了吧。"

说着，便自管自地走到上房里去。萧凤待晴鹃走后，叹了一口气道：

"这样说来，香妹已失身了。"

秋岚大惊道：

"凤妹，你这如何知道？"

萧凤道：

"你是个糊涂人，哪里理会得这许多？三姑是女孩儿家，她更不知道这些了。"

秋岚一怔道：

"你这话奇怪了，那么究竟是怎么一回事呢？"

萧凤把脸一红，将嘴凑向秋岚耳边，低声地道：

"我进来时就瞧见了，你到床边去瞧瞧，这被单上是个什么东西染着呀？"

秋岚听了这话，忙走近床边，只见一张雪白的被单上面，染着了一堆微黄的水渍，旁边还有几点猩红的血渍。秋岚这一瞧，把个脸也红了，回头瞧箫凤时，只见她两颊红晕，低垂了头。秋岚因走近去又低声问道：

"如此说来，香妹也太不知廉耻了。"

箫凤道：

"这也怪不得香妹的。当初香妹一定只道他是二叔，后来才知道时，可是木已成舟，懊悔已来不及了。因此是只得和他一块儿逃走了。"

两人说着，都十分叹息，秋岚因携了她手，又仍回到上房里来。刚跨进房门，只听鹏飞击了一下桌子，叹道：

"唉！老夫活到年已半百，近年来和外界无冤无仇，却不知何方来的小子，竟敢来哄骗咱？落水淹死已有十年的蛟儿，仔细想想，哪里还会回来呢？"

罗老太道：

"咱一时也喜欢糊涂了，并且也万万想不到有人会来冒认咱的儿子呢！咱蛟儿身上乳旁是有一个鸡心形的朱砂记认的，要知道真伪，那是最容易的了。唉！可是现在到底做了一个梦，空喜欢一场。但是香儿随了咱十四年，竟也这样狠心会抛了咱去了。"

正说时，一见秋岚和箫凤进来，因又急急地问道：

"岚儿和凤儿，你们到底有瞧出了没有？香儿真跟了那小子走了吗？"

秋岚道：

"这小子不知是谁，真是杀不可赦。香妹也可怜，年纪总太轻了，容易受人欺骗。"

鹏飞道：

"咱从来也不曾受过亏，今天竟也会上了人的当，想起来真令人好气又好笑。多一事不如省一事，现在既已过去了，也就罢了。至于香儿，她自愿跟他一同逃走，咱们当然没有对不起她。哥哥、嫂嫂在天之灵，想一定也能明白的吧！"

罗老太听丈夫提起了她的哥哥，心里又觉悲酸，想哥哥只有香儿这一点骨血，现在竟跟人逃跑，不觉又伤心起来，淌泪不已。晴鹃道：

"妈妈，你也不用伤心了，现在事到如此，也只好当他没有这一回事吧！"

鹏飞站起道：

"好吧！你们劝劝妈吧！"

说着，便自向书房里去。这里箫凤又叫小丫头拧了手巾，让罗太太擦了脸，一面大家又解劝了一会儿，罗太太也不说什么了。小丫头叫道：

"太太、奶奶、小姐，可以吃早点了，再不吃是要凉了呢！"

大家被她一说，知觉肚中倒有些饿了，遂匆匆用过。

光阴像流水，一天一天地过去，忽忽又过了半月。这天午后，箫凤拉了晴鹃笑道：

"妹妹，你快再教嫂子练剑去吧！"

原来，箫凤本是个弱不禁风的女子，来罗家一年，天天经秋岚、晴鹃的教练，也练就了好几路拳法，后来她愈加感到兴趣了，便时央求晴鹃教授。晴鹃又是个淘气的姑娘，人愈央求她，她便愈推三阻四地不肯，说：

"你叫大哥去教授好了，那么天天教，夜夜教，还怕不教授出一身好手段来吧！"

害得箫凤捉了她手，恨恨地向她肋下去咯吱。两人莺莺燕燕原是成天玩笑惯了的，罗太太见她们姑嫂和睦，当然心里欢喜，也就随她们去玩儿。今天晴鹃见她来央求，因笑道：

"嫂子，你索性拜咱做个师父吧！彼此有了名分，咱教授起来就特别起劲呢！"

箫凤笑道：

"师父你是做不来的，要做也只好做个师娘呢！"

说着，便咯咯地笑了。晴鹃啐她一口，便要去拧她嘴，箫凤一面央告着，一面又逃出房外去。晴鹃追着道：

"我瞧你逃往哪儿去？"

话声未完，忽听箫凤呀的一声，晴鹃方才跨出房门，只见箫凤正被秋岚搂抱着，秋岚低声问道：

"凤妹，被咱撞痛了哪里没有？你为什么跑得这样急呢？"

晴鹃这才晓得嫂子和哥哥正撞个满怀，不觉拍手跳脚嗦嗦笑道：

"该呀！该呀！谁叫你说我呀？幸亏是撞着了哥哥，总算还是你的幸运！"

箫凤忙推开了秋岚，嗔着道：

"你也为什么跑得这样快呢？"

秋岚急道：

"我一些也没有走快呀！你从房中突然地奔出来，咱要避也来不及呢！"

220

箫凤听了，自己也忍不住哧哧笑了。晴鹃是早已笑弯了腰，几乎直不起来。秋岚笑道：

"你们两个原是太会开玩笑了。"

晴鹃因拉箫凤手道：

"好了，咱就去教你吧！大哥哥撞了你，晚上罚他跪一夜，不许他一同睡便是了。"

秋岚一听，把两个手指在自己脸上一划，向晴鹃笑道：

"妹妹，你瞧。"

晴鹃也自知失言，红了脸，拉着箫凤就跑，害得箫凤又哧哧笑个不停。两人到了院子里，箫凤道：

"剑呢？还没有拿来，怎样教我呀？"

晴鹃道：

"你叫大哥去拿好了。"

箫凤道：

"你不能喊吗？"

晴鹃抿嘴笑道：

"嫂子的事，原该嫂子去吩咐的，那么大哥才乐意呢！"

箫凤笑道：

"你这贫嘴，不知哪儿去学来的？"

两人正说笑着，见秋岚拿了三柄宝剑，匆匆走来笑道：

"你们要舞剑玩儿，怎的不拿剑来呀？"

晴鹃笑道：

"嫂子，你瞧，大哥真是你肚里的蛔虫。"

秋岚笑道：

"妹妹，你真也坏透了，咱好心拿来给你们，怎你偏要给咱做蛔虫，那算什么呢？"

这句话说得她姑嫂俩忍不住又笑弯了腰。秋岚笑道：

"不要笑了，当心跌到地上去。咱今天来教你一路剑法，这路剑法叫作鲁智深醉打山门，厉害得了不得，只要一连三剑，对方如果功夫不甚好的，一定招架不住。"

箫凤和晴鹃听了，都笑道：

"难道就只有三剑吗？"

秋岚笑道：

"你们别问，以后还有变化无穷呢！"

说着，三人都拔出了宝剑。秋岚站定了地位，正欲舞动宝剑，忽然眼瞧着了院门，咦了一声。箫凤、晴鹃都不胜奇怪，连忙亦回过头去，只见那个冒认来做二哥的男子又来了，身后还跟着一个判官似的大汉，大家倒吃了一惊。箫凤道：

"这个人带去了一个香妹，怎么竟带回来了这样一个丑汉？难道他还要来扰事不成？"

晴鹃听了，便向他直奔了过去，就大声问道：

"二哥，你把香涛表妹究骗往哪儿去了？"

当时海蛟被她没头没脑地问了这一句话，真是弄得莫名其妙，因向她说道：

"你不就是晴鹃妹妹吗？"

晴鹃道：

"咱是晴鹃，你不是也早知道了吗？"

海蛟见妹子说的话好生奇怪，真是非常纳闷。这时，忽见秋岚走上前来，向海蛟脸上仔细一打量，见他眼角边果然没有黑痣，因叫道：

"你果然是二弟罗海蛟吗？"

海蛟道：

"你不是秋岚大哥吗？"

两人说着，不觉又哭了起来。箫凤心中好笑道：

"怎么又来了一个二叔了？"

因拉晴鹃道：

"三姑，你瞧这人是不是上次那个人呀？"

晴鹃正呆呆地出神，被她一问，因淌泪来道：

"这是咱真的二哥了。"

箫凤听了，因也仔细向他一瞧，果然稍许有些不同地方。这时，海蛟和晴鹃也拉手哭了，晴鹃指着箫凤道：

"这是咱的嫂子。"

海蛟带着眼泪向箫凤瞧了许久，哦了一声道：

"这位想就是箫凤姊姊了。"

大家见他竟喊出箫凤名字，当然深信再也不疑了，箫凤忙也还叫二叔。这时，海蛟又指着飞熊道：

"大哥，你还认得这个人吗？他就是伍福儿子飞熊呀！"飞熊忙来见了礼，口喊：

"大爷、奶奶、小姐。"

这时，秋岚、晴鹃、箫凤三人心中好不喜欢，一面让两人进内。晴鹃挽了箫凤手，早已飞奔上房里去，口中大喊道：

"妈呀，咱的真二哥哥回来了呢！"

第二十一回

罗海蛟天伦欣团聚
伍飞熊月夜舞双锤

　　且说秋岚携着海蛟，一同走到大厅来，忽见迎面走来一人。秋岚笑道：

　　"伍福，你的儿子飞熊回来了呢！"

　　伍福一听，只见大爷身旁又有一个二爷，后面还随着一个黑脸大汉，心中好生奇怪：

　　"天爷，怎么二爷又回来了吗？"

　　秋岚道：

　　"这个是真的二爷了。"

　　伍福一听，连忙请了安。这里飞熊早已抢步上前，跪到伍福的面前，口叫"爸爸，孩子回来了"，便哇的一声哭起来。不说伍福父子两人在厅上各诉别后情形，这里秋岚已携了海蛟走进上房，向罗太太道：

　　"这次可是真的二弟回来了，这是千真万确了。"

　　海蛟一见罗太太，早已跪到地上，叫着妈妈，便哭了起来。

罗太太在一个月里，竟先后来了两个儿子，因为已经上了一次当，所以这一回，倒也并不觉得意外的惊喜了，因抚他的脸，叫他起来，先向他脸上细细地一瞧。海蛟见妈的举动奇怪，心中真好不诧异，因叫道：

"妈妈，爸爸呢?"

罗太太道：

"你爸爸在书房里。"

海蛟道：

"那么大哥领咱去拜见爸爸吧!"

罗太太道：

"我儿，你别忙，你先把衣服脱下来吧!"

海蛟一听妈这话，真是奇怪极了，但妈既然这样说，又不得不依，只好把上褂脱去。秋岚和晴鹃都也上前来瞧，只见他身上的乳旁果有鸡心形的红朱砂一个。罗太太瞧清楚了后，便将海蛟抱住，方始啊一声大哭起来，这时，鹏飞正在书房瞧书，忽听上房里有哭声，心中奇怪，便急过来瞧看，只见房中秋岚等站在一旁，罗太太却抱着一个赤膊的少年在大哭，心里真是奇怪得了不得。秋岚一见爸爸来了，便忙叫道：

"爸爸，这个是真的二弟，他刚才和伍福的儿子飞熊一同回来了。"

鹏飞一听，头脑真再也弄不清了，因道：

"这是真的吗? 咱真被这事缠混了。"

秋岚道：

"他身上果有红朱砂记认呢!"

这时，罗太太便叫海蛟可以去见爸爸了。海蛟忙又向鹏飞跪倒，叫声爸爸，便又哭了。鹏飞一见海蛟，比上次这个略觉身矮，且乳边真有印记，心中一时又惊又喜，又悲又奇，不觉也淌下几点英雄泪来。这时，秋岚忙把他衣服拿来，叫他穿上，一面叫小丫头倒水，让大家擦脸。罗太太叫海蛟坐到床边，又问他这几年中究在哪里，不料海蛟回答的话竟和小官一样无二，大家听了，个个目瞪口呆。海蛟见家里的人见了自己都显出稀奇神秘的模样，这时再也忍耐不住了，因问罗太太道：

"妈妈，你们见了孩儿，为什么都十分疑惑似的，这究竟是怎么一回事呀？"

罗太太道：

"不要问起了，上半个月前也有一个少年来，和你容貌完全一样，他说是罗海蛟，当然咱们全家没有一个不喜欢，不料只住了半个月，他竟把香涛孩子拐去一同走了。现在忽又见到了你，这咱们心中不是要弄得将信将疑了吗？"

海蛟听了，方才明白妹妹、大哥和妈妈为何都有这些奇怪的举动了，因说道：

"妈妈，咱可真是你的蛟儿呀！"

罗太太道：

"你是真的蛟儿，咱是相信了。但是上次那个人也真奇怪了，他的说话也都和孩儿说的一样呢！"

海蛟忽然省悟道：

"表妹竟真被他骗走了吗？这淫贼该死，这样胆大，真是死期快到哩！"

226

众人一听，也都又奇怪了。鹏飞忙道：

"如此说来，孩儿一定认识他了。"

海蛟道：

"这人名叫秦小官，却就是孩儿的师兄呢！"

秋岚和晴鹃都哦了一声道：

"原来如此，大概你的历史都说给他听过吗？"

海蛟道：

"咱上山时，他已在了。师父指着我们曾笑道，你们两个孩子竟像脱了一个胎。当时咱心中也好生奇怪，因为相貌一样，两人当然特别要好。那时，师兄心地甚好，且武艺尤强，咱们天天一块儿游玩练剑。那年师父叫他下山，并嘱他多做善事，他曾发誓决定扶弱锄强，安良除暴。不料下山后竟大改态度，不但结交绿林为友，且夜夜前去采花，因此'采花郎秦小官'六个字就无人不恨无人不晓了。"

晴鹃听了，哎呀一声，正要再说，忽又缩住，眼一红，低头又不说了。箫凤拉了她手，轻问"怎么"，晴鹃眼皮一红，低声道：

"咱的香妹不是完了吗？"

箫凤心想：咱早已知道了，因不便和她说明，遂安慰她道：

"吉人天相，香妹一定自己会省悟的。"

晴鹃垂泪道：

"就是省悟了，香妹也战不过他呀！"

这时，海蛟又道：

"师父得了这个消息，真气得昏去，因叫咱下山去找他，以

227

便叫他改过前非。这也正巧，那天夜里，咱在狮子山附近赶路，忽见一个黑影飞向一家屋顶上去，并把剑撬人家的窗户，咱知非善良之辈，所以和他交手。不料仔细一看，竟是师兄，咱因好好劝他，哪知他见了咱，便垂了头飞奔逃去。咱以为他总能改过自新了，不料他反和咱结了冤仇，想他冒认孩儿前来，也绝不怀好意，今家人能一个没有什么意外，已是大幸了。但表妹怎么会被他拐去了呢？不要被他杀死了吧？"

罗太太一听这话，不觉哭道：

"孩儿这样说来，便就水落石出了。但是香儿一定是遭他毒手了，咱怎能对得住哥哥呢？"

秋岚和箫凤明知香涛绝没死去，但又不敢说出，只好你望我、我望你地呆了一会儿。鹏飞沉思一会儿道：

"如果被他杀了，房中定有血渍，但是……难道香儿真会跟他逃吗？"

罗太太听了，又觉这话也对，香儿既被杀，当然有尸身呀！海蛟道：

"妈也不用伤心了，反正孩儿奉了师命，早晚总要把他捉住，就细细地问他，究竟把香妹拐到哪儿去了？"

罗太太急道：

"他的本领既然很好，你怎能捉得他住呢？"

海蛟笑道：

"孩儿虽是他的师弟，但他的功夫却不及孩儿。况且他这几年来，一味地入邪路，恐怕他一身的功夫全要丧在女色的手里呢！"

鹏飞见他年虽轻而知大理，心颇喜欢，一面叫他去沐浴更衣，一面叫仆人摆酒接风。这晚当然更加欢喜，一个月来的疑团大家方始尽释，只不过少了一个香涛，未免使人缺憾。夜里乘着月色，鹏飞欲瞧海蛟武艺，所以叫秋岚、晴鹃一同到院子去舞剑。海蛟的剑法果然和寻常不同，只见先一道寒光，如流电般地前后左右上下盘飞，舞到后来，只见白练一团，滚滚似雪花点点，银浪滔滔，不见人影，众人不觉暗暗喝彩。一时舞罢，面不改色，鹏飞点头不已。海蛟笑向晴鹃道：

"妹妹，你也来玩儿一会儿吧！"

晴鹃嫣然点头笑道：

"二哥的剑借给妹妹一舞可好？"

海蛟笑着把剑递与晴鹃，晴鹃接过拿在手里，仔细一瞧，只见剑背上也有一个太极图，上有"太极阳剑"四字，心里一动，不觉扑地一笑。海蛟忙问怎么，晴鹃因为爸爸在着，不好意思说，因笑道：

"没有什么。"

说着，便也舞了一会儿，海蛟见妹妹剑法亦不甚弱，心中也暗暗佩服。晴鹃舞罢，把剑交还海蛟。海蛟叫秋岚玩儿一会儿，晴鹃嫣然笑道：

"大哥和嫂子对舞吧！"

萧凤笑道：

"三姑，你别作弄咱吧！"

连鹏飞也忍不住笑了。秋岚的剑法当然老练非凡，海蛟从春燕口中也早知大哥是屠龙客的大徒儿，心中十分喜欢。鹏飞见三个孩子的武艺都不弱，心中万分喜欢，方始自回房去安睡。海蛟道：

"大哥是几时结亲的？"

晴鹃抿嘴儿笑道：

"差不多有半年了。二哥，你没有喝着喜酒，趁着今夜月圆如镜，咱们再去闹一个洞房好吗？"

海蛟哈哈笑道：

"妹妹说得有趣，咱是赞成的。"

正说时，忽听一个粗笨的声音大叫道：

"咱也赞成的，大爷，你肯答应吗？"

众人抬头一瞧，见是飞熊。晴鹃和箫凤见了他的脸，忍不住又哧哧笑了。原来，飞熊和伍福谈了别后情形，飞熊把七百两的银子完全交给他爸，伍福从来也不曾见过这样多的银子，心里这一快乐，真是难以形容，一面叫他去见了鹏飞和罗太太。鹏飞见他生得奇伟，心里也很喜欢，便叫他和伍福一同住在这里，飞熊道了谢。夜里，他在院子西首偷瞧他们舞剑，后来见鹏飞回房了，他便大胆嚷出来了。海蛟笑道：

"你是个酒鬼，明儿大爷就赏你喝个爽快。但是你这时先要舞一会儿双锤给咱们瞧瞧的。"

飞熊两手抓着头发，笑道：

"小的怎敢在大爷面前献丑呢？"

海蛟道：

"你不要客气了，快快去拿来吧！"

飞熊道：

230

"如此遵命了。"

说着，便飞奔进内。海蛟笑道：

"大哥，你不知道这个蛮牛的功夫真不弱呢！"

晴鹃笑道：

"飞熊的脸，叫人见了就害怕，在夜里见了，更像一个判官呢！"

说得箫凤忍不住又哧哧地笑。一会儿飞熊取了双锤来了，箫凤见这两个锤大得好像是两只小荷花缸，可是他拿在手里，好像轻便十分，心想：他的蛮力可不小呢！飞熊叫声：

"大爷、二爷、奶奶、小姐，不要见笑，咱献丑了。"

说着，便把双锤分开，立刻舞动起来，只见他上三下四，左五右六，一时两锤变四，四锤变八，八八又变成了六十四，最后也不见了人影，好像一团白光在院中地上滚来滚去，大家一齐不觉喝一声"好"。飞熊立刻放下，跳出圈子，向众人笑道：

"不敢，不敢，大爷、二爷敢是见笑了吧！"

秋岚笑道：

"你真个好功夫。"

这时，箫凤便走到锤旁，欲将它提起，不料要想举起，是万万不能，只能够提到离地一尺，是再也不能提高了，倒累得两颊通红，因向晴鹃笑道：

"三姑你来举吧！"

晴鹃听了，便把两袖一撩，拿过双锤，举起就舞，可是舞不到三十个照面，早已香汗淋淋，急忙放下笑道：

"这样笨重家伙，就亏他使用，咱可用不来呢！"

飞熊笑道：

"这是只有咱蛮牛才用这个家伙呢！"

秋岚和海蛟笑道：

"咱们也来玩玩儿。"

说着，便走到两只铜锤面前，各人飞起一脚，只见那两只铜锤早已飞到天空去，待落下来时，秋岚把手中心托住锤柄，海蛟把臂膀顶住。两人又各同时抛出，秋岚接住了海蛟的一个，海蛟接住了秋岚的一个，两人一笑，便各放下。三人竟瞧呆了，晴鹃和箫凤把舌儿一伸，和飞熊三人都喝了一声彩。秋岚笑道：

"一些小玩意儿，也用喝彩吗？"

晴鹃央求着道：

"这真是好玩儿，大哥和二哥再来一下吧！"

海蛟笑道：

"这个玩意儿不能多瞧，多瞧就不稀奇了，咱们明儿再玩儿好了。"

飞熊因时不早，便提了双锤，向四人请了晚安走了。秋岚笑道：

"飞熊你等着，明儿准请你喝酒。"

飞熊远远地还在回答道：

"不敢不敢，小的怎能无故受大爷的赏呢？"

秋岚笑道：

"飞熊这傻子，现在越发戆得好玩儿了。"

说得四人都大笑起来，一面大家又走到厅里。秋岚笑道：

"二弟和三妹就到咱的房中去坐一会儿好吗？"

晴鹃抿嘴儿笑道：

"时已不早了，嫂子不要怨咱们吗？"

海蛟望着箫凤只是微笑，箫凤啐了晴鹃一口，一面又瞟了海蛟一眼，红晕了脸，笑道：

"三姑，你总成天地淘气好了。"

晴鹃笑道：

"咱是正经话，嫂子是不讨厌的话，咱们哪里会不高兴？二哥哥，你说对不对？"

海蛟不答，只管哧哧地笑，一会儿也道：

"这嫂子大概也不会吧，妹妹也过虑了。"

箫凤笑道：

"到底二叔人老实，不比三姑刁滑呢！"

大家又都笑了。四人到了秋岚房中，新房的布置当然格外地富丽堂皇。海蛟坐定，箫凤亲自倒了两杯茶递给海蛟和晴鹃，两人接过了。晴鹃笑道：

"二哥，你怎不道谢呀？"

海蛟笑道：

"妹妹这是什么话？那么你自己为什么不道谢呢？"

晴鹃笑道：

"我不谢她，我是要谢二哥的。因妹妹这次的闹洞房，是靠着二哥的福气呀！那么嫂子倒这两杯茶当然是有主有宾的了。"

说得众人又笑起来。海蛟笑道：

"妹妹现在真会说话呢！"

这时，秋岚又端出一盘糖果干点，说：

"已午夜了，三妹和二弟该饿了，稍许用一些。"

晴鹃咯咯笑道：

"到底大哥做事精细，他怕咱再取笑，所以把三妹叫在二哥的前面了。"

萧凤把眼波向她一瞅，又低头笑起来。秋岚道声：

"哎呀！妹妹这是挖苦咱了，咱哪里有心这样叫的。"

晴鹃笑道：

"那么大哥该先喊二弟，再叫妹妹才是呀！"

海蛟正在喝茶，听了这话，忍俊不禁，几乎把茶喷了一地。秋岚在旁边坐下，便问海蛟下山后路上情形。海蛟便略略告诉一遍，却都不把遇见人的姓名说出。晴鹃抿嘴儿又笑问道：

"二哥，咱要问你一声，你这柄太极阳剑是哪里得来的？"

秋岚、萧凤一听，都问：

"什么？二叔的剑是这个名称吗？"

大家便叫他取出来瞧，果然长短和阴剑一般，上面也有太极图一个。萧凤见了，便望着海蛟哧哧笑。海蛟倒觉不好意思了，因笑问道：

"嫂子，你笑什么？"

萧凤笑道：

"这个要问三姑的。"

晴鹃听了，哧的一声，笑得伏在桌上道：

"嫂子这话好不有趣，你的笑怎么要问起咱来呢？"

秋岚这时也已笑了起来。海蛟见三个人见了这柄剑竟这样的好笑，真是弄得丈二和尚摸不着头脑。

第二十二回

三侠出门找寻小官
一僧吐气代报私仇

海蛟因推着秋岚身子问道：

"大哥，究竟你们为什么好笑呢？"

秋岚摇头道：

"咱不知道，你问她们两个好了。"

晴鹃笑着道：

"二哥，你别急，咱告诉你吧！"

"因为你这柄宝剑和那姓柳姑娘的剑正是一对儿，你这剑是哪儿得来的呢？"

海蛟猛可想起春燕的剑正是太极阴剑，自己真个忘了，原来却是一对，心里不胜喜欢。因笑道：

"妹妹说的这个柳姑娘，可不就是叫春燕的吗？"

三人一听，都奇怪得很，不约而同地齐问道：

"这你怎么知道的？"

海蛟笑道：

"她并且在咱们家还住过两天，有吗？"

晴鹃三人愈加奇怪了，因急问道：

"你可不是已和她见面过吧？"

海蛟道：

"这事说来话长，咱在她家里足足住上一年呢！"

说着，因把过去事又详述一遍。晴鹃哦了一声，笑道：

"原来二哥和春燕姊姊差不多已结了生死之交，这样瞧了，咱们又要喝喜酒了呢！"

箫凤道：

"这事真也凑巧，三姑，你时时替二哥操心，说要把柳姑娘做咱们二嫂子，哪知他们早已心心相印了。"

海蛟笑道：

"咱告诉了你们，你们又要取笑了。"

秋岚笑道：

"这也真是个怪事，他们也许前生早注定了婚姻，要不然两人使用的剑哪里却又会一对儿呢？"

海蛟道：

"大哥怎的也取笑了？咱这一柄剑，还是最近得着呢！"

因又把清风寨主陈康龙错认自己的话说一遍。晴鹃笑道：

"对了，上次春燕姊姊曾说过这柄阴剑的来历，说是妙清道人制炼成的，曾用一百个童男童女的心肝，自己虽得了阴剑，还有一柄阳剑，是被妙清的徒儿陈康龙拿着逃去了，想来被二哥杀死的定是那厮了。"

海蛟道：

236

"咱得了此剑，当初却一些也想不到，倒还是妹妹一提，咱方始记起柳姑娘使用的是柄阴剑呢！"

萧凤笑道：

"正是人也相配，剑也相对，将来做了咱的嫂子，那是再好也没有了。"

海蛟红了脸，站起道：

"时候真已不早，你们也该安睡了。"

说着，便自走出去了。大家见他怕羞，便又忍不住笑了。海蛟在家里约住了两月，因为急欲找寻秦小官，所以他便向鹏飞、罗太太说明，又要离家去奔走江湖了。鹏飞道：

"既然你是奉了师命，当然不能耽误。"

海蛟见爸爸允许，自是欢喜。晴鹃因要探听香涛消息，便要和海蛟同去，罗太太当初不肯，后来禁不住晴鹃的缠绕，只好答应了。鹏飞怕要人在路上照顾，遂叫飞熊同去。飞熊在家中也关得闷极了，一听这话，真是求之不得，乐得不知所云，连忙去整理衣包。一到第二天，三人骑了马匹，便向众人告别。秋岚、萧凤送出门外，嘱两人一切小心，海蛟答应。三人扬起一鞭，只听一阵哗啦啦的马蹄声，霎时已不见了影儿，秋岚方和萧凤携手进去。

且说三人一路上马不停蹄，昼行夜宿，沿路又做了不少扶弱锄强的快事。这天到了四川巴县地方，差不多已近午时，三人都觉肚饿，因为村中没有好的酒馆，海蛟便主张进城去。果然城中一条兴盛街，非常热闹。海蛟找到一个馆子，叫作复兴馆，三人下马进去，伙计忙把马匹牵过，笑着招待登楼。只见里面非常宽大，地方也颇清洁。三人遂拣了一个靠窗桌子坐下，伙计先泡上茶，问喝酒还是吃饭。海蛟向晴鹃道：

"妹妹，酒你也喝一些好吗？"

晴鹃含笑点头，海蛟因叫先烫十斤陈酒，时新的菜都拿上来。伙计见海蛟服装华丽，举止阔绰，知是个有钱的主顾，当然是连连答应。不多一会儿，酒菜上来，飞熊替两人筛了一杯，一面又叫伙计拿大杯，自己也满筛一杯。海蛟道：

"飞熊，今日你放开肚子，尽量地喝吧！"

飞熊一面喝酒，一面用手抓住蹄子，向嘴里塞进狂嚼，一面又要答应海蛟的话。海蛟却听不清楚他回答什么，含含糊糊听见了两声。晴鹃见了他这副模样，不觉又忍俊不禁。

正在这时，忽听一阵脚步声，从下面走上四个人来，两个都年少英俊，一表人才，两个却是豹头环眼，但倒也生得英气勃勃，都是武装打扮。伙计一见，便忙上前笑脸相迎，接进另一间的精美室中去。海蛟心想：这四个人想来定是本地有名望的人了，不然伙计哪里会认识呢？海蛟想过，也就不去管他，自和晴鹃、飞熊喝酒谈天。晴鹃喝了二斤左右，早已双颊红晕，眼波如水。飞熊再与晴鹃喝时，晴鹃已把杯子拿过，微笑道：

"我不能喝了，你自己多喝几杯吧！"

海蛟道：

"那么妹妹先用饭吧！"

晴鹃答应，飞熊遂大叫伙计添饭，一面又叫拿酒。海蛟和飞熊两人足喝了三十多斤，飞熊要占三分之二，他到厕所也要去了五六次呢。这时，已有未时的辰光了，只见那间精美室中的四个少年已走下楼去。海蛟听见旁边一桌有两个人说道：

"老二，好了，你吃得快些吧！他们已下楼去了，想已到比武的时候了，去晚了怕瞧不见了呢！"

另一个道：

"那么咱这半碗饭也不要吃了。"

说时，两人遂匆匆下楼去了。海蛟心想：今天这儿不知又有什么玩意儿呢！飞熊道：

"咱们倒也要去瞧瞧新鲜。"

于是三人也走下楼去。伙计高喊"五两六钱，三位客"，下面账房里答应一声，海蛟遂付六两银子，叫不要找了，账房连忙道谢。伙计遂要去牵马匹，海蛟道：

"这三匹马暂寄放这儿吧，回头赏你便是了。"

伙计笑着答应。飞熊问道：

"伙计，你知道今天大街上，为了什么，来往人特别的多？"

伙计道：

"想来三位不是这儿本地人，所以不知道。这事说来话长，让咱告诉你们吧！这还是去年的事，这儿有名的小孟尝范大爷和了三个结义弟兄，在兰花院里喝酒，忽然来了一个云南客人，也到兰花院来嫖妓，因为彼此发生了冲突，云南客人被范大爷的义弟重殴一顿，那云南客人遂恨声不绝地走了。不料在今年这个月里，那云南客人竟请了一个大和尚前来报仇，倒也漂亮得很，先写信给范大爷，约定今天午后在兴盛街西首一个旷场上候教。范大爷本是不喜欢和人结仇的，因为他既来信约定，且大街上都已知道这事，也就下不了这面子，当然允许了。刚才这个范大爷不

239

也在楼上喝酒吗？"

海蛟心想：大概那四个少年就是了。飞熊听了笑道：

"这倒好玩儿，二爷，咱们也瞧热闹去。"

海蛟答应，三人遂出了复兴馆，往大街走去。

话说拼命三郎钱忠在兰花院冲闹了四个结义弟兄，钱忠既寡不敌众，便急急向清风寨去。不料清风寨上又出了乱子，所以众好汉都不欢而散。钱忠见师父做寿，竟这样不吉利，自己的怨气也就愈加不好意思告诉了，因和圆明僧谈谈，两人倒颇觉投机。钱忠心想：若能叫他前去报仇，那还怕这个范小子吗？因把自己受亏的事一五一十地全告诉了出来，并请同去报仇。圆明僧是个好多事的人，当然一口答应，说不过自己还得回寺去料理一切，你往后来找咱家好了。钱忠大喜道：

"如此甚好，咱也得回云南梅兰村去告诉大哥和三弟呢！"

当夜商定，次日两人告别，圆明僧自回青峰山白雀寺去。钱忠便也急急赶回山去，不料到了山寨，只见一片焦土，烧得景象凄惨，钱忠真是弄得目瞪口呆，伤心万分，谁知别来不到三月，竟变换得这样快速。他见这里既不能驻足，只好离了山寨，心中对于报仇的事也就稍缓一步了。钱忠正在走投无路，忽然遇见一个绿林朋友，此人姓郝名双，是大理县大塔山麒麟寨的第六头目。麒麟寨中大小头目二百多个，喽兵共五六千，其中有十二个大头目，为首的滚江龙唐天兆、翻山虎虞地江、赛诸葛林中鹤、呼啸蛇夏德胜、出洞豹商时彪、小周郎周雄泰、神箭郝双、大刀宋进、花蝴蝶卢仲、一枝桃朱麒、白面书生何人杰、黑夜百里赵药枫，个个武艺高强，自称为小梁山，和山后大塔寺中当家广法大师连同一气，因此势力更是非常浩大。广法和尚和圆明僧是师兄弟，都是玄空道人徒儿，都是无恶不作，任意胡为。

且说郝双见了钱忠，问为何垂头丧气，钱忠因把自己到四川去一次，山寨竟被人火烧说了。郝双道：

"何不上咱们山寨去呢？"

钱忠一听大喜，两人遂上麒麟寨来。滚江龙唐天兆知是陈康龙高足，因待之颇厚，从此钱忠在山上住了一年，后来想起嫖院被打的事，便决定下山报仇去，就顺便去瞧师父陈康龙。不料萧忠、谢飞告诉他，说陈康龙自那日和秦小官下寨后，却不见回来，后来在燕子坡附近竟发现了他的尸身，想来是给小官暗害了。钱忠一听，真是恼恨万分，心想：小官和圆明僧是结义兄弟，这事谅来他一定知道，究为了何事翻脸呢？因又急急地向青峰山白雀寺去。小沙弥接进禅室，一面忙去通报圆明僧。原来，圆明僧正在地室里和小翠寻欢，一听钱忠来了，便忙结束衣服。小翠却骂"短命的什么钱忠，这短命的早不来迟不来，老娘正在得意，偏偏来了"。圆明僧笑道：

"你等着，咱就来呢！"

遂到禅室来，一见钱忠，大家握手，钱忠却大哭道：

"咱师父被你义弟小官杀了。这小子竟如此无情，究为何事？想大师父定也知道。"

圆明僧听了，大惊道：

"什么？康龙被小官杀了吗？"

钱忠因把萧忠告诉的话说了一遍。圆明僧道：

"这个咱真的不知道，自从和你分手以后，小官和康龙都不曾遇见过。这事其中必有缘故，咱如遇小官时，定当好好问他详细，也许康龙并不是他杀的呢！"

钱忠一听这话，也觉有理，因忙道：

"如此拜托大师父了。"

圆明僧道：

"去年咱们约定，今日你来叫咱一同报仇去吗？咱等了好久，却不见你来。这一年中你究竟在哪儿呀？"

钱忠因又告诉了一遍。圆明僧道：

"原来你在麒麟寨，咱师兄广法僧你见过吗？"

钱忠道：

"曾遇见过了，他身体很是强健。圆明大师，咱想今日请你下山去报仇呢！"

圆明僧答应。两人遂到了城中，先暂住栈房，写信约定候教。范人龙接到这信，忙和颜小平、胡大邦、蒋文龙商量。两个戆太岁一见，大叫道：

"怕什么？大哥，快写回信去，准定就在明天午后好了。"

小平也觉得如果不答应他，是下不了台，且他来者不善，善者不来，早晚总要前来寻事，所以也决定要和他们见个高低，因此遂回信答应。这时，那条兴盛街好不热闹，来往的人都说瞧范大爷和大和尚比武去，海蛟、晴鹃、飞熊三人，便也向西旷场去了。只见已围了一个圈子，四面人山人海，海蛟见场中已站着一个大和尚和一个大汉，想来那大汉定是云南客人了。不多一会儿，只听众人叫声"范大爷到了"，旁人遂纷纷让开一条路来，果见进来四个少年。海蛟认得就是刚才酒楼中人，因且瞧他们如

242

何比武。只见钱忠上前，一拱手道：

"姓范的久违了，可认得钱大爷吗？"

众人见他出言不逊，都觉不平。人龙却笑道：

"怎的不认识？去年之事，全出于老兄的误会，本来彼此无冤无仇，何苦互相定要伤和气？咱想冤仇宜解不宜结，大家讲和了吧！"

海蛟一听，心想：此人好生善良。钱忠见他如此，分明是软化了，因冷笑道：

"说得好容易，当时你们也打得爽快。好，不用多说，这两个黑脸小鬼先过来吧，然后再向你姓范的算账。"

蒋文龙和胡大邦这一气，真是怪叫如雷，立刻脱去外衣。胡大邦早已一拳打去，钱忠一手架住，两人拳来脚去地大战起来。约打了二十个照面，文龙见大邦渐渐不支，心里一急，便也上去助战。钱忠哈哈笑道：

"四个小子一齐来也不怕。"

说着，施展本领，把两个黑太岁打得满头大汗，气喘吁吁。这样一来，不觉激怒了小平，大叫两人退后，自己便走上前去，向钱忠拱手道：

"久违了。"

钱忠一见小平，更是羞怒交并，叫声"好"，动手就打。小平轻轻避过，遂施出一路太极拳来。圆明僧见那人拳法厉害，知道钱忠绝不能相敌，因上前把钱忠拉开，向小平道：

"英雄果然是个好本领，去年敝友谅来就是被好汉打的了，今天贫僧特来领教了。"

243

众人见和尚出场，当然都万分注意。小平道：

"请问高僧要怎么样比一比？"

圆明僧笑道：

"大家各人打三拳可好？贫僧就请英雄先打，然后英雄再让咱打好吗？"

小平见他这样说，知道他定是个内功家，否则哪敢出此大言呢？心里倒暗暗吃惊，但是在如此大众的面前，怎能够下得了面子呢？因说道：

"如此甚好，不过小弟该先让高僧打的。"

圆明僧笑道：

"不要客气，今日咱们是主，该让英雄先请。"

说着，便把衣服解开，凸出大肚皮来候打。众人都呆呆地瞧着，只见小平猛力一拳打去，说也奇怪，小平的拳竟藏进在他的肚里，始终也拔不出来。小平这一急，真把满颊通红，众闲人也各大吃一惊。只听圆明僧说声"去吧"，肚子一缩，小平向后就跌，幸亏人龙急急扶住。不料那圆明僧哈哈大笑，便把右手向小平一招，只见一股针锋似的气直向小平腹中射来。说时迟，那时快，罗海蛟叫声"不好"，立刻运足内功，吹出一口气来，把圆明僧的气光抵住。不料那时人丛中也有一道气光飞来，同时跳进一个少年，喝声：

"贼秃，休得暗计伤人！"

圆明僧一见突有两道气光抵住，一时身子不觉倒退两步。

第二十三回

小孟尝留风尘豪侠
铁头陀成萍水姻缘

话说圆明僧使用内功来伤小平的内部，不料竟来了两道气光。圆明僧大吃一惊，身子退了两步。这时，人丛中早跳进一个少年，喝声：

"贼秃，休得暗计伤人！"

说着，便即挥拳打去。圆明僧急忙抵住，两人遂大打起来。这一场恶战，正是将遇良材，棋逢敌手，只见尘沙滚滚，不见人影，把四围众人都瞧得呆了起来。飞熊这时再也忍耐不住了，叫声：

"二爷，这个贼秃，是非咱去结果他不可了。"

话还未完，拔出双锤，便就飞进场子，举锤便向圆明僧就击。众人正在出神，忽然又见一个判官似的大汉，竟拿了这样大的家伙，不觉个个吐舌，齐声大叫"这贼僧该死了"。圆明僧见又来一个这样的大汉，心知不好，叫声"钱忠速走"，便即跳出圈子。那钱忠早已知事不妙，先钻出人丛，向前直奔。圆明僧一个纵身越过众人头顶，已飞出了五丈以外。飞熊还待追去，却被那少年一把拖住，飞熊竟被他拉回来。飞熊不觉吃了一惊，只见那少年笑道：

"穷寇莫追，好汉且放过他们吧！"

晴鹃见那少年竟有如此膂力，回头向海蛟道：

"二哥，这人可了得！"

海蛟笑道：

"四海之大，异人真多着呢！"

此时范人龙和颜小平便上前来叩谢搭救之恩，并问尊姓大名。那少年笑道：

"不要客气，路见不平，拔刀相助，人类应尽之义务也。在下姓柳名文卿。"

人龙又问飞熊姓名，飞熊笑道：

"咱叫伍飞熊也，两位不用谢咱，咱是二爷吩咐前来呢！"

人龙好生奇怪。飞熊这时却大叫二爷了，海蛟一听这少年便是柳文卿，一时心中大喜，便和晴鹃走上前来。飞熊便向众人道：

"这位是咱的二爷罗海蛟，这位是咱三小姐罗晴鹃。"

人龙、小平忙又道谢。海蛟一面答礼，一面笑问那少年道：

"这位就是柳文卿吗？久仰得很。"

文卿一怔道：

"罗兄如何认得？"

海蛟笑道：

"令妹可是柳春燕？"

文卿大喜道：

"正是。前时吾师曾说咱妹子不曾死去，罗兄可是曾碰见舍妹吗？"

海蛟点头道：

"曾遇见过了。"

这时，人龙又来拱手道：

"今日多蒙各位英雄解围，不胜感激，大街上不是说话之所，寒舍就在眼前不远，请各位英雄驾临一叙如何？"

文卿因忙答礼，也问明四人姓名，大家一一见过。海蛟一听"颜小平"三字，觉得似乎哪里曾听见过，忽然想起了，不觉笑道：

"颜兄，令尊可是颜德公吗？"

小平听了，一怔道：

"罗兄如何知道？"

海蛟笑道：

"前曾至宝庄一叙。"

小平哦了一声，忙道：

"原来如此。"

文卿到此，不觉也哈哈大笑道：

"如此说来，德公兄是咱的大师兄呢！"

小平忙问令师何人，文卿道：

"名叫金罗汉拐脚僧。"

小平一听，便向文卿跪倒，口称师叔。文卿慌忙扶起道：

"彼此都甚年少，何必多礼？"

这时，众人真喜欢万分，说来大家都有关系。人龙在前引路，大家往范府而去。到了大厅，分宾主坐下，仆人献上了茶。文卿因问为何和这贼秃恶战。人龙因略说一遍，问："这和尚，各位可曾识得？"大家都未碰见过，还是人龙的书童告诉，这和尚是青峰山白雀寺的当家，大家方始知道。此时已黄昏将近，文卿、海蛟欲起身告别，人龙哪里肯放？苦苦留住，众人只好答应。海蛟因告诉三匹马还在复兴馆内。人龙笑道：

"小弟立使仆人去牵回是了。"

这里早已摆席，人龙见家中忽然来了四个英雄，心里真是乐得不知如何是好，殷殷招待入席。大家举杯畅饮，晴鹃因喝不多酒，一时饭毕，人龙因站起笑道：

"罗小姐，咱伴你到咱的房中去谈谈吧！"

晴鹃含笑道谢。两人遂到上房，和人龙妻子欧晓月相见，人龙介绍了后，便又匆匆回到厅上去欢饮畅谈。这里晓月挽了晴鹃的手，很亲热地絮絮谈着，十分投机，大有相见恨晚之慨。原来，欧晓月是万里追风侠欧阳德的孙女，对于武术一项，当然亦很有研究。欧阳德因年已八十左右，所以不管闲事，深居家中，以享清福。晴鹃也曾听见爸爸常说前辈英雄欧阳德的大名，现在知道晓月是他的孙女，当然欣喜万分，说得高兴，两人便到小花园中，趁着月色舞起剑。正在舞得高兴，忽听有人喝了一声彩，两人急忙停止，回头一见，原来是人龙。人龙拍手笑道：

"罗小姐的剑法真好极了。"

晴鹃笑道：

"范爷别见笑了，咱的哥哥呢？"

人龙笑道：

"他们已喝得酩酊大醉了呢！咱已安置他们在书房中安睡了。你们兴致真好，咱在旁边瞧着，你们再玩儿一会儿吧！"

晴鹃低头笑道：

"时候不早，咱也该睡了。"

晓月瞅着人龙笑道：

"你敢是也醉了，快去睡了吧！"

人龙笑道：

"如此请娘子招待罗小姐，咱到书房里去安睡了。"

说着，便自去了。这里晓月、晴鹃也携手回房，熄灯就寝。

次日，文卿欲别去，说回家探亲去。人龙和小平不允，说"各位至少要住七天"，大家因情意难却，只好住下。人龙、小平、大邦、文龙四人遂天天伴着文卿、海蛟、飞熊三人各处去游玩儿。

光阴如箭，一转眼早已七天过去，文卿、海蛟、飞熊都决意告别。人龙见无法挽留，只好入房去告诉晓月。晓月和晴鹃天天聚在一处，早已成为闺中密友，见晴鹃要走，颇觉依依不舍。晴鹃笑道：

"姊姊，妹妹日后再来拜望姊姊时，一定住它一年半载可好？"

晓月道：

"你哥哥随他去好了，你不能多留几天吗？"

晴鹃道：

"这次咱同哥哥是寻找表妹而来，实在不能多住，请姊姊原谅吧!"

晓月道:

"那么妹妹日后一定要来玩儿的。"

晴鹃笑着答应,两人遂握手分别。人龙伴晴鹃走出大厅,只见仆人已牵出四匹马,文卿等已骑在马上。人龙道:

"各位何必如此急呢?"

晴鹃因也跨上马背,人龙叫人拿出纹银一千两赠作川资。海蛟、文卿决意不受,大家订定后会日子,各人扬了一鞭,一行四骑,早已出了范府的大门。人龙、小平和文龙、大邦站在门前,眼瞧着四骑去远,大家都不觉羡慕不已。

文卿等四人出了范府大门,文卿道:

"罗贤弟,你们到咱家去玩玩儿怎样?"

海蛟笑道:

"这次咱是负了使命而来。"

因把小官的事告诉了文卿。文卿道:

"找人都在无意中才找得到,你若一心要找他,恐怕一时很难寻得着的。咱劝你还是同到七星溪去吧!"

晴鹃笑道:

"咱是答应要见春燕姊姊去呢!"

文卿笑道:

"你听吧,妹妹答应了,哪怕哥哥不答应?"

海蛟也就笑着不说了。四人一路上马不停蹄地向七星溪而去。

这天到了七星溪柳家村时,天已全黑了,月色倒颇显明,四人按辔缓缓而行。文卿笑道：

"家乡到矣！"

正说，忽见自己庄前屋顶上飞出一个黑影，身子背一个大包袱似的，飞奔而去。晴鹃也早瞧见，大叫道：

"二哥，你瞧此人必是盗贼。"

文卿怕自己家中有人被劫，因立刻飞身下马，纵身上屋，追踪而去了。海蛟道：

"咱们先叩门进去，问有无人被劫，再作道理。"

大家刚到庄门前，同时庄门大开，里面火把通红，蹿出一个少女来。晴鹃眼快，连忙翻身下马，大叫"春燕姊姊"。春燕一见晴鹃，真是奇怪得了不得，一面急问道：

"妹妹，你可曾见一个黑影飞出，向哪一方去了？"

晴鹃道：

"你的大哥已追上去了，姊姊且别急了。"

春燕忙问是谁的大哥，晴鹃笑道：

"就是你的文卿大哥呀！"

春燕愈加不明白了，忙又问道：

"怎么咱大哥已下山了吗？"

晴鹃道：

"是的，这个黑影你知道是谁吗？"

春燕道：

"咱也没有瞧清楚，他给咱秋萍姊姊用闷香劫去了呢！"

这时，海蛟一听，也早下马，奔上前来道：

"燕妹，什么？秋萍姊姊被人劫去了吗？"

春燕一见海蛟，心中更是惊喜万分，咦了一声，笑道：

"怎么蛟哥和鹃妹一同来的吗？"

海蛟点头道：

"不错，燕妹，白大哥和小六有回来没有啦？"

春燕道：

"他们没有回来呢！这位马上好汉是谁呀？"

飞熊一听，慌忙跳下马来。海蛟道：

"这位伍飞熊是咱家老仆的儿子。"

飞熊因来见礼，晴鹃见哥哥和春燕都已兄妹称呼，两人交谊的深厚，也可见不一般了，因笑道：

"春燕姊姊，去年咱哥哥在你府上吵扰了一年，且病中全仗姊姊殷勤服侍，妹妹真感激哩！"

春燕听了，微红了脸，把那酒窝儿又掀了起来，瞅她一眼，笑道：

"妹妹，你这个怎么知道的呢？"

晴鹃笑道：

"咱怎么会不知道呢？"

春燕抚着她手，憨憨地笑了一会儿，因道：

"那么咱哥哥既已追上去了，咱们且进内去坐吧！"

说着，便请大家到了里面。只见柳圣望在大厅内，急得团团打转，见了春燕，忙问怎样了。春燕道：

"这事真也凑巧，今夜哥哥和罗家哥哥、妹妹等齐巧回来，哥哥见了黑影，早已追踪上去了。"

圣望一听，啊了一声，忙问是谁，春燕道：

252

"是咱文卿大哥呀!"

圣望听了这话，不觉又笑起来，急道：

"真吗?"

春燕道：

"当然是真的哩!"

一面又介绍晴鹃和飞熊，海蛟和晴鹃都口叫伯父，飞熊上前叫老太爷，圣望一一都答应了。一面吩咐庄丁把庄门关了，恐又有歹人前来，飞熊道：

"再来是不怕了，来一个杀一个，管叫他们一个不能回去呢!"

圣望因道：

"春儿，你妈是急坏了呢，你快和贤侄女一同进去安慰吧!"

春燕答应，遂和晴鹃到上房里去。海蛟道：

"老伯，咱想再追踪上去怎样?"

圣望道：

"黑夜里贤侄不用追去了，况你又不知他去的方向，既然我儿已追上去了，谅来总不妨事吧!"

海蛟听了，也只得罢了。

且说文卿提剑飞步紧追，虽在黑夜，因月光清辉，所以瞧得清楚，这个贼人却是光秃秃的和尚头。文卿更觉大怒，喝声：

"何方秃驴，敢黑夜抢劫钱财?"

那和尚一听有人追上，便连连飞窜，逃进树林，把包袱放下，取出戒刀，回身出来抵抗。文卿仔细一瞧，不觉大喝道：

"原来就是你这狗头，速通名来，柳爷剑下不斩无名之卒。"

原来这和尚就是圆明僧。他和钱忠既逃出了兴盛街，两人各自垂头丧气。圆明僧道：

"咱瞧你还是回麒麟寨去，报仇的事，且慢慢从长计议吧！凡事欲速则不达，那是一定的道理。"

钱忠听了，又有什么办法呢？只得没精打采地回麒麟寨而去。圆明僧因被人吃了败仗，心里十分烦闷，也不愿回白雀寺去，一路上预备找几个女人来消遣。正是合该有事，他到了七星溪柳家村时，忽见春燕和秋萍在村前闲散，他一见秋萍，真所谓踏破铁鞋无觅处，得来全不费功夫，一时喜出望外，便就暂时到镇上客栈里去住下。一等天晚，便就结束定当，备了一口布袋，匆匆到柳家庄去，将闷香把秋萍闷住，遂装入布袋，急急飞出。齐巧春燕有事来找秋萍，一见秋萍已不在房中，旁边小丫头菊儿却倒在桌上打瞌睡。春燕见窗户开着，鼻中略闻细香，一时猛可省悟，心知秋萍姊姊定被强人暗劫去了，因急忙奔出，告诉了爸妈，一面叫庄丁点起火把，开门出去，不料却遇见了晴鹃和海蛟。

且说圆明僧这次以为秋萍是一定给自己所占有了，不想后面还有个柳文卿随着呢。当时圆明僧一见文卿，也吃了一惊，暗想：这小子怎么尽和咱作对呢？一时怒不可遏，喝声：

"野种子，你的老祖宗就是铁头陀圆明僧。"

文卿一听大怒，叫声"看剑"，早已直劈过来，圆明僧急把戒刀架住。两人一来一往，约战有一百多个回合，不分胜负。圆明僧心里记挂着秋萍，无心恋战，把戒刀虚晃一下，左手摸出一镖，向文卿脑门打来。文卿自从浴了神水浴，那双眼睛多么锐

254

利，早已伸手接住，一面把镖还抛左边过去。圆明僧连忙向右一偏，不料正在这时，文卿变换剑法，连环地滚了过去，竟把圆明僧的右耳削去。圆明僧大叫一声，知事不妙，三十六招走为上招，那个娇艳的秋萍姑娘，也只好忍痛放弃了，便就跳出圈子，飞步就逃。文卿见他已逃，也不追赶，急到林中，只见那个包袱还放在那里。文卿连忙抱起，拿在手里，觉得有异，里面好像是个人模样，心中奇怪，因抱出林中，把绳解开一见，正是一个美貌的姑娘。文卿心想：这姑娘定是妹妹春燕无疑了，因就把抱入怀中，嘴对准了她的脸，轻轻吹了一口气。秋萍便就悠悠醒来，睁开两眼，一见自己身子竟在一个少年的怀中，一时娇羞万分。文卿却笑道：

"你不是春燕妹妹吗？咱是你哥哥柳文卿，特地把你从强人手中夺下来的呢！"

秋萍一听，方知少年就是柳文卿，一时想起春燕时常和自己取笑，心里更是害羞，因挣扎起来，低声道：

"你错了，咱不是春燕妹妹呀！"

文卿一听这话，不觉两颊也通红起来，连忙放下秋萍。一时两人的心头都忐忑乱跳，低下了头，各人的心里，真有一种说不出的不好意思。

第二十四回

认小妹温香抱软玉
劝浪子革面又洗心

柳文卿一心只道秋萍是春燕，既是骨肉兄妹，当然用不着十分避嫌疑，况且一时想起十年前的春燕，娇小玲珑，现在又长得天仙化人，心中自是说不出的喜欢。谁知秋萍羞答答地回说并不是春燕，这叫文卿弄得好不难为情，连忙放下秋萍，一面向她深施一礼道：

"那么这位小姐贵姓啊？"

秋萍见了，只得也还礼，低声答道：

"咱叫白秋萍，和春燕是师姊妹，这位想是燕妹的哥哥文卿兄了。"

文卿一听她是妹妹的师姊，一时不觉也笑起来道：

"这样还好，白小姐不是也可算咱的妹妹吗？"

秋萍听了，眼波盈盈地向他一瞟，低垂了头，也哧地笑了。

文卿又道：

"秋妹，你究竟怎样被这个圆明僧抢劫来的呀？"

秋萍一听，恨恨地道：

"啊！又是这个秃驴吗？"

文卿笑道：

"难道前次秋妹也被他抢劫去过吗？"

秋萍红了脸，抿嘴儿道：

"不是，但这贼秃时常和咱兄妹两个作对。"

文卿道：

"原来秋妹也有个哥哥，不知叫什么名儿？"

秋萍道：

"他叫白云生。和罗家弟弟的大哥秋岚也是师兄弟。"

文卿一听，大喜道：

"原来罗家弟弟秋妹也认得，今儿他和咱妹妹晴鹃也来我家了呢！"

秋萍道：

"这话真吗？咱也忘了，文哥，你怎知咱被人劫去了呢？"

秋萍叫了一声文哥，待欲缩住，已经来不及，仔细一想，又觉不好意思。文卿也早听见，心里正是乐得不得了，因把一行四骑如何回来，如何瞧见黑影，因此追上前来，把这贼秃打退说了一遍，并道：

"咱当时见了秋妹，还只当是妹妹春燕哩！"

秋萍听他竟能把圆明僧打退，可见他的本领绝非寻常，如果若没有被他相救，恐怕自己一定要遭这贼秃的毒手呢！

一时心里非常感激，由感激中不觉又生出爱慕来，因移动莲步，笑盈盈地走上前来，向文卿跪倒道：

"咱还不曾谢文哥的救命之恩哩！"

文卿一见，哎呀--声道：

"妹妹，你不要折死咱了，快快起来吧！"

文卿说着，两手拼命地挥着，但又不好意思去搀。不料秋萍因为在布袋里困得多时，今跪在地上，一时站不起来。文卿见她两颊通红，并不站起，心中好不奇怪，因也不顾嫌疑了，忙将她扶起。谁知她扶起时两腿酸麻异常，休想站住，竟把身子完全倚在文卿的怀中。她那两颊齐巧在文卿的鼻下，只觉一阵阵芬芳的处女香令人心醉。文卿忙问"秋妹怎样了"，秋萍紧蹙双眉道：

"腿麻得厉害，请文哥索性扶咱在地上躺一会儿吧！"

文卿听了，便让她躺在地上，自己在她身旁坐下，轻轻说道：

"秋妹，你既麻木得这样，待咱替妹妹抚摸着可好？"

秋萍听了，这叫她回答什么好呢？不觉两颊愈显娇艳，索性微闭了星眼，装作不听见。文卿知她怕羞，不好意思回答，因轻轻地在她两腿上真的抚摸起来。此时夜凉如水，月色如昼，文卿见秋萍仰卧草地，两颊正被月光相映，真是无限艳丽，心里不觉爱极，暗想：这真所谓三生石上巧姻缘了，因低低叫道：

"秋妹，你在咱家中住有多少时候了？"

秋萍听了，只得微睁杏眼，含笑说道：

"春燕妹妹一定要咱住在府上，不觉已有一年多了呢！"

两人谈到后来，竟把过去事统统说了。文卿暗想：原来妹妹和海蛟其中也有一段姻缘呢！这时，秋萍忽在地上坐起笑道：

"多谢文哥，咱已好了呢！"

文卿道：

"那么咱们回去吧！恐怕他们都要记挂哩！"

说着，遂把她扶起。这时，两人早已成了心心相印的情侣了，各人心中真是万分喜悦。两人一路上又且谈且行，正走到柳家村相近时，忽见前面奔来两人，一个向秋萍叫道：

"秋萍姊姊，你被咱哥哥救来了吗？"

文卿定睛一瞧，见是一个少女，瞧她的脸，真比天上安琪儿还美丽，心知这个定是妹妹了。这时，秋萍也赶步走上，两人握在一处，春燕又向文卿面前奔来，叫声：

"哥哥，你……"

"你"字还没说出，那眼泪已夺眶而出。文卿忙把她抱入怀里，也不觉淌下泪来。春燕比秋萍还要娇小，文卿只当她是个小妹妹，抱在怀中，真觉身轻如燕。两人亲热一会儿，文卿放下春燕，破涕笑道：

"妹妹，咱兄妹俩有十年不见了吧？"

春燕也带泪嫣然笑道：

"可不是？哥哥，你还记得咱们在院子门前用沙泥堆宝塔玩儿的事吗？"

两人忍不住又会心笑了。这里，秋萍和海蛟也在各叙别后情形，秋萍听他已得了陈康龙的阳剑，不觉喜上眉梢。四人正是无限欣喜，连忙挽手进庄，不料在院子里又迎出两人。秋萍见一个像小六，一个好像春燕模样。春燕一见，忙给彼此介绍，秋萍方知这个姑娘是海蛟的妹子，一时两人握手问好，竟一见如故。秋萍姑娘好不心细，便存了一个美满的心。她这个心究竟是怎么？

259

日后自有交代。

且说飞熊又来见了礼，大家进内。圣望见众人都已回来，真是不胜雀跃，乐得不知怎好。文卿早抢步上前，跪到地上，口叫爸爸。因为父子隔别仅年，且今日喜胜过了悲，所以两人也不伤心。圣望一面扶起，一面笑个不住，叫声：

"儿呀，你快进内去见妈吧！"

春燕拉了秋萍、晴鹃也都到上房去。柳老太一见秋萍和文卿双双回来，这一喜欢，不禁从床上跳起。文卿忙又叩头呼妈，柳太太笑道：

"咱的好儿子，当初娘听你出家了，娘是多么地伤心啊！现在把秋萍姑娘救来，也是你这孩子。"

文卿道：

"那倒幸亏孩儿出家了，否则，孩儿哪里来这些本领呢？"

这几句话，说得大家都笑起来。柳太太笑道：

"咱心中实在太快乐了，倒反把悲哀都驱走了呢！"

这时，柳太太又拉了秋萍的手，问：

"受了惊吓没有？咱文卿孩子是怎样救你的呀？"

秋萍听了，把脸一红，向文卿瞟了一眼。文卿也忍不住抿嘴笑了，因忙代答道：

"妈妈，这个贼子是叫圆明僧，被孩儿削去了一只耳朵，他才逃了。"

柳太太道：

"阿弥陀佛，这是歹人作恶的报应。不过孩儿你不要伤他性命呢！只要他能改过自新，也就是了。"

这时，圣望已吩咐庄丁小心门户，一面杀猪宰羊，以便替众人接风，吩咐定妥，便和海蛟、飞熊进来。柳太太一见飞熊，忙叫道：

"呀！小六回来了。云生贤侄呢？"

圣望笑道：

"这位是伍飞熊，不是小六呀！"

柳太太哦了一声，又笑起来，飞熊忙又请了安。这时，天已微明，庄丁已在厅上摆席。圣望叫大家去入席。春燕笑道：

"哥哥，请各位先去吧！咱和姊姊、妹妹要洗个脸呢！"

文卿答应，遂携海蛟、飞熊走出。春燕握着晴鹃手笑道：

"妹妹，分别已一年了，箫凤姊姊和大哥好吗？"

晴鹃笑着道：

"姊姊你不知道，箫凤姊姊和大哥去年已结婚了。"

春燕笑道：

"真吗？"

晴鹃笑道：

"怎么不真呢？咱二哥也将要结婚了，你知道吗？"

秋萍忽然听了，扑哧的一声笑出来，向晴鹃问道：

"妹妹，你知道女家姑娘是姓甚名谁？"

晴鹃咯咯笑道：

"姓柳叫春燕呀！"

春燕啐她一口，伸手向晴鹃肋窝下去咯吱，晴鹃连连告饶。

秋萍笑道：

"燕妹妹，你太强横了，鹃妹不曾说你呀！咱姊姊要出场干涉了呢！"

这时，菊儿叫三人到春燕房内去洗脸，柳太太见她们三个小女孩莺莺燕燕地雅谑着，心里哪里不明白？心中也万分喜欢，想姑爷和媳妇自己都是已看中了呢！

且说三人在房中洗好了脸，春燕附耳向秋萍笑道：

"姊姊，鹃妹的姑爷，咱已替她拣中了呢！"

秋萍笑道：

"是谁呀？"

春燕咪咪笑道：

"是你的哥哥呀！"

秋萍一听，正说到自己的心坎里，不觉也笑了。晴鹃见她们唧唧地说话，且望着自己憨憨地笑，因笑问道：

"你们说什么呀？"

秋萍道：

"你且别问，将来自然会知道的呢！"

晴鹃不好再问。这时，小厮柳笛进来叫道：

"三位小姐，老爷在叫你们快去吃酒。"

三人听了，便携了手出去。从此，海蛟兄妹和飞熊三人便给春燕留住了。

却说那个圆明僧被文卿削去了一耳，疼痛十分，只好急急地逃走，一面敷上了伤药，一面找寻宿处。他便一路奔来，只见一家茅屋，里面灯火尚未熄灭。他因跳进篱笆，向窗内瞧去，只见里面床上有双男女，正在寻欢作乐。圆明僧瞧得火起，一拳把窗户打开，跳身进内。这一来把里面的一对狗男女大吃一惊，女的

262

还道丈夫捉奸，仔细一看，见是个大和尚。两人因忙跪地叩头，说：

"咱们是夫妻，大师父要什么只管拿，请饶了性命吧！"

圆明僧见两个赤条条的男女跪在自己前面，男的已吓得面无人色，知道这对儿绝不是夫妻，想来也是两只野鸳鸯，因拔出戒刀向那男子一挥，那男的早已血汩汩地倒地了。那女的一见，唬得几乎昏去。圆明僧便道：

"别怕，咱家是要借一个宿，想不到还有女人来陪伴，这真还算是咱幸运呢！"

说着，便把那女的抱到床上去行事。那女的只道自己是必死了，却想不到既不曾死，又得了好处，因此心花大开，淫态毕露，乐得圆明僧大叫：

"宝贝，你这妇人真比小翠还淫呢！咱家一定也带你上山去哩！"

那妇人忙问大师父法名，家住何处，圆明僧一一告诉了，那妇人便一定要跟他上山。圆明僧也问她姓氏。原来她是王姓，嫁给陆小三为妻，小三因游荡成性，外面聚同流氓无所不为，因此王氏不惯独宿，私偷野食。今遇圆明僧，心中大喜，便决定要随他上寺院去。圆明僧遂答应她一月后来接，次日便就匆匆告别了。不料待圆明僧走后，齐巧小三这天回来，一见房中地上一个赤条条的男尸，一见心中大怒，便把王氏揪住大打。王氏却大叫冤枉，说他来强奸奴家，被自己杀死的。小三哼了一声道：

"怎么你也一丝不挂呢？才儿咱见窗中飞出一个和尚，想你一夜里已受用了两人，还想抵赖吗？"

263

说着，拔出小刀，正刺入她的腹下。王氏还大叫救命，因此惊动了四面邻人，见小三行凶，便喊地保捉到官府。小三说：

"丈夫捉奸，有何不可？"

官府说：

"捉奸自然可以，但不能伤害性命，且汝旧案累累。"

因遂判罪下狱。为了圆明僧一人，却伤了两条性命，还叫一人再去受铁窗的风味。

圆明僧别了王氏，一路行来，这天到了江津县的津东镇。经过东门街时，瞧见一个年轻的少女，娇小玲巧地轻移莲步，亭亭地向那边屋子里走去。圆明僧紧紧跟随后面，见她将要进屋时，便咳嗽了一声，那少女便回头一瞟，一见是个和尚，便低垂了头，急急地进去了。圆明僧被她秋波这一瞧，真是魂灵飞上了云霄，呆呆地站了许久，不觉一笑，仔细认定门户，遂匆匆去了。

原来，这个少女就是晴鹃的表妹薛香涛。香涛和小官那夜自脱离了罗家集，便在近处先投宿了一个客栈，小官把银两安放在床下，店小二泡上了两壶茶，便自退出房去。小官把房门扣上，走近香涛的身旁来，只见香涛兀自暗暗淌泪。小官心中好生不忍，因拍着她肩，也淌泪道：

"妹妹，你放心好了，从此咱绝不再干作恶的事了，咱忏悔一切，咱明白了以前的不是。妹妹，我在你的面前不敢说半句谎话，咱以前的行为，确实是个杀不可赦的罪人，但现在咱要重新做一个人，绝不会有负妹妹的。咱不是早说过了吗？以后的咱能做个人，全是妹妹赐给的呢！"

香涛听了不答，一时越想越伤心，便抽抽噎噎地哭起来。小官见此情形，不觉跪在地上，伏在香涛膝上，泪流如雨道：

"妹妹，请饶恕了咱吧！"

香涛见他这样，心中又软了下来，一面暗想：咱表哥既和他貌像，咱嫁给了他，总算也聊解自己的痴念。假使他是真的表哥的话，也许自己也绝没有份了呢！因此又暗暗恨起晴鹃和箫凤来，若不是晴鹃说要将春燕做二嫂子的话，自己哪里肯轻易把女儿家的贞操交给他呢？但现在既失身于他，当然是只好从一而终了，况他武艺、容貌都好，只要他果能改过自新的话，也是咱命中注定的了。因回身把纤手捧起他的脸颊，垂泪道：

"你起来吧！事到如此，还叫咱饶恕你什么呢？"

说着，又叹息不止。小官因站起坐在她身旁，香涛忽又倒在他怀中呜咽起来，小官将她抱住，两人脸偎着脸，默默地淌了一会儿泪。香涛吻着他颊道：

"今后咱的生命全在你的手里，你如半途遗弃，还是现在先杀了咱吧！"

小官把她的脸也更贴紧了，亲着哭道：

"咱已立了重誓，妹妹，你还不相信吗？咱们彼此孤苦伶仃，该互相慰藉才好呀！"

这夜，两人在枕上又淌了许多泪。次日，两人仍携了银两离开云南。这天到了四川江津县，于是两人便赁屋居住，小官天天到镇上去做买卖。两人正式结了婚同了房，果然小官竟会从此做一个人呢。这天，香涛原在街上买些针线，预备做活，不料被圆明僧瞧见。到了晚上，小官回来，香涛笑脸相迎，两人用过晚饭，饭后小官秉烛观书，香涛陪在旁边做活。小官见她裁的是小孩儿衣服，心中奇怪，便问做什么用。香涛红了脸，附耳向小官道：

"咱这月里已停了经，想肚中已有你我的结晶了呢！"

小官扑哧一笑道：

"真吗？哈哈，将来咱们家庭内要多个小生命呢！"

香涛瞅他一眼，笑道：

"你别乐了，你也不配做爸爸，将来儿子就比你强了。"

两小口子正在取笑，忽见窗外一个黑影，小官叫声"不好，有刺客"，遂即飞身到壁旁，取下宝剑。香涛也急拿虎头钩，两人追出门外。

第二十五回

淫僧削指聊示薄惩
孝女报仇几遭杀身

话说小官和香涛追出门外，只见是个贼秃，小官仔细一认，原来这贼秃不是别人，正是个圆明僧呢！小官见了圆明僧，一时恨从心头起，恶向胆边生，挥剑就劈。圆明僧他日中见了香涛，夜里原是来采花的，不料竟跳出一个小官来，因忙叫道：

"原来是贤弟，别了好久了，你一向可好？"

小官大喝一声道：

"狗贼，咱被你害得好苦，今日若不杀你，哪能消我心头之恨？"

圆明僧退后数步，大叫道：

"贤弟，你不要认错了人呀，咱是你的义兄圆明僧呢！"

小官哼了一声道：

"放你的屁，谁是你的贤弟？你别做梦呀！"

说着，又是一剑。圆明僧道：

"你这厮好生无礼，无怪陈康龙被你杀了。"

小官一听这话，好不稀罕，自己何曾杀过康龙？但转念一想，方才恍然，想来这事定是师弟海蛟干的，也就不和他说话，飞步赶上，劈面又是一剑挥去。香涛双手握了虎头钩，也跟着助战。圆明僧把手中戒刀急忙抵住，三人刀来剑去，约战有百余回合，依然不分胜负。正在难解难分之间，忽然圆明僧后面奔来一个黑脸大汉，手执双斧，叫声如雷，大喝道：

　　"好大胆的贼和尚！前次被老子打中一拳，今日还敢在外面猖獗！"

　　喊声未完，手中双斧齐下。圆明僧只觉背后凉气直逼，叫声"不好"，赶忙纵身一跃，飞过三丈以上。那大汉的大斧竟斫在地上，斫出了一个大洞。小官趁此，变换剑法，直取圆明僧。圆明僧前后受敌，一不小心，左手的四指竟被小官削去，不觉大叫一声，只得飞身上屋，一连几蹿逃去了。心中真痛恨得了不得，暗想：近来运不灵，所以既去耳，又去指，将来叫咱怎能再见天下的英雄呢？现在且回寺去静养再说，日后上大塔寺请师兄再来报仇吧！圆明僧主意打定，便一刻也不敢停留，连夜回青峰山白雀寺去了。后来，圆明僧到麒麟寨去，激动了那众好汉，下山到柳家村和柳文卿、白云生、罗海蛟等一班英雄寻仇，因此又生出许许多多曲折离奇的情节来。此是后话，且表过不提。

　　再说香涛见圆明僧逃上屋顶，便也要追踪上屋，小官忙道：

　　"妹妹，你切莫追他，放他去吧！"

　　香涛听了，便回过身来。这时，那个执阔背利斧的大汉却向小官叫起来道：

　　"咦！你……你……不是罗家叔叔吗？"

小官一听，知道大汉又误会了，因忙拱手道：

"咱不是罗海蛟，是他师兄秦小官，请问壮士贵姓大名？"

那大汉一听，哦了一声，回头向那远处另一个少年叫道：

"白大师，你快来呀！这个秦小子竟被咱无意中找到了。"

原来，这大汉就是戆大陆小六呢！那么这个白大师当然是白云生了。两人在上回书中不是说到江津县来收账吗？他们遂在江津县里的客栈内住下。小六在各号家收齐了账，便和云生天天游玩。这天夜里，两人在房中喝酒，忽见对面房中有个和尚正在结束夜行衣，云生知此和尚绝非善类，因也不喝酒了，和小六暗中紧紧跟随了他。果见那和尚用戒刀撬人家窗户，不料房中已经知道，跳出两个人来，和那贼秃大战起来。云生道：

"小六，你瞧这和尚就是圆明那厮呢，你速上去助他们一臂之力吧！"

小六一听，便急飞步执斧赶上，大叫大骂，果然圆明僧竟被他赶逃了。那时，他一见小官，便误认了海蛟，谁知小官从实说出，小六听了，因大叫云生来捉了。云生一听这人是小官，心中好不奇怪，他们一党中人，怎么也会厮杀起来呢？因也急急奔至面前，向小官笑道：

"小英雄，久违了，你还认识咱白云生吗？"

小官当时听了小六的大叫，心里倒大吃一惊，后来见那少年的话并无十分恶意，心中猜想：这人是谁？忽然猛可记起，清风寨中来了白氏兄妹，这个不就是吗？因慌忙跪地叩头说：

"白大哥，好久不见，小弟以前种种，请大哥海涵，饶恕咱了吧！"

云生忽然见他这个模样，真是做梦也万万想不到，不觉心中大喜，连忙把他扶起来，哈哈笑道：

"可敬，可敬！秦兄悬崖勒马，回头是岸。彼此都是弟兄，何必客气？"

小官感激涕零道：

"小弟今已重见天日，若蒙大哥不弃，敝舍就在此间，请两位一叙如何？"

云生真感到无限惊奇，又觉万分痛快，因点头答应。三人到了屋里，原来香涛早已先进房中，小官便介绍道：

"这是小弟内子薛香涛。"

一面又介绍云生，云生也把小六介绍了。大家见了礼，香涛亲自斟上茶来，口叫"两位用茶"。云生见她温柔文雅，完全是闺阁小姐态度，心想：小官能改过自新，恐怕还是她的力量呢！这就可见云生眼力的厉害了，英雄与美人固一见便相识也。盖美人是英雄的灵魂，古今皆然，项羽没有了虞姬，而自刎乌江，这不是很显明的一个例子吗？当时云生道了谢，一面向小官问道：

"自从那夜一别，匆匆光阴，不觉年余，秦兄不知一向何处？"

小官一听，回想前尘，好不羞惭，因红了脸道：

"咱在大哥面前，不敢有欺。"

因把到罗家冒认一节统统诉出，香涛听了，也觉难为情了，因自回后房去。云生正色道：

"秦兄能改过自新，真不愧是个英雄，但小弟之意，最好日后还要前去说明，那么才是来去明白哩！否则，秦兄外界之名

270

誉，不将更尽扫地下吗?"

小官一听，流泪满面，又向云生便拜。云生急得连忙扶住道：

"秦兄何苦如此? 小弟性直，冒昧陈谏，还请原谅。"

小官道：

"听大哥言，小弟顿开茅塞矣!"

三人又谈了许久，云生、小六遂别去，小官问明了他们住的客处，约定次日拜谒，一面叫香涛送客。香涛遂从后房出来，和小官送到门外，方始分手而别。次日，小官、香涛到客栈去候访，云生和小六果然不曾出去，两人接进，谈谈说说，已是午饭时候，云生因留了饭，饭后，大家结伴到城外去闲游。

时值槐花已黄，桂子初香，青山绿水，红蓼白萍，秋景的艳丽，却真也不减春色呢! 四人一路欣赏风景，一路闲谈，倒也不觉寂寞。正在这时，忽见前面山上，尘头大起，杀声震地，大家都吃了一惊，因赶步向前，站在高处瞭望。只见有清兵三四百名，各执大刀，围住一个少女大战。清兵中尚有一员骑马将军，手执长枪，也正在奋击少女。那个少女身穿月白绣红花的袄，粉红缎方布扎头，鬓边露出两个螺旋形青丝乌发，腰间拴了一个人头，手执双剑。只见剑光起处，人头纷纷落地，但清兵越杀越多，密密相围。那少女虽脸无惧色，奋力相敌，约战有一个时辰，究竟气力不支，香汗淋淋，剑法已乱。小六见那少女好生面善，但一时想不起来。云生道：

"咱们此时不救，更待何时?"

香涛早已先表同情，拔出虎头双钩，叫道：

271

"那位姊姊，休得害怕，妹子来矣！"

说时，早已杀进重围。那少女正在自叹"吾命休矣"，忽来一少女，前来助战，一时喜不自胜，立刻又振作精神，挥剑大杀。此时云生、小官、小六也已各执利剑大斧，杀奔过来。那些清兵遇见了这四只猛虎似的少年英雄，那头和脚都纷纷脱离，呼爷叫娘之声，惨不忍听。那个马上官员也大吃一惊，手中枪法一松，小六奔上前来，举起一斧，大叫一声：

"看老子的法宝！"

那官员听这如雷喊声，已是肝胆俱裂，又听来了法宝，心中更慌。其实戆大哪有什么法宝？乘他惊慌失措之时，双斧齐下。可怜那个官员，竟连头带肩地统统被斫了下来。小兵见首领已死，蛇无头不行，大叫一声，各个弃刀抛旗，拔脚就逃。众人追杀一阵，这些清兵只恨爷娘少生了两条腿，叫苦连天。云生忙止住众人，那少女就向众人跪倒，叩谢救命之恩。香涛连忙扶起她来，问为何与清兵厮杀。这时，那少女和小六一瞧，两人都不约而同地咦了一声，小六跳起来道：

"你不是韩浣薇小姐吗？"

浣薇一听，也不觉笑道：

"你不是小六哥吗？"

云生一听"韩浣薇"三字，心中也猛可想起，小六曾告诉自己，在川河边救了一个女子，不就是韩浣薇吗？因拍着小官笑道：

"如此说来，是你师妹来了。"

小官一听，好不诧异，彼此因互相介绍。浣薇见了小官，不觉双蛾紧蹙，因道：

"你就是秦小官吗？如此说来，是咱师兄了！但师父非常痛恨你……"

浣薇说到此，小官不觉又流泪满颊，向天跪倒，哭道：

"弟子已痛改前非，鬼神定当鉴察。"

云生因扶他起来道：

"秦兄果已改过自新，日后见了师尊，还请师妹代为请情。"

浣薇因今日若无他们相救，恐怕早已遭清兵毒手，且又见小官是个貌美艺高的少年，云生既也如此说，当然不说什么了。这时，小六又问浣薇腰间这个人头是谁，浣薇一听，便也流泪道：

"这个就是杀咱父母的仇人呀！"

小六道：

"能不能说给咱们听听？"

浣薇道：

"有何不可？"

于是五人同坐大石上面，听浣薇告诉报仇的情形了。

原来，韩浣薇在颜德公家里，被朱非子带到峨眉山上，正是罗海蛟下山后的第二天，所以他们也不曾碰见。她在山上住了一年半，因浣薇天生慧质，朱非子所教她武艺，她无不心领神会，所以不到两年，已练就一身好本领。这天，她忽又想起父仇，因欲下山前来雪恨。朱非子遂答应了她，并告诉她有两个师兄，容貌相像，一个叫秦小官的，作恶多端，如遇见他，便可将他除了。浣薇答应，遂一路下山。

这天到了江津县，先在客店住下，一面出来探听抚台衙门的路径，觉得里面防守果然很严，又恐被人察觉，所以不便多瞧，遂慢慢离了抚台衙门，低垂了头，心中只是暗暗盘算，究竟怎样去杀这沈志芳父子呢？不料正在此时，忽然对面来了一人，和自己撞个满怀，浣薇抬头一瞧，只见一个公子模样的少年，后面随了两个跟差。那少年向浣薇憨憨一笑，浣薇方知这少年是故意前来调戏，一时心中大怒，不觉蛾眉倒竖，杏目圆睁。却听一个跟差先喝道：

"你这小女子走路好不小心，怎么撞起咱们大公子呢？"

浣薇一听他话，口气好阔，一时灵机一动，连忙忍耐了火气，故作含羞，低头无语。那少年笑道：

"不要紧，彼此都是误会，怎能专怪姑娘？姑娘，你家住在哪儿呀？"

浣薇微抬了头，向他一瞟，低声笑道：

"多谢公子，请问贵姓大名？"

那少年哈哈笑道：

"乡下姑娘，咱是沈兰廷，你也不认识吗？"

浣薇一听"沈兰廷"三字，不觉喜上眉梢，想此贼合该要死了，因哦了一声道：

"原来是沈家公子，小女子久居乡村，只闻大名，不见尊容，故不相识呢！"

兰廷见她口才好玲珑，回笑道：

"这就无怪你了，但你久居乡村，今日却和咱相遇，那不是三生石上有缘吗？"

浣薇故作娇羞万分，低声道：

"公子别取笑小女子了，小女子也配吗？"

说着，那双秋波又斜瞟过来。沈兰廷被她这样一来，魂灵真的出了躯壳，因笑道：

"那么你请到咱家里，去坐一会儿怎样？"

浣薇把雪白牙齿微咬，望着他只是微笑。那个跟差又道：

"咱们公子是喜欢爽气的，你快不要怕难为情，回头公子一定给你吃好东西呢！"

说得另一个跟差也笑了。沈兰廷忙喝住道：

"休得胡说，当心打嘴。"

两人一听，不敢再说。沈兰廷便大胆上前，去挽她的手。浣薇为了要报父母大仇，不得不暂时牺牲自己了，因低了头，含笑随着他进抚台衙门里去。进了另一个院子，兰廷一路问道：

"你姓什么，叫什么？今年几岁了？"

浣薇道：

"咱姓韦名叫浣薇，今年咱才十九岁。"

兰廷笑道：

"咱比你长了一岁，如此你是咱的妹子了。"

说着，已到一个小庭院。兰廷回头叫跟差退下，两个跟差互相扮个鬼脸，便笑着退出去了。兰廷携了浣薇到了一间房中，叫她坐下，一面高喊红梅，只见后面走出一个俏丫头，问大爷何事。兰廷道：

"老爷在上房里没有？你去瞧瞧。"

红梅答应，一会儿来道：

"老爷在三姨娘房中抽烟，他见了咱，便问大爷在家没有，咱说在房中读书，老爷就不问了。"

兰廷听了，便上前将红梅抱入怀里，亲个不住道：

"咱的好宝贝、好心肝，怎不叫大爷喜欢你呢？"

说着，又连吻她嘴。浣薇见了，真是恼怒十分，但又不好发泄，只得忍耐着。红梅忙挣脱了笑道：

"白天里大爷这算什么呢？"

兰廷笑道：

"在咱们房中怕什么？就是被人见了，又谁敢放一个屁？"

红梅笑指着浣薇道：

"这个姑娘是谁？"

兰廷哦了一声，忙回身道：

"咱只管说话，就忘记了姑娘，浣姑娘，你瞧房中的用具多么考究，又有这样好的牙床、绣被、枕儿给你我两人去睡，这是多么适意啊！"

说着，便猛可上前把浣薇抱住，香了一个脸。浣薇连忙推开，忍着万分怒气含笑道：

"大爷既然爱咱，也得好好拜了天地，那么才行呀！"

兰廷哈哈道：

"可人儿，可人儿，这话不错，咱们该先喝个和合杯好吗？"

说着，便叫红梅叫人来摆席。红梅撇了嘴不响。兰廷笑道：

"你又吃什么醋呢？你日后总是大爷的人了，晚上你也一块儿来睡好了。"

说着，便上去将她两乳一捏，红梅啐他一口，才哧哧笑着逃出去了。一会儿，仆人来摆席，兰廷叫浣薇坐下，红梅在旁筛

276

酒。浣薇殷殷相劝，口叫：

"大爷，多喝几杯，可以兴奋些。"

兰廷见她如此模样，真是乐不可支，一面拼命向肚下灌，一面叫"姑娘也喝"。浣薇笑道：

"咱量小得很，公子多喝些吧！"

说时，又满满端上一杯。兰廷见她玉手纤纤，柔若无骨，因忙捏住道：

"姑娘，你真美丽呀！"

说着，又把这杯灌下，一时他早喝得酩酊大醉，来扶浣薇肩道：

"姑娘，咱们快别辜负如此良辰呢！"

浣薇向红梅道：

"爷醉了，你出去吧！"

红梅抿嘴儿笑道：

"这要什么紧？咱又不是男子，你和爷只管玩儿，咱在旁服侍你们好了。"

浣薇听了，暗骂了一声"淫妮子"，因向兰廷瞅了一眼。兰廷倒会意了，向红梅笑道：

"好宝贝，请你暂时出去吧！浣姑娘她害羞些。"

红梅呸了一声道：

"罢呀！不要装假正经了吧，既然怕羞也不用跟爷进来了，既然跟爷进来了，不还是给爷来受用吗？"

兰廷笑道：

"罢了，罢了，你这妮子的嘴像尖刀似的，也叫人听了难受!"

红梅用手指向浣薇颊上一划,便哧地一笑走了。兰廷笑道:

"妹妹,咱们睡吧!"

浣薇一面握壶,一面笑道:

"大爷,你再喝些。"

说着,便把酒壶向兰廷嘴中灌,兰廷一口气又喝了一壶,一面两手搂住浣薇的脖子,紧紧地抱住。浣薇扶他到了床上,只听兰廷鼻息如雷。浣薇暗想:不此时下手,更待何时?因拔出尖刀,向兰廷喉管一刀,只听他大叫一声,鲜血直冲。浣薇忙把被遮住,一面割下了头,用被单撕下包裹好。正待走出房去,忽见红梅又进来道:

"大爷,你为什么叫?"

浣薇一见,便一把拖住,红梅大喊救命,浣薇一手把她嘴扪住,一手将尖刀在她头部猛刺三刀,红梅也早已气绝。浣薇将她也放在床上,用被叠上。正在此时,忽见外面撞进十余个跟差,手执大刀。原来,红梅的叫喊被他们听见了,浣薇本待还去杀沈志芳,现在见事已破露,只好跳出窗子,飞身上屋。这时,差役便大敲警锣,一时抚台衙门连忙出兵。浣薇逃出抚台衙门,先进店栈,不料被店主发觉,恐怕受累,便忙报告,因此大派兵队前来包围。浣薇提了双剑,飞身上屋,向城外而逃。不料城门已闭,浣薇用足功夫,一跃而上,越过城头。城中守兵见她竟越过城头,因便大开城门,守城将官率领大兵前去,在山下和浣薇大战起来。正在危急之时,幸亏四位相救。浣薇说完了前事,小六方知她已报了仇,因道:

"这样，伯父母在天之灵也可稍为安慰了。"

浣薇叹道：

"沈志芳不死，咱总感遗憾。"

香涛道：

"现在城中一定防备甚严，姊姊也只好改日再作计议了。"

大家正在说时，忽见后面尘头又起，马蹄嗒嗒，张旗而来。

小官道：

"追兵又来，此处绝不能留了。"

大家一听，都大吃一惊，便各起身，向前飞奔。

第二十六回

饮白刃悔罪孽多端
结全书换阴阳两剑

　　话说五个人正在谈说，忽见后面尘头大起，知追兵又来，五人因向前飞奔，约走了二三十里路程，见前面分出两条大路。小六道：

　　"不要向东，向南跑吧！那边是长寿县的去处。"

　　云生道：

　　"这就正好，咱们向七星溪走吧！"

　　五个人急急地又赶了二十多里，时已黄昏将近，人也倦了，肚也饿了。小官道：

　　"想来是不要紧了，咱们缓步息一息吧！"

　　云生道：

　　"不错，咱们也该找个宿店了。"

　　香涛拉了一下浣薇道：

　　"姊姊，你这腰间的东西，抛弃了吧！不然不是要惹人注目了吗？"

浣薇一听这话不错，但自己还想把他来祭祭父亲，想来是不能够了，因解下人头，用剑在地上掘了一个洞，把它埋了。五人遂进了一个小镇，在一个小客栈内借了宿。云生道：

"先叫店小二去买香烛和纸锭。"

浣薇点头，遂吩咐了伙计，并叫烧一桌菜来。伙计道：

"因为小店地处乡村，菜蔬备得不足，还请各位原谅。"

小官道：

"那么店中有的就统统拿来是了。"

伙计答应自去，不多一会儿，菜都烧上。云生、小官替她抬开桌子，小六忙点起香烛，浣薇叩头下拜，叫了一声：

"爸、妈，孩儿已报了大仇，想两位老人家在天之灵一定也要安慰了。"

说罢，便呜咽起来。香涛因扶她起来，把手帕替她拭泪，安慰她不要伤心。这里小官便也叩了头，浣薇不允。小官道：

"咱们谊属师兄妹，妹妹的爸妈就是咱的爸妈，有何两样？"

小六、云生、香涛也要拜祭，浣薇无法阻止，只好跪在旁边答礼。拜祭完毕，伙计来收拾了香炉和烛台，一面烫上了老酒，大家携手入席。浣薇向各人先筛了一杯，站起谢道：

"咱们能有现在的扬眉吐气，实在是全仗各位的搭救，真使咱感激不尽。"

大家听了，也忙举杯，齐声道：

"这你也太客气，咱们在这里就敬领了。"

说着，遂一饮而干。浣薇又独向小六筛了一杯，笑盈盈地叫道：

"陆大哥，咱现在还能存在世上，这不是完全大哥赐给咱吗？咱也不说客气话，请你就喝了这一杯酒吧，算咱聊表一些心。"

小六忙接过道：

"浣妹，你这又何必呢？人类应有互助的义务，要是见死不救，那还好算一个人吗？"

云生道：

"那么现在浣姑娘既然如此，你也不能不领情呀！"

小六听云生这样说，因忙又道了谢，方始一口喝下。这时，小官和香涛都不明白，云生因把浣薇过去历史追诉一遍，两人方始恍然。这时，浣薇又抚着香涛的手道：

"妹妹，咱真对不起你，累你们也不能回江津县去了，这叫咱怎能说得过去呢？"

香涛道：

"姊姊，这你不要难受，只要姊姊能脱了危险，咱们无论牺牲到怎样，那又有什么要紧呢？"

小官也道：

"这话正是，师妹，这些小事别挂在心上，咱们奔走江湖，原没有一定的。"

浣薇听了，心里感激得不知怎样才好，抚着香涛纤手，竟淌下一滴泪来。云生一听，也暗暗敬服，因说道：

"咱瞧来咱大家一同上七星溪柳家村去吧！"

小六道：

"这话不错，江津县既有了这个案子，想来各县都要悬赏缉拿，咱们还是去避一避风吧！"

大家商量已定，匆匆用完了晚饭，便各自安寝。次日便离了客栈，向七星溪而去。男女五侠到了柳家村，小六敲门进去。只见来开门的是个黑脸大汉，向小六喝道：

"你找谁？"

小六也大声道：

"咱找柳老太爷，你是谁？这样神气活现。"

云生因上前笑道：

"请你通报一声，说白云生来了。"

那大汉哦了一声，忙笑道：

"原来是白大爷回来了，快请你们进来。"

你道这大汉是谁？原来就是个戆大伍飞熊呢。云生因问他姓名，飞熊忙告诉了，又问小六姓名，两个戆大一通姓名，握手不放。飞熊连忙道歉，小六又连说不要客气，大家忍不住都笑了。正在这时，忽听一阵莺莺燕燕的叫声，从厅中走出三个女子来，一见云生，便笑着道：

"哥哥，你回来了？"

才说完时，晴鹃和春燕忽见了香涛和小官，这一奇怪，真是到了极点，同时都咦咦起来。香涛一见晴鹃，更是又稀罕又羞涩。晴鹃奔过来道；

"表妹，你……"

"你"字还没有说完，香涛叫了一声姊姊，早已投向晴鹃的怀中，哇的一声哭了起来。春燕和秋萍也奇得说不出话，呆呆地瞧着小官只是出神。这时，柳文卿和罗海蛟也出来了，海蛟一见云生，忙向文卿介绍，忽又一眼瞧见了小官，也不觉咦了一声，抢步上前，指着小官道：

"师兄，你心好狠，把咱表妹骗到哪里去了？"

小官一时两颊绯红，泪下如雨。云生忙向海蛟道：

"贤弟且慢，待咱详详细细地告诉你们吧！你瞧表妹不是和你妹妹在抱着哭吗？"

海蛟回头一见，果然晴鹃抱着香涛正在呜咽。这里春燕和秋萍又招呼了浣薇，彼此通了姓名。秋萍哦了一声道：

"这位浣姑娘不是前次被小六救起的吗？"

浣薇忙答道：

"正是妹妹。"

春燕笑道：

"你的二师兄也在这儿，你认识吗？"

浣薇笑道：

"他们不是一个面孔吗？"

说得三人都咮地笑了。这时文卿喊道：

"各位兄妹请里面坐着谈吧！"

于是春燕忙又去劝住晴鹃和香涛，一共十一位小英雄，大家在厅上坐定，仆人献了茶。云生笑道：

"今日小官兄突然会和咱同到这儿来，各位一定要感到万分的奇怪。这也难怪你们的，现在咱来告诉给你们听吧！"

云生说着，便把过去的事详详细细地又告诉了一遍。大家听了，又始恍然大悟，心中都感到无限痛快，齐来和小官握手。小官低头，羞惭十分，竟说不出话来。海蛟更紧握了他手，连连摇撼一阵，诚恳地道：

"师兄，咱们能够有今天这样握手一日，咱实在做梦都想不到啊！你要知道，你的师弟是怎样爱你呀！"

小官听了，泪如雨下。海蛟也眼皮一红道：

"过去的譬如昨日死，未来的譬如今日生，古圣人尚有错处，更何况吾辈呢？只要能知过而改，这便是英雄的本色呀！师兄，请你相信，咱是你忠实的师弟。"

小官淌泪道：

"师弟的深情厚谊，咱至死也绝不敢忘的。"

这里晴鹃也细细地向香涛问个明白，香涛含羞从实告诉，并又求晴鹃饶恕。晴鹃被她哭得辛酸，心里只有爱怜她，哪里还会去责她呢？倒反落了不少的同情泪。女孩儿家心肠软得多，春燕、秋萍和浣薇也都泪湿眼帘，不胜同情，因劝她道：

"现在秦兄能改过自新，也总算是妹妹的大幸了。"

文卿这时又吩咐庄丁杀猪宰羊，一则庆祝小官果决省悟，一则替各位接风。一时大家又见了礼，海蛟见了浣薇，也说了许多话，春燕拉了云生，在无人处，便悄悄告诉他说："爸妈要把秋萍姊姊做咱的嫂子，大哥能允许吗？"云生笑道：

"既承伯父母抬爱咱妹妹，咱哪敢说半个不字吗？"

春燕见他一口允许，真是万分欢喜，因又笑道：

"大哥，你瞧晴妹怎样？咱想喝大哥这杯酒呢！"

云生把她双手捏住，笑道：

"妹妹倒是个月下老人，那么你自己和蛟弟的酒怎么样？预备给咱们喝吗？"

忽听有人笑道：

"大哥，你说蛟弟怎么样？"

两人回头一见，正是罗海蛟。云生笑道：

"你的耳朵倒亮，咱说的……"

春燕一听，红了脸，急得顿脚道：

"大哥，你不准说，你要说，咱不依你。"

海蛟咦了一声笑道：

"燕妹一定在说咱坏话，大哥，你一定要说。你不说，咱也
不依你。"

云生哈哈笑道：

"这可难了，叫咱听哪个好呢？蛟弟，你说燕妹说你坏话，
那你怕要遭天打呢！因为这是个冤枉事，妹妹说你好还来不及，
哪会说你坏？"

春燕啐他一口，向海蛟望了一眼，两人都哧地笑了。这时，
秋萍和晴鹃也走过来道：

"好呀！你们三人在这儿做什么？多开心，哥哥，你们到底
笑什么呢？"

云生见了晴鹃，想着春燕的话，不觉也生起情来，觉得她和
春燕正是一对姊妹花似的，一样令人可爱。晴鹃见云生向自己呆
看，也害起羞来。原来前几天，秋萍和春燕都也曾经提起。晴鹃
今见云生果然是个翩翩美少年，和文卿一样温存文雅，心里自是
欢喜，因此两心也暗暗相印。云生笑道：

"咱们在说笑话，两位妹妹可要听吗？"

秋萍笑道：

"哥哥，你快说吧，咱们要听呢！"

春燕听了，便来挽了秋萍和晴鹃，一面笑道：

"姊姊，你听他胡说。里面浣姊和香妹才来，咱们也该去陪她们谈谈呢！"

说着，便拉了就走。这时厅上已摆了席，云生和海蛟携手进来，见他们分作三堆说话，春燕、秋萍等五个人聚在一处，文卿和小官聚在一起，小六和飞熊更是谈得起劲。文卿见云生和海蛟进来，因向众人叫道：

"好了，咱们大家不要客气，快入席吧！"

大家听了，正要入席，忽见柳笛急急奔来道：

"大爷，外面有个道人，叫什么峨眉老人，特来相访。"

众人一听，都吃了一惊。小官、海蛟、浣薇更急得面无人色。小官立刻自缚身子，口衔尖刀，和众人跪接出去。只见一个老丈，道者装束，银髯过胸，飘飘欲仙，一见众人跪接，男女英雄共有十一个，心里很觉欢喜。海蛟、浣薇口称：

"师父，弟子在这里相接了。"

飞熊也跪叫师伯，朱非子笑道：

"怎么你也在此间？快请起来。"

一面又叫"众位贤侄，不必多礼"。朱非子见有金罗汉徒儿，有赤云子徒儿，个个英气勃勃，单瞧见了自己自缚身子的大徒儿，竟如此不争气，心中便又觉不悦，遂不理睬。众人见他脸上并无怒色，心中都暗暗欣喜，一面接上大厅。小官见师父不睬，自知凶多吉少，因跪步滚上，抱住朱非子的脚哭道：

"弟子不肖，违背师训，自知罪恶深重，特请我师责罚。"

朱非子不语，向海蛟、浣薇冷笑道：

"汝等下山，为师怎样嘱咐你俩？现在你俩做个好人情，竟同在一处，也随着胡闹吗？"

两人一听这话，汗流浃背，便即跪倒叩头道：

"师父的话本不敢有违，但师兄现已立志改过，回头省悟。这事各位弟兄都已明白，请师父慈悲，可怜师兄，饶恕他这一遭吧！"

云生、文卿、秋萍、春燕、晴鹃等众人也都跪下叩头道：

"秦小官果已痛改前非，海蛟、浣薇所说完全是实，请师伯宽恕了吧！"

朱非子仍是不语。小官又哭道：

"小徒自知该死，但小徒决已痛改前非，师父就饶了小徒吧！"

朱非子道：

"你也曾记得下山时与为师说些什么来？"

小官一听这话，真如冷水浇头，自知苦求无益，就想：

"咱今虽死，但众英雄已知咱能改过自新，想咱也瞑目了。"

想罢，便向朱非子拜了八拜，一时痛心已极，大哭：

"师父，咱自知罪深恶重，虽用珠江之水，也绝不能洗清，咱后悔已不及，咱应了下山时的誓了。"

说毕，把心一横，拔出尖刀，猛可向自己胸膛一划，只见鲜血飞溅，小官便即跌倒。众人大吃一惊，香涛一见，芳心已碎，奔上抱起，大哭不止。小官悠悠睁开眼来，泪如泉涌，向朱非子叫道：

"师父，徒儿辜负你老人家十年来的心血了。"

朱非子见此情形，也挥泪不止道：

"并非为师定要逼你至死地，但人生百年，如白驹过隙，吾徒能守法而死，若偷生，又有何颜见天下英雄乎？"

小官含笑道：

"师言至善，徒儿瞑目矣。"

朱非子听了，不觉一笑，遂化阵清风，扬长而去。香涛哭道：

"哥哥，你竟抛咱而忍心去了吗？"

小官强睁了眼，脸现无限痛苦，流泪道：

"妹妹，咱对不住你，咱丢了妹妹，多增咱的罪恶。愿妹妹生下这可怜的小生命，以后可以不必再记着咱这个负心人了。"

众人听了这话，方知香涛已有了身孕，大家都流泪不止。香涛伤心已极，吐出一口鲜血，哭道：

"妹爱哥至死不变，哥说这话，妹心更痛矣！"

小官听了，把手颤抖地抚着她的脸道：

"咱今生不能报妹大德，待来生补报吧！咱死无怨，但杀咱的仇人就是圆明僧，妹能报咱大仇，咱虽在九泉，定亦安慰了。"

香涛哽咽不成声，抱着不放。浣薇心中更是悲痛，向小官哭道：

"咱虽不杀伯仁，伯仁由咱而死。师兄，咱害了你了。"

小官道：

"师妹，你不要说这些话，咱今日若不来这儿，虽在江津县中，但早晚亦定必有此下场。今咱虽死，众位弟兄能恕咱罪恶，咱已万分欣喜矣！"

言罢，气绝而死。香涛连喊哥哥，大叫一声，竟昏了过去。海蛟、云生等众人无不痛哭流涕。浣薇、春燕、晴鹃、秋萍急将香涛扶起，秋萍紧捏她人中，春燕端茶，晴鹃情急，自己喝了一口，嘴对嘴地灌了进去，香涛哇的一声哭了出来，众人方始放心。香涛忽然拔剑向颈项下划去。晴鹃眼快，连忙夺下，春燕忙把那剑藏过。晴鹃握了她手，哭道：

"表妹，何苦如此？人死不能复生，你该仔细明白地想想，自己身子也该保重啊！"

春燕、秋萍、浣薇等都哭。香涛此时方寸已乱，扑向小官身上，抱尸又大哭起来。飞熊和小六也挥泪不已。晴鹃和春燕等四人好容易才把香涛拖到房中，前去劝慰。这里文卿叫小六、飞熊出外购买材衣，料理一切后事，将小官好好入殓。文卿、云生、海蛟又挥泪不已。午后，便预备下葬。柳家村西郊是文卿家中地基，因此小官遂葬在这里。晴鹃和海蛟劝香涛仍旧同回家去，香涛哭道：

"表哥、表姊的美意，妹妹感激不尽，但是咱绝没有面目可以再去见姑妈了。姑妈养咱十四年，咱只有来生报答吧！"

晴鹃、海蛟也哭道：

"香涛，你自己生命竟果然瞧得如此轻吗？要知舅父母只有你一点骨肉呢！"

香涛道：

"哥和姊放心，咱绝不会觅死，咱腹中尚有小生命，咱还得替他报仇。若咱今生报不了，还有咱腹中的孩子呢！"

春燕因道：

"香涛既不愿回去，就在咱家中住下好了。妹妹如喜清静，只管可以另居一室。"

香涛听了，叩头便拜，慌得春燕急忙扶起。晴鹃见她如此，也只罢了。浣薇觉久住不便，遂欲告别，小六诚恳地道：

"浣妹若不嫌贫苦的话，咱家中尽可以去住，咱只有家母一人，她一定是万分欢迎哩！"

浣薇孤苦伶仃的一个，本就无处可以安身，今见小六如此说，心中感激得淌下泪来，因道：

"哥哥大德，叫咱怎样报答？"

小六道：

"说什么'报答'两字？恐怕妹妹是过不惯这清苦的生活呢！"

从此，浣薇便住在小六家中了。晴鹃、海蛟在柳家约住一月，这天便欲回家报告爸妈，飞熊把马牵出，众人送到门外，大家依依不舍。秋萍向海蛟、春燕笑道：

"咱倒不知蛟弟的剑和春妹是一样呢，可否拿来瞧瞧？"

海蛟和春燕都拔出剑来，交给秋萍。秋萍见果然是一阴一阳，因扑哧地一笑，便交还了两人。海蛟遂仍插入，春燕拿回瞧时，却已变成了阳剑，遂也不说什么，放入匣内。小六和飞熊话别，香涛和晴鹃絮絮地又谈着，文卿、云生和海蛟也珍重道别。春燕、秋萍、浣薇和晴鹃各各握手。三人跨上马背，晴鹃一招手道：

"各位姊姊，各位大哥，咱们后会有期。"

说着，秋波向云生一转，四目相对，云生也不觉为之神往，

291

因连忙伸手，摇了几摇，只听哗啦啦的一阵马蹄声，一行三骑，早已绝尘而去。此时，斜阳西沉，剩下的余光反映着扬起的尘沙，如烟如雾。秋风凉飕飕的，荡动着林中树叶，婆娑作响。时有一失途的小鸟，拍着翅膀，掠空飞过，哀呼不息。春燕和云生犹仰首呆望，文卿、秋萍和小六、浣薇四人站作两对，都默默无语。香涛独自鹄立在他们身后，眼瞧着此景此情，又不觉泪湿衣襟矣！作者到此，便就在这儿告一结束。

附　　录

从鸳鸯蝴蝶派谈到冯玉奇小说

裴效维

　　《民国通俗小说典藏文库·冯玉奇卷》《民国武侠小说典藏文库·冯玉奇卷》将收录冯玉奇的百余种小说作品，此举极其不易。现在，我愿以这篇文章给出版者呐喊助威。尽管我人微言轻，但我毕竟是一个中国文学的研究者，为鸳鸯蝴蝶派说些公道话是我的责任。

　　冯玉奇是一位鸳鸯蝴蝶派作家，因此我们要想了解冯玉奇，必须首先厘清有关鸳鸯蝴蝶派的一些问题。

一、何谓鸳鸯蝴蝶派

　　鸳鸯蝴蝶派作家平襟亚在《关于鸳鸯蝴蝶派》（署名宁远）一文中对鸳鸯蝴蝶派的来历说得很清楚：

　　　　鸳鸯蝴蝶派的名称是由群众起出来的，因为那些作品中常写爱情故事，离不开"卅六鸳鸯同命鸟，一双蝴蝶可怜虫"的范围，因而公赠了这个佳名。

——载香港《大公报》1960 年 7 月 20 日

可见鸳鸯蝴蝶派并不是一个有组织有宗旨的小说流派，而是因为当时流行的言情小说多写一对对恋人或夫妻如同鸳鸯蝴蝶般相亲相爱，形影不离，因而民间用鸳鸯蝴蝶小说来比喻这种言情小说，那么这种言情小说的作家群当然也就是鸳鸯蝴蝶派了。这种说法应该是可信的，因为民间常用鸳鸯和蝴蝶来比喻恋人或夫妻，很多民间文学作品中不乏其例。这一比喻非常形象生动，但并无褒贬之意，因此不胫而走。

传到新文学家那里，便加以利用，并赋予贬义，作为贬低对手的武器。但新文学家对鸳鸯蝴蝶派的界定并不一致，大致有两种看法。

一种看法认同民间的比喻说法，即将鸳鸯蝴蝶派小说局限为通俗小说中的言情小说，将鸳鸯蝴蝶派局限为言情小说作家群。鲁迅是这种看法的代表，他在 1922 年所写的《所谓"国学"》一文中说："洋场上的文豪又作了几篇鸳鸯蝴蝶派体小说出版"，其内容无非是"'卿卿我我''蝴蝶鸳鸯'"（载《晨报副刊》1922 年 10 月 4 日）。又于 1931 年 8 月 12 日在社会科学研究会做了《上海文艺之一瞥》的长篇演讲，其中对鸳鸯蝴蝶派小说更做了形象而精辟的概括：

这时新的才子＋佳人小说便又流行起来，但佳人已是良家女子了，和才子相悦相恋，分拆不开，柳阴花下，像一对蝴蝶、一双鸳鸯一样。

——连载于《文艺新闻》第 20、21 期

此外，周作人、钱玄同也持这种看法。周作人于 1918 年 4 月 19 日在北京大学文科研究所小说研究会做《日本近三十年小说之发达》的演讲中，就说现代中国小说"还有《玉梨魂》派的鸳鸯蝴蝶体"（载《新青年》第 5 卷第 1 号）。次年 2 月，周作人又发表《中国小说里的男女问题》（署名仲密）一文，认为"近时流行的《玉梨魂》，虽文章很是肉麻，（却）为鸳鸯蝴蝶派小说的鼻祖"（载《每周评论》第 5 卷第 7 号）。与周作人差不多同时，钱玄同在 1919 年 1 月 9 日所写的《"黑幕"书》一文中也说："人人皆知'黑幕'书为一种不正当之书籍，其实与'黑幕'同类之书籍正复不少，如《艳情尺牍》《香闺韵语》及'鸳鸯蝴蝶派小说'等等皆是。"（载《新青年》第 6 卷第 1 号）这种看法后来被人称之为"狭义的鸳鸯蝴蝶派"看法。

另一种看法却将鸳鸯蝴蝶派无限扩大，认为民国年间新文学派之外的所有通俗小说作家都是鸳鸯蝴蝶派，他们的所有通俗小说都是鸳鸯蝴蝶派小说。这种看法的代表人物是瞿秋白和茅盾。瞿秋白从小说的内容方面来扩大鸳鸯蝴蝶派小说的范围，他在《财神还是反财神》一文中说，"什么武侠，什么神怪，什么侦探，什么言情，什么历史，什么家庭"小说，都是鸳鸯蝴蝶派小

说（见人民文学出版社 1953 年 10 月版《瞿秋白文集》）。茅盾则从小说的形式方面来扩大鸳鸯蝴蝶派小说的范围，他在《自然主义与中国现代小说》一文中认定鸳鸯蝴蝶派小说包括"旧式章回体的长篇小说""不分章回的旧式小说""中西合璧的旧式小说""文言白话都有"的短篇小说（载 1922 年 7 月《小说月报》第 13 卷第 7 号）。这种看法后来被人称之为"广义的鸳鸯蝴蝶派"看法，而且逐渐成为主流看法，以致后来的文学研究者都接受了这种看法。

新文学家不仅在鸳鸯蝴蝶派的界定问题上分成了两派，而且在鸳鸯蝴蝶派的名称上也花样百出。如罗家伦因为徐枕亚等人好用四六句的文言写小说，便称其为"滥调四六派"（见署名志希的《今日中国之小说界》，载 1919 年《新潮》第 1 卷第 1 号），但无人响应。郑振铎因为《礼拜六》杂志为鸳鸯蝴蝶派的主要刊物之一，便称其为"礼拜六派"（见署名西谛的《新文学观的建设》一文，载 1922 年 5 月 21 日《文学旬刊》第 38 号）。这一说法得到了周作人、茅盾、瞿秋白、朱自清、阿英、冯至、楼适夷等人的响应，纷纷采用，以致使用频率越来越高，知名度越来越大，终于成为鸳鸯蝴蝶派的别称了。于是"鸳鸯蝴蝶派"和"礼拜六派"两个名称便被新文学家所滥用。如郑振铎在《新文学观的建设》一文中称"礼拜六派"，而在《〈文学论争集〉导言》一文中却称"鸳鸯蝴蝶派"（见上海良友图书公司 1935 年 10 月出版的《新文学大系·文学论争集》卷首）。还有人在同一篇文章里既称鸳鸯蝴蝶派，又称礼拜六派。如阿英在 1932 年所写的《上海事变与鸳鸯蝴蝶派文艺》一文中说：张恨水的所谓"国难小说"，与"礼拜六派的作品一样，是鸳鸯蝴蝶派的一体"，"充分地说明了鸳鸯蝴蝶派的作家的本色而已"（见上海合众书店1933年6月出版的《现代中国文学论》）。

茅盾在20世纪70年代觉得统称鸳鸯蝴蝶派或礼拜六派都不合适，于是提出了一个折中的看法，他在《紧张而复杂的生活、学习与斗争（上）——回忆录（四）》中说：

> 我以为在"五四"以前，"鸳鸯蝴蝶派"这名称对这一派人是适用的。……但在"五四"以后，这一派中有不少人也来"赶潮流"了，他们不再老是某生某女，而居然写家庭冲突，甚至写劳动人民的悲惨生活了，因此，如果用他们那一派最老的刊物《礼拜六》来称呼他们，较为合式。

> ——载1979年8月《新文学史料》第4辑

事实是该派在"五四"前后没有根本变化，都是既写言情小说，又写其他小说，将其人为地腰斩为两段，既显得武断，又无法掩盖当时的混乱看法。

这些混乱的看法导致后来的文学研究者无所适从：或沿用"鸳鸯蝴蝶派"的说法（如北大本《中国文学史》和《中国小说史稿》、复旦本《中国文学史》和《中国近代文学史稿》等）；或沿用"礼拜六派"的说法（如山东师院本《中国现代文学史》等）；或干脆别出心裁地称之为"鸳鸯蝴蝶—礼拜六派"（见汤哲

299

声《鸳鸯蝴蝶—礼拜六小说观念的价值取向及其评价》，载《苏州大学学报》1992 年第 2 期）。这可真算是中国小说史上的一出有趣的滑稽戏了。

二、如何评价鸳鸯蝴蝶派

鸳鸯蝴蝶派的开山作品是 1900 年陈蝶仙的言情小说《泪珠缘》，因此鸳鸯蝴蝶派应该是指言情小说派，这也就是后来的所谓"狭义的鸳鸯蝴蝶派"，但被新文学家扩大为"广义的鸳鸯蝴蝶派"，实际上也就是民国通俗小说派。

鸳鸯蝴蝶派与同时期的"南社"不同，既没有组织，也没有纲领，而是一个在思想倾向和艺术风格上大体相同或相近的小说流派，连"鸳鸯蝴蝶派"这一招牌也是别人强加给它的。然而客观地说，鸳鸯蝴蝶派确实是一个产生过巨大影响的小说流派。在"五四"以前的近二十年间，它几乎独占了中国文坛；在"五四"以后的三十年间，虽然产生了新文学，但新文学只是表面上风光，而鸳鸯蝴蝶派却一派兴旺发达景象。我对"广义的鸳鸯蝴蝶派"做过不完全的统计：该派作家达数百人，较著名者有一百余人，所办刊物、小报和大报副刊仅在上海就有三百四十种，所著中长篇小说两千多种，至于短篇小说、笔记等更难以计数。在此前的中国文学史上，还没有哪个文学流派有过如此宏大的规模，产生过如此巨大的影响。

鸳鸯蝴蝶派由于规模宏大，又处在历史的一个巨变时期，其成员的确鱼龙混杂，其作品也良莠不齐，但总体来说，它形象地记录了中国二十世纪前五十年的历史，为中国读者提供了丰富的精神食粮，对中国小说的传承起过积极作用，因此应该给予充分的肯定。

鸳鸯蝴蝶派小说已经不是中国传统通俗小说的复制，而是一种改良的通俗小说。在形式方面，它既采用章回体，也采用非章回体，甚至采用了西洋小说的日记体、书信体等，至于侦探小说则更是完全模仿自西洋小说。在艺术手法方面，受西洋小说的影响非常明显，如增加了人物形象和景物描写，结构与叙事方式也趋于多样化，单线和复线结构并用，第三人称和第一人称叙述法兼施，还采用了倒叙法和补叙法。在内容方面，鸳鸯蝴蝶派小说已经扩大了描写范围，反映了当时社会生活的各个方面，甚至已经紧跟时事，及时反映当前的社会现实，被称为"时事小说"。如李涵秋的《广陵潮》描写辛亥革命，而他的《战地莺花录》则描写五四运动，这种及时反映当时发生的重大政治事件的小说，与多写历史故事的古代小说完全不同，显然是一大进步。鸳鸯蝴蝶派的言情小说，也不同于古代的才子佳人小说，而是一种新才子佳人小说。古代的才子佳人小说因面对森严的封建礼教，只能写才子与佳人偶尔一见钟情，以眉目传情或诗书传情的方式进行交流，最后皆是有情人终成眷属的大团圆结局。而这种大团圆结局完全是人为的：或出于巧合，或由于才子金榜题名，皇帝御赐完婚，这就完全回避了封建包办婚姻的问题。而民国年间的封建礼教已经在一定程度上松绑，尤其像上海、北京等大城市得风气之先，恋爱自由和婚姻自主思想已经渐入人心。因此有些鸳鸯蝴蝶派的言情小说也突破了古代才子佳人小说的窠臼，才子佳人已经敢于"相悦相恋，分拆不开，柳阴花下，像一对蝴蝶、一双鸳鸯一样"。其结局也不再全是有情人终成眷属的大团圆，而是"有时因为严亲，或者因为薄命，也竟至于偶见悲剧的结局……这实在不能不说是一个大进步"（鲁迅《上海文艺之一瞥》，连载于1931年7月27日、8月3日《文艺新闻》第20、21期）。言情小说由大团圆结局到悲剧结局的确是一个大进步，因为前者是回避封建包办婚姻礼制，而后者是控诉封建包办婚姻礼制。而这一进步的开创者是曹雪芹和高鹗，他们在《红楼梦》里所写的婚姻差不多都是悲剧。因此胡适称赞《红楼梦》不仅把一个个人物"都写作悲剧的下场"，而且最后"作一个大悲剧的结束，打破了中国小说的团圆迷信"（《〈红楼梦〉考证》，见1923年亚东图书馆版《胡适文存》）。可见鸳鸯蝴蝶派的言情小说在一定程度上继承了《红楼梦》开创的爱情婚姻悲剧模式，因而具有相当的反封建意义。我们可以徐枕亚的《玉梨魂》为例加以说明，因为该小说被新文学家指为鸳鸯蝴蝶派的代表性作品。

《玉梨魂》的故事很简单——清末宣统年间，小学教员何梦霞与年轻寡妇白梨影相爱，但两人均认为他们的这种行为是不道德的。为了得到感情的解脱，白梨影想出个"移花接木"的办法，即撮合何梦霞与自己的小姑崔筠倩订了婚。然而何梦霞既不能移情于崔筠倩，白梨影也无法忘情于何梦霞，结果造成了一连串的悲剧——白梨影在爱情与道德的激烈冲突下郁郁而死；崔筠倩因得不到何梦霞之爱而离开了人世；白梨影的公公因感伤女儿、儿媳之死而一病身亡；白梨影的十岁儿子鹏郎成了孤儿。何梦霞为排遣苦闷，先赴日本留学，继又回国参加了辛亥武昌起义

（即辛亥革命），壮烈牺牲。

《玉梨魂》不仅描写了一个爱情婚姻悲剧，而且不同于一般的爱情婚姻悲剧。一般的爱情婚姻悲剧都是由封建势力造成的，即由包办婚姻造成的；而《玉梨魂》所写的爱情婚姻悲剧，其原因却是何梦霞和白梨影自身的封建道德。他们既渴望获得恋爱自由和婚姻自主的权利，又不能摆脱封建道德和封建礼教的束缚，两者激烈冲突，造成三死一孤的惨剧。从而揭露了封建道德和封建礼教的影响力是多么巨大，它已深入人们的骨髓，使其不能自拔。因此，它的反封建意义比一般的爱情婚姻悲剧更为深刻。

其实，新文学阵营也不是铁板一块，虽然大多数新文学家对鸳鸯蝴蝶派全盘否定，但也有少数新文学家态度比较客观，他们对鸳鸯蝴蝶派也给予一定的肯定。鲁迅是其中最突出的一位，他不仅认为某些鸳鸯蝴蝶派的悲剧言情小说是"一大进步"，而且不同意某些新文学家对鸳鸯蝴蝶派消极影响的夸大其词。他说：

> 至于说他流毒中国的青年，那似乎是过虑。倘有人能为这类小说所害，则即使没有这类东西也还是废物，无从挽救的。与社会，尤其不相干，气类相同的鼓词和唱本，国内非常多，品格也相像，所以这些作品也再不能"火上添油"，使中国人堕落得更厉害了。

——《关于〈小说世界〉》，载《晨报副刊》

1923 年 1 月 15 日

这种客观的观点与前述周作人无限夸大鸳鸯蝴蝶派作品能使国民生活陷入"完全动物的状态"乃至"非动物的状态"的观点形成了鲜明对比。当抗日战争爆发后，鲁迅更提倡文学界的抗日统一战线，主张团结鸳鸯蝴蝶派一起抗日。他说：

> 我以为文艺家在抗日问题上的联合是无条件的，只要他不是汉奸，愿意或赞成抗日，则不论叫哥哥妹妹，之乎者也，或鸳鸯蝴蝶都无妨。但在文学问题上我们仍可以互相批判。

> ——《答徐懋庸并关于抗日统一战线问题》，
> 载《作家》月刊第 1 卷第 5 期

鲁迅不仅提倡团结鸳鸯蝴蝶派一起抗日，而且主张新文学派与鸳鸯蝴蝶派在文学问题上"互相批判"，这种平等对待鸳鸯蝴蝶派的度量，也与那些视鸳鸯蝴蝶派如寇仇，必欲置诸死地而后快的新文学家形成了鲜明对比。

对鸳鸯蝴蝶派给予肯定的不只鲁迅，还有朱自清和茅盾。朱自清认为供人娱乐是中国传统小说的特点，因此不赞成将"消遣"作为罪状来批判鸳鸯蝴蝶派小说。他说：

> 在中国文学的传统里，小说……更是小道中的小道，就因为是消遣的，不严肃。不严肃也就是不正经，小说通

常称为"闲书"，不是正经书。……鸳鸯蝴蝶派的小说意在供人们茶余酒后的消遣，倒是中国小说的正宗。

——《论严肃》，载《中国作家》创刊号

茅盾也承认鸳鸯蝴蝶派小说也"写家庭冲突，甚至写劳动人民的悲惨生活"。他还从艺术性方面对鸳鸯蝴蝶派小说给予一定肯定。他认为鸳鸯蝴蝶派的有些长篇小说"采用西洋小说的布局法"，如倒叙法、补叙法，以及人物出场免去套语、故事叙述"戛然收住"等等，这一切是对"旧章回体小说布局法的革命"。还认为鸳鸯蝴蝶派的有些短篇小说学习了西洋短篇小说"截取一段人生来描写，而人生的全体因之以见"的方法："叙述一段人事，可以无头无尾；出场一个人物，可以不细叙家世；书中人物可以只有一人；书中情节可以简至只是一段回忆。……能够学到这一层的，比起一头死钻在旧章回体小说的圈子里的人，自然要高出几倍。"（《自然主义与中国现代小说》，载 1922 年 7 月 10 日《小说月报》第 13 卷第 7 号）

鲁迅、朱自清、茅盾毕竟属于新文学派，因此他们对鸳鸯蝴蝶派的肯定是有限的。我们应该摆脱成见与束缚，从中国文学史的角度，对鸳鸯蝴蝶派做出客观公正的评价。

三、如何看待冯玉奇的小说

我们澄清了以上有关鸳鸯蝴蝶派的三个问题，等于为介绍冯玉奇的小说提供了一个坐标，也等于为读者提供了一把参照标尺。读者用这把标尺，就可自行评判冯玉奇的小说了。

冯玉奇于1918年左右生于浙江慈溪，笔名左明生、海上先觉楼、先觉楼，曾署名慈水冯玉奇、四明冯玉奇、海上冯玉奇。据说他毕业于浙江大学（一说复旦大学）。1937年九一八事变后寄居上海，感山河破碎，国事蜩螗，开始写作小说以抒怀。其处女作为《解语花》，由上海春明书店出版。出版后旋即由东方书场改编为同名话剧，演出后轰动一时。那时他才十九岁。由此一发而不可收，至1949年7月《花落谁家》出版，在短短十来年时间里，他创作的小说竟达一百九十多种，平均每年近二十种，总篇幅应该不少于三千万字，只能用"神速"来形容。这时他只有三十一岁。近现代文学史料专家魏绍昌先生（已去世）所编《鸳鸯蝴蝶派研究资料（史料部分）》（上海文艺出版社1962年10月出版）开列的《冯玉奇作品》目录只有一百七十二种，也有遗珠之憾。不过我们从这一目录中仍可确定冯玉奇是一位以写言情小说为主的通俗小说作家，因为在一百七十二种小说中，言情小说占有一百二十二种，其他小说只有五十种：社会小说三十四种、武侠小说十四种、侦探小说两种。

冯玉奇不仅是一位写作神速且极为多产的通俗小说作家，还是一位热心的剧作家和剧务工作者。早在他二十六岁（1944年）时，就担任了越剧名伶袁雪芬的雪声剧团的剧务，并为之创作了《雁南归》《红粉金戈》《太平天国》《有情人》《孝女复仇》五大剧本，演出效果全都甚佳。在他二十七到二十八岁（1945~1946）时，又与他人合作，前后为全香剧团和天红剧团编导了《小妹妹》《遗产恨》《飘零泪》《义薄云天》《流亡曲》等二十多个剧本，演出效果同样甚佳。可见冯玉奇至少写过十几个剧本。

冯玉奇一生所写的小说和剧本总计不下两百五十种，总篇幅可能达到四千万字以上，是名副其实的"著作等身"，是当之无愧的中国最多产的作家，号称多产的同派小说家张恨水也难望其项背。当时的文学作品已是一种特殊商品，冯玉奇的小说如此畅销，其剧本演出又如此轰动，这足可以证明其受人欢迎，这就是读者和观众对冯玉奇的评价，它比专家的评价更为准确，也更为重要。遗憾的是，我们无法看到他的剧作和三十岁以后的作品，也不知其晚景如何，卒于何年。

从冯玉奇的生活年代和创作时段来看，他显然是鸳鸯蝴蝶派的后起之秀，所以尽管他作品如此之多，影响如此之大，而同派的老前辈却很少提到他，这也是"文人相轻"的表现之一。

按说要介绍冯玉奇的小说，应该将其全部小说阅读一遍，但我没有这么多时间，也没有这么大精力，因而只向中国文史出版社借阅了《舞宫春艳》《小红楼》《百合花开》三种，全都是言情小说。因此我只能以这三种言情小说为例加以介绍，这可能会犯以偏概全的错误，因此只能供读者参考。

《舞宫春艳》写了两个纠缠在一起的爱情婚姻悲剧故事：苏州富家子秦可玉自幼与邻居豆腐坊之女李慧娟相恋，由于门第悬殊，秦可玉被其父禁锢，二人难圆成婚之梦。不幸李慧娟生下了一个私生女鹃儿，只好遗弃，自己则郁郁而死。鹃儿被无赖李三子收养，长大后卖到上海做伴舞女郎，改名卷耳。中学生唐小棣先是爱上了姑夫秦可玉家的婢女叶小红，不料叶小红失踪，于是移情于卷耳，但无钱为卷耳赎身，两人感到婚姻无望，于是双双

307

吞鸦片自尽。

《小红楼》的故事紧接《舞宫春艳》：曾经被唐小棣爱过的叶小红的失踪，原来也是被无赖李三子拐卖为伴舞女郎，小棣、卷耳自杀后，小红才被救了回来，并被秦可玉认为义女。经苏雨田介绍，与辛石秋相识相恋而订婚。同时石秋的姨表妹巢爱吾也爱石秋，但石秋既与小红订婚在先，便毅然与小红结婚。爱吾为了摆脱难堪的地位，离家出走，下落不明。石秋奉父命赴北平探望二哥雁秋，在火车站被人诬陷私带军火，被军人押到司令部。可巧爱吾此时已成为张司令的干女儿兼秘书，便设法救了石秋一命。但张司令强迫石秋与爱吾结婚，二人既不敢违命，又固守道德，便以假夫妻应付。后来石秋回到家里，终于与小红团聚。

《百合花开》写了两个紧密相关的爱情婚姻故事：二十岁的寡妇花如兰同时被四十二岁的教育家盖季常和十八岁的革命青年盖雨龙叔侄俩所爱，而盖季常的十六岁侄女盖云仙又同时被三十六岁的银行家杨如仁和十九岁的革命青年杨梦花父子俩所爱。经过许多曲折后，终于两位长辈让步，盖雨龙与花如兰、杨梦花与盖云仙同场结婚。

由以上简单介绍可知，冯玉奇的这三种小说共写了五个爱情婚姻故事，其中两个是悲剧结局，三个是有情人终成眷属。这正如鲁迅所说："有时因为严亲，或者因为薄命，也竟至于偶见悲剧的结局……这实在不能不说是一个大进步。"其次，这三种小说的五个爱情婚姻故事，倒有四个是三角爱情婚姻故事，但它们的情况并不雷同。唐小棣、叶小红、卷耳的三角恋是一男爱二女，辛石秋、叶小红、巢爱吾的三角恋是两女爱一男，而盖季常、盖雨龙、花如兰和杨如仁、杨梦花、盖云仙的三角恋更为异想天开，竟然都是两辈嫡亲男人（叔侄、父子）同爱一个女子。可见冯玉奇极有编故事的才能，从而使作品更具吸引力和娱乐性。又次，这三种言情小说的描写极为干净，没有任何色情描写。除了秦可玉与李慧娟有私生女外，其他人都非礼勿言，非礼勿行。如辛石秋与叶小红因婚礼当天石秋之母去世，为了守孝，新婚夫妻在百日之内没有圆房。而辛石秋与姨表妹巢爱吾为了对得起叶小红，虽被张司令强迫成亲，却只做了几天假夫妻。

从表现形式和艺术手法来看，我觉得冯玉奇的小说与当时新文学的新小说都受了西洋小说的影响，基本相同。譬如：两者都突破了传统小说书名的套路，不拘一格，尤其采用了一字书名和二字书名，如冯玉奇有《罪》《孽》《恨》《血》和《歧途》《逃婚》《情奔》等；而巴金有《家》《春》《秋》，茅盾有《幻灭》《动摇》《追求》。两者的对话方式也突破了传统小说的套路，灵活自如：对话既可置于说话者之后，也可置于说话者之前，还可将说话者夹在两句或两段话之间。至于小说的结构法、叙述法与描写法，更是差不多的。譬如人物描写不再是"沉鱼落雁""闭月羞花""倾国倾城"之类的千人一面，景物描写也不再是"落红满地""绿柳成荫""玉兔东升"之类的千篇一律，而加以具体描绘。这里随便举一个例子：

> 小红坐在窗旁，手托香腮，望着窗外院子里放有一缸残荷，风吹枯叶，瑟瑟作响。墙角旁几株梧桐，巍然而立。下面花坞上满种着秋海棠，正在发花，绿叶红筋，临风生姿，可惜艳而无香，但点缀秋色，也颇令人爱而忘倦。

这是《小红楼》对莲花庵一角的景物描绘，虽然算不上十分精彩，但作者通过小红的眼睛描绘了院中的三样东西——风吹作响的"枯荷"、巍然挺立的"梧桐"、正在开花的"海棠"，从而衬托出莲花庵幽静的环境，曲折地表明了时在秋季。频繁使用巧合手法是冯玉奇小说的显著特点，可以说把所谓"无巧不成书"用到了极致。巧合手法有助于编织故事，缩短篇幅，增加作品的吸引力等，但使用过多则时有破绽，有损于作品的真实性。冯玉奇的某些小说也采用了章回体，但只是标题用"第×回"和对偶句，"却说""且听下回分解"之类的套语已不再经常出现，因此并非章回体的完全照搬。况且章回体并非劣等小说的标志，它在我国小说史上发挥过巨大作用，产生过杰出的四大古典小说。因此用章回体来贬低冯玉奇的小说，也是毫无道理的。

冯玉奇的小说也有明显的缺点。它们与其他鸳鸯蝴蝶派小说一样，主要注重小说的娱乐性，而忽视小说的社会性和艺术性，因此没有产生杰出的作品。他是南方人而小说采用北方话，加之写作速度太快，无暇深思熟虑，导致语言不够流畅，用词不够准确，还有许多错别字和语病。还有使用"巧合"法太多，有时破绽明显，这里不再举例。

总而言之，冯玉奇既不是"黄色"和"反动"小说家，也不是杰出小说家，而是一位勤奋多产、有益无害的通俗小说家，他应在中国小说史尤其是中国现代小说中占有一席之地。

2017 年 6 月 4 日于北京蜗居

图书在版编目(CIP)数据

剑侠女英雄 / 冯玉奇著. — 北京：中国文史出版

社,2018.2

(民国武侠小说典藏文库·冯玉奇卷)

　ISBN 978 – 7 – 5034 – 9644 – 8

　Ⅰ. ①剑… Ⅱ. ①冯… Ⅲ. ①侠义小说 – 中国 – 现代

Ⅳ. ①I246.5

　中国版本图书馆 CIP 数据核字(2017)第 248102 号

点　　校：清寒树　旷　野
责任编辑：蔡晓欧

出版发行：中国文史出版社
网　　址：http://www.chinawenshi.net
社　　址：北京市西城区太平桥大街23号　邮编：100811
电　　话：010 – 66173572　66168268　66192736（发行部）
传　　真：010 – 66192703
印　　装：北京盛彩捷印刷有限公司
经　　销：全国新华书店
开　　本：720×1020　1/16
印　　张：20　　　　字数：208 千字
版　　次：2018 年 2 月第 1 版
印　　次：2018 年 2 月第 1 次印刷
定　　价：58.00 元